Lorraine Heath

Lorraine Heath est une auteure de romances. Née à Watford, en Angleterre, elle a grandi au Texas, où elle a obtenu un diplôme de psychologie. Ses romans figurent sur les listes des meilleures ventes du *New York Times* et de *USA Today*.

Le cottage du bonheur

Aux Éditions J'ai lu

Le lord solitaire
N° 3539
Entre deux flammes
N° 4044
Le jour se lève
N° 4476
De si douces paroles
N° 7815

LES AMANTS DE LONDRES

1 – L'affront
N° 10064
2 – Le pardon
N° 10119
3 – La dette
N° 10118

LES VAURIENS DE HAVISHAM

1 – Pour lui plaire
N° 11668
2 – Et le comte rafle la belle
N° 11741
3 – Belle et rebelle
N° 11787

LES PEMBROOK

1 – Le doux souvenir d'une promesse
N° 13263
2 – Juste un baiser...
N° 13310
3 – Le dernier fils du duc
N° 13394

Lorraine
HEATH

POUR UN DUCHÉ – 1

Le cottage du bonheur

Traduit de l'anglais (États-Unis)
par Élisabeth Luc

J'AI LU

POUR elle

Si vous souhaitez être informée en avant-première
de nos parutions et tout savoir sur vos auteures préférées,
retrouvez-nous ici :

www.jailu.com

Abonnez-vous à notre newsletter
et rejoignez-nous sur Facebook !

Titre original
SCOUNDREL OF MY HEART

Éditeur original
Avon Books, an imprint of HarperCollins Publishers, New York

À Nancy Haddock, mon amie
très chère qui m'a fait découvrir
le bonheur de danser sur la plage.

À la mémoire de Jerry Haddock,
un adorable géant qui m'a toujours
accueillie avec chaleur.

1

Londres, 9 juin 1873

— Pour l'une d'entre nous, ce serait l'occasion rêvée de mettre le grappin sur un duc.

La voix rauque et veloutée réveilla lord Griffith Stanwick dans un sursaut de pur désir qui lui arracha presque un grognement, son sexe réagissant à un besoin qui resterait inassouvi. Non pas qu'il ait particulièrement envie de coucher avec cette femme-là.

Si d'ordinaire il trouvait l'optimisme de lady Kathryn Lambert irritant, en cet instant, sa bonne humeur lui était d'autant plus pénible qu'une douleur lancinante lui vrillait le crâne, sans parler des nausées qui lui soulevaient l'estomac. Et que diable faisait-il allongé face contre terre derrière la haie près de la terrasse sur laquelle sa sœur dégustait sans doute son petit déjeuner en compagnie de son amie, qui résidait chez eux depuis quinze jours, ses parents étant en voyage en Italie ? À l'évidence, son état lamentable était dû à une consommation excessive de whisky. S'il lui arrivait d'être ivre, jamais encore il ne s'était retrouvé là où il n'avait pas envie d'être. Par quel concours de circonstances s'était-il endormi dans le jardin et non dans son lit ?

— Le duc souhaite sûrement épouser une débutante, fit remarquer une voix plus sévère.

Lady Jocelyn, une autre amie de sa sœur, était tout aussi agaçante. À cette heure indue – quelle qu'elle soit –, les trois amies s'en donnaient déjà à cœur joie. Or il avait besoin de silence…

— À presque vingt-quatre ans, nous sommes quasiment des laissées-pour-compte. Nous devrons nous estimer heureuses de plaire à un fils cadet.

— Pas de fils cadet, décréta lady Kathryn. Jamais !

Ce n'était pas la première fois que Griffith l'entendait faire une telle déclaration, comme si la perspective de se retrouver enchaînée à un fils cadet était intolérable. Il avait beau avoir le cerveau embrumé, il fut piqué au vif. Capturer le cœur d'un « héritier de rechange » n'était pourtant pas le pire des sorts. Il connaissait des ducs à l'haleine fétide, des marquis au rire de chèvre, des comtes à la poignée de main molle et des vicomtes couverts de verrues. Cela étant, vu son état, il n'était pas en position de juger qui que ce soit.

Du reste, lady Kathryn était loin d'être la seule à rejeter l'idée d'un mariage avec un homme qui n'était pas destiné à hériter d'un titre. C'était l'une des raisons pour lesquelles, à vingt-sept ans, il n'avait jamais courtisé sérieusement une femme. Une autre étant que, en tant que cadet, il n'était pas tenu d'engendrer un héritier. À vrai dire, son célibat lui convenait à merveille : aucune responsabilité, une rente modeste mais suffisante, l'alcool, les tables de jeu et les filles peu farouches. Si ses nuits étaient animées, les lendemains commençaient à lui peser. Se réveiller à côté d'une aventurière était certes agréable, mais pour être honnête, cela devenait lassant. Pas au point, cependant, de préférer se réveiller au pied d'une haie.

Comment diable s'était-il retrouvé là ?

— Cupidon ayant décoché sa flèche en ce qui me concerne, déclara Althea avec une satisfaction non dissimulée, j'espère que vous connaîtrez toutes les deux le bonheur d'être fiancées avant la fin de la saison.

— Chadbourne a de la chance, commenta lady Kathryn. Tu l'as littéralement ensorcelé. Ce sera un mari merveilleux, c'est certain, car il est très amoureux de toi.

Griffith imaginait sa sœur Althea rougissante à l'évocation du comte qu'elle épouserait en janvier.

— Vous ne tarderez pas à recevoir des propositions, j'en suis certaine, assura-t-elle. Et c'est l'occasion ou jamais de mettre mes prédictions à l'épreuve, poursuivit-elle.

— Est-ce vraiment la meilleure façon de procéder ? risqua lady Jocelyn. Écrire une lettre au duc en lui exposant les raisons pour lesquelles il devrait me préférer à toutes les autres, c'est un peu audacieux, non ?

— Le duc de Kingsland est accaparé par ses vastes domaines et sa fortune grandissante, paraît-il, intervint lady Kathryn. Il n'a pas le temps de courtiser une femme après l'autre dans l'espoir de trouver l'épouse idéale. Je trouve cette stratégie brillante, au contraire.

Le duc en question était le plus beau parti de la haute société. Il évitait les mondanités, ne séjournait à Londres que le temps de siéger à la Chambre des lords, et n'était pas homme à se fier au hasard. Pour autant que Griffith le sache, le duc avait peu d'amis proches. Grâce à son titre prestigieux, il avait à la fois l'argent, le pouvoir et l'influence, ce qui expliquait peut-être la petite annonce qu'il avait publiée dans le *Times* pour inviter les héritières à lui adresser une lettre de candidature au rôle de duchesse potentielle. Il annoncerait le nom de l'heureuse élue lors d'un bal qu'il organiserait le dernier jour de juin, puis il la courtiserait officiellement jusqu'à la fin de la saison. S'il la trouvait à son goût, il l'épouserait avant la fin de la saison suivante.

Tout était prévu, calculé... et d'un ennui mortel. Griffith préférait quant à lui succomber au charme indéfinissable d'une femme, à une lueur d'intérêt dans son regard, avant d'explorer à loisir le potentiel d'une relation lors d'une période de séduction destinée à révéler leurs points communs, leurs différences et leurs secrets. Il aimait l'étrange alchimie qui rendait chaque femme unique. Certaines facettes apparaissaient avant qu'elle se donne à lui, d'autres pendant ou après ; c'était un plaisir chaque fois renouvelé même si, l'exploration achevée, il perdait tout intérêt. Seul comptait pour lui le plaisir de la découverte, tel un œnologue qui déguste un grand cru jusqu'alors inconnu.

— Je ne suis pas sûre que cette méthode soit brillante, déclara lady Jocelyn.

C'était plutôt une solution de facilité injuste envers les femmes qui se voyaient réduites à une liste de qualités à l'instar d'un cheval de course. De plus, se connaissait-on suffisamment pour savoir ce qu'un homme pouvait apprécier ?

— Enfin, je ne risque rien à lui écrire. Ce n'est pas comme si les prétendants se bousculaient.

— À la bonne heure ! s'exclama lady Kathryn. Une saine compétition incite à se montrer sous son meilleur jour !

Son éclat de voix fit grimacer Griffith qui ne put retenir un grognement.

— C'était quoi, ce bruit ? s'écria sa sœur.

Griffith aurait voulu se faire tout petit et ramper vers le côté de la maison, mais le moindre mouvement accentuait les coups de marteau sous son crâne. Mieux valait rester immobile et prier pour que ces dames s'éloignent sans tarder pour vaquer à leurs occupations.

En entendant un bruissement de feuilles et le craquement d'une brindille, il comprit que prier n'était pas la meilleure des stratégies.

— Griffith ? Que diable fais-tu allongé derrière cette haie ?

Ébloui par le soleil matinal, il regarda sa sœur en plissant les yeux.

— Pour être honnête, Althea, je ne sais pas... mais j'ai l'impression que je suis rentré tard, hier soir...

Pour quelque inexplicable raison, il n'était pas passé par la porte d'entrée. Peut-être ses mains tremblaient-elles trop pour sortir la clé de sa poche. Il palpa ladite poche et découvrit qu'elle était vide. Aurait-il égaré sa clé ?

— Tu as trop bu, une fois de plus, n'est-ce pas ?

— Je crois me rappeler avoir célébré quelque chose.

Il avait d'abord eu de la chance au jeu... puis celle-ci avait tourné. Que faire dans une telle situation, sinon chercher du réconfort dans l'alcool ?

— Secoue-toi un peu et lève-toi, ordonna sa sœur comme s'il n'était pas son aîné de trois ans.

Griffith obtempéra au prix d'un effort surhumain, et se mit à tituber en essayant de ne pas s'écorcher la peau sur la haie.

— Tu empestes l'alcool, grommela Althea avec une moue de dégoût. Une vraie distillerie !

— Parce que tu connais l'odeur qui flotte dans une distillerie ?

Il se tourna vers les deux jeunes femmes attablées et se força à sourire compte tenu des propos qu'il avait entendus.

— Mesdemoiselles, comment allez-vous par cette belle journée ?

— Mieux que vous, apparemment, rétorqua lady Kathryn d'un ton qu'elle ne réservait qu'à lui.

— Bois un peu de thé, reprit Althea. Cela te fera du bien.

Il aurait préféré un bain chaud – il dégageait en effet une odeur d'alcool et de cigare –, se raser et un café corsé pour lui remettre les idées en place. Si les deux autres femmes ne l'avaient pas dévisagé avec la même expression de dégoût, il se serait excusé et serait parti en quête d'un lit douillet, son désir le plus pressant dans l'immédiat. Il ne put toutefois résister à l'envie quelque peu perverse de les agacer davantage. Il s'attabla donc et accepta une tasse de thé.

— Tu es fort aimable, sœurette.

Conscient de ne pas mériter les attentions de cet être bienveillant, il avala une longue gorgée du breuvage fumant et très sucré. L'effet fut presque immédiat. Sa migraine s'atténua au point qu'il espéra survivre à cette journée.

La mine désapprobatrice, lady Kathryn semblait sur le point de lui reprocher sa conduite indigne. Après tout, que pouvait-on attendre d'un fils cadet ? Les jeunes filles de la bonne société n'avaient que faire de lui, ses parents non plus. Même l'héritier, de deux ans son aîné, ne lui accordait guère d'attention. En revanche, il pouvait compter sur le whisky, les cartes et les actrices.

— La présence de ton frère est peut-être fortuite, hasarda lady Jocelyn, mais il a entendu notre conversation.

— Désolé, mesdemoiselles, je n'avais nullement l'intention de vous espionner, mais vos voix mélodieuses n'ont pas manqué de capter mon attention.

Son sarcasme n'échappa pas à lady Kathryn, qui s'empourpra de colère, contrairement à Jocelyn, qui lui sourit comme s'il venait de lui tendre les joyaux de la Couronne. Griffith ne l'avait jamais trouvée très subtile.

— Dans ce cas, peut-être auriez-vous la bonté de nous expliquer comment attirer l'attention d'un duc ?

— Comment saurait-il ce qu'un duc recherche ? intervint lady Kathryn.

Griffith esquissa un sourire à la fois provocateur et sensuel.

— Un duc recherche la même chose que tous les hommes : une sainte en société et une dévergondée dans la chambre à coucher.

La jeune femme le foudroya du regard. Elle s'emportait facilement et Griffith avait toujours éprouvé une satisfaction inexplicable à la titiller.

— Ce conseil ne nous sera pas d'une grande utilité, rétorqua-t-elle.

— C'est pourtant la vérité.

— Nous sommes des jeunes femmes bien nées. En tant que telles, nous ne sommes pas censées avoir la moindre expérience dans ce domaine. Il ne saurait donc préjuger de notre comportement sur le plan conjugal.

Griffith imagina la jeune femme entre les draps, tandis qu'il lui faisait découvrir ses capacités à donner et recevoir du plaisir. Il s'empressa de chasser ces images troublantes avant que son corps réagisse. Depuis quand lui inspirait-elle ce genre de pensées ?

— De plus, c'est au mari d'indiquer à son épouse ce qu'il attend d'elle dans ce domaine spécifique.

— Pourquoi ? s'enquit-il, intrigué. Pourquoi serait-il le seul à avoir son mot à dire ? Allons, Taches de son, ne me dites pas que vous n'avez jamais réfléchi à ce qui pourrait vous plaire.

— Jamais ! rétorqua-t-elle.

— La dame proteste un peu trop[1], railla-t-il.

— Ne soyez pas ridicule ! Une dame ne souille pas son esprit avec des pensées charnelles.

— Si vous n'en avez jamais eu, comment savez-vous qu'elles souilleraient votre esprit ?

— Je vous trouve particulièrement pénible aujourd'hui.

— En fait, je suis curieux de savoir ce qui, dans les rapports entre mari et femme, pourrait selon vous entacher un esprit immaculé qui se risquerait à y penser.

Lady Kathryn parut sur le point de lui jeter son thé au visage.

— Vous le savez pertinemment, dit-elle d'une voix sourde.

---

1. *Hamlet*, acte III, scène 2. *(N.d.T.)*

— Des caresses sur la peau nue, un frôlement ici, un baiser là ? En quoi cela serait-il sordide ?

Les lèvres entrouvertes, la jeune femme s'était empourprée au point qu'il se demanda si, elle aussi, elle les imaginait ensemble, sa grande main remontant le long de sa cuisse nue jusqu'à sa féminité, ce paradis encore inexploré.

Bon sang, quelle mouche le piquait ? C'était bien la dernière femme qu'il avait envie de mettre dans son lit, et peu importait qu'il se soit parfois demandé ce qu'il ressentirait s'il effleurait de la main sa crinière flamboyante. Peu importait qu'il aime son parfum épicé, gage de sensations fortes. Peu importait que ses lèvres soient plus roses que rouges, et qu'il préfère les tons pastel.

— Griffith, cette conversation est inappropriée, intervint Althea.

— Justement, répliqua-t-il.

Pourvu que les trois amies attribuent sa voix enrouée à sa gueule de bois et non à son trouble soudain.

— Ce ne devrait pas être un sujet interdit, poursuivit-il. Les hommes ont le droit d'en parler, d'y penser, de vivre des expériences hors mariage. Pourquoi n'en irait-il pas de même pour les femmes ?

Des cris étouffés accueillirent sa remarque. Il secoua la tête.

— Même si une femme n'est pas censée avoir la moindre expérience avant le mariage, elle devrait au moins pouvoir y penser et en parler sans honte, et sans avoir l'impression de souiller son esprit.

Il se tourna vers lady Kathryn.

— Vous n'y pensez *jamais*, vous ?

— Jamais.

— Dans ce cas, comment pouvez-vous savoir ce que vous voulez, ce qui pourrait vous plaire ?

— Je le répète, ce sera à mon mari de me le montrer.

— Vous ne m'avez jamais semblé du genre à n'avoir aucune opinion, insista-t-il. Je parie que vous y avez pensé, et souvent.

Elle avait le souffle court, ce qui ne fit qu'accroître le trouble de Griffith. Quelles images étaient donc apparues dans sa tête pour la déstabiliser à ce point ?

— Griffith, tu viens de traiter notre invitée de menteuse, intervint Althea, contrariée.

— Toutes mes excuses. J'ai l'impression que je ne suis pas en état de converser après mes excès d'hier soir.

Sur ces mots, il se leva et porta son attention sur lady Jocelyn car regarder lady Kathryn devenait dangereux.

— Dans votre lettre au duc, je vous suggère d'évoquer vos traits avenants, votre maîtrise de l'étiquette, vos centres d'intérêt et vos expériences.

— Merci, milord.

— Que la meilleure gagne, conclut Griffith avec un sourire.

Il regagna enfin la maison. Le bain chaud dont il rêvait attendrait. Si lady Kathryn refusait de souiller son esprit, le sien était à présent empli d'images sordides du corps de la jeune femme se tortillant contre le sien – images qui exigeaient une immersion dans l'eau froide afin de calmer ses ardeurs.

Dans le grand salon, son écritoire sur les genoux, Kathryn maudit intérieurement lord Griffith Stanwick. Par sa faute, elle était assaillie de pensées lubriques dont elle était incapable de se débarrasser. Des mains glissaient sur ses épaules dénudées, s'aventuraient plus bas, là où elles n'avaient rien à faire… Qu'il aille au diable !

Dire qu'il avait osé insinuer qu'elle mentait ! Certes, il lui arrivait d'avoir des pensées inappropriées, mais il n'avait aucun droit d'exiger d'elle des aveux aussi intimes. Une jeune fille bien née ne devrait pas avoir des pensées aussi inconvenantes, d'autant moins qu'elles impliquaient le frère d'une amie très chère, un odieux provocateur qui, dans ses rêves les plus audacieux, glissait les doigts dans son décolleté ou déposait de doux baisers sur son poignet, là où elle avait placé une goutte de parfum, au cas où. La crapule !

Pire encore, il avait utilisé cet affreux surnom dont il l'avait gratifiée lors de leur rencontre, lorsqu'elle avait douze ans. Taches de son. Quelle horreur ! Elle avait toujours détesté ses taches de rousseur. Elle avait beau se dissimuler sous des capelines et s'enduire le visage de divers baumes plus ou moins magiques, pas moyen de se débarrasser de ces marques disgracieuses. Dès qu'elle rougissait, elles ressortaient, ce qui semblait se produire de plus en plus souvent en présence de lord Griffith Stanwick.

Kathryn logeant actuellement chez lady Althea, elle risquait de croiser son frère au détour d'un couloir à tout moment de la journée… et de la nuit.

Elle se sentait un peu coupable car c'était sa faute s'il avait dormi au pied de la haie. La veille, incapable de trouver le sommeil, elle était descendue chercher un livre dans la bibliothèque. Elle était dans le hall, elle avait vu la porte d'entrée s'ouvrir. Griffith était apparu, s'était appuyé au chambranle sans lâcher la poignée. Il était lamentablement débraillé. Sa cravate était dénouée, il n'avait pas de chapeau et ses cheveux se dressaient sur son crâne comme si des dizaines de femmes y avaient glissé les doigts, ce qui était sans doute le cas.

— Bonsoir, Taches de son, avait-il lancé d'une voix pâteuse en la voyant.

Elle avait détesté le voir dans un tel état, se comportant comme son oncle George – le frère de son père –, un alcoolique notoire qui avait le démon du jeu et ne cessait de quémander de l'argent auprès du père de Kathryn pour éponger ses dettes. Aux yeux d'oncle George, son frère lui était redevable car il avait hérité du titre et des domaines alors que lui n'avait rien eu. Il finirait néanmoins par hériter car Kathryn n'avait pas de frère. La propre mère de George était si déçue par son second fils qu'à chaque réunion de famille, elle implorait sa petite-fille de ne pas épouser un cadet. George ne se souciait que de lui-même. Pas de sa femme ni de son propre fils qui, lui aussi, avait pris la fâcheuse habitude de réclamer de l'argent au père de Kathryn.

— Tout cela m'appartiendra, un jour, disait-il, alors autant me verser une petite avance.

Lord Griffith Stanwick semblait taillé dans la même étoffe. Elle n'aurait pas dû s'en soucier, mais elle ne pouvait s'en empêcher. Elle n'aurait su expliquer pourquoi, mais elle avait envie qu'il soit meilleur qu'il ne l'était. Ainsi, la veille, lorsque l'occasion s'en était présentée, elle avait décidé de lui donner une bonne leçon.

— J'entends votre père ! souffla-t-elle en se précipitant vers lui. Il ne faut pas qu'il vous voie dans cet état. Passez par-derrière, je vais aller vous ouvrir.

Son père, le duc, n'était même pas présent dans la maison. Il passait le plus clair de son temps ailleurs que chez lui. Il avait une maîtresse et préférait sa compagnie à celle de la duchesse.

Griffith ne s'était pas méfié. Il avait filé sans demander son reste, laissant sa clé dans la serrure. Kathryn s'était empressée de verrouiller la porte d'entrée. Après quoi, elle était allée vérifier que la porte de service était fermée à clé. Elle avait jubilé en entendant le malheureux lord frapper au battant encore et encore.

— Allons, Taches de son, soyez gentille, ouvrez-moi !

Kathryn n'avait aucune envie d'être gentille. Elle voulait qu'il cesse de l'affubler de ce surnom ridicule et qu'il se montre plus honorable que les deux parasites qu'étaient son oncle et son cousin qui tourmentaient sa famille.

Finalement, le silence était revenu et elle s'était risquée à entrouvrir la porte pour jeter un coup d'œil dehors. Griffith n'était nulle part en vue. La panique l'avait submergée, puis elle l'avait entendu fredonner une chanson où il était question d'une fille aux jambes arquées. Elle avait suivi des yeux sa silhouette titubante jusqu'à ce qu'elle s'écroule derrière une haie. Au bout de quelques secondes, des ronflements s'étaient élevés dans le silence de la nuit. Il avait bien mérité cette couche inconfortable.

À présent, elle avait des scrupules car, dans l'après-midi, elle avait décidé de lui demander un service. Hélas, elle n'avait pas réussi à se retrouver seule avec lui, d'où sa présence dans cette pièce tandis qu'Althea et sa mère prenaient le thé dans le petit salon favori de la duchesse, après le dîner.

Kathryn avait partagé de nombreux repas avec la famille, or elle venait de remarquer que le duc, qui présidait la tablée de six convives, n'adressait la parole qu'à Marcus, son fils aîné, assis à sa droite, et jamais à son cadet, attablé à sa gauche.

Kathryn avait beau se trouver à côté de Griffith et en face d'Althea, la duchesse trônant en bout de table, elle n'avait pu s'entretenir avec lui. À le voir, personne n'aurait deviné dans quel état il avait commencé la journée. Il émanait de lui un parfum unique, mélange d'épices et de terre humide à l'automne. Sa coiffure était impeccable – personne n'y avait encore glissé les doigts. Habitué à l'indifférence de son père, il gardait les yeux rivés sur son assiette ou sur son verre.

Le duc posa quelques questions à Althea. Il demanda à Kathryn si elle avait eu des nouvelles de ses parents depuis leur arrivée en Italie. Elle l'informa qu'ils allaient bien. Le duc crut bon d'évoquer son dernier voyage à Rome. De toute évidence, il aimait mieux parler qu'écouter.

Les parents de Kathryn seraient de retour à Londres le lendemain soir et elle les rejoindrait le surlendemain. L'atmosphère ne serait guère plus détendue car le couple était parti dans l'espoir de raviver la flamme de leur amour, ce qui n'était pas une tâche aisée car tous deux avaient du mal à exprimer leurs sentiments. Kathryn avait reçu tout l'amour dont elle avait besoin de sa grand-mère. Elle avait gardé d'excellents souvenirs de ses séjours dans son cottage en bord de mer. Griffith avait-il aussi un lieu cher à son cœur ? Elle ne s'en souciait pas plus que cela, mais elle se sentait un peu coupable de vouloir se servir de lui. Cela étant, la fin ne justifiait-elle pas les moyens ?

Il n'allait sans doute pas tarder à sortir, comme chaque soir depuis qu'elle séjournait chez son amie, aussi s'était-elle installée dans le salon pour dresser la liste de ses qualités. Pour l'heure, elle n'en avait recensé qu'une seule : douée pour le whist. Lady Jocelyn avait raison : se vanter semblait un peu prétentieux. Elle était toutefois persuadée que son amie relèverait le défi. Sans doute lui faudrait-il plusieurs pages pour rédiger sa candidature. Kathryn ne possédait pas l'assurance de Jocelyn, qu'elle trouvait parfois agaçante. Elle avait davantage d'affinités avec Althea.

Il était cependant impératif qu'elle attire l'attention du duc. Elle disposait d'une dot conséquente, qui incluait le cottage où sa grand-mère avait passé les dernières années de sa vie. Ce bien resterait sa propriété alors que le reste de sa dot serait transféré à son mari, ce dont elle se moquait car elle n'était attachée qu'au cottage. Pour entrer en sa possession toutefois, elle devait épouser un membre de la noblesse. Puisque son panier percé d'oncle allait hériter, et ensuite son cousin, sa grand-mère avait tenu à assurer son avenir. Elle n'avait aucune confiance dans le futur comte. Selon la vieille dame, seul un homme titré pouvait offrir à Kathryn la vie qu'elle méritait. Malheureusement, depuis sa première saison, ses chances d'obtenir le bien qu'elle convoitait s'amenuisaient.

Kingsland était le candidat idéal. Elle ne l'avait rencontré qu'une fois et se serait volontiers passée de son arrogance, mais n'était-ce pas un trait fréquent chez les ducs ? Elle serait une épouse loyale, lui procurerait un héritier et un fils cadet, au cas où, et lorsqu'il se serait lassé d'elle, elle se réfugierait dans son cher cottage. Là, elle serait de force à tout affronter.

Elle entendit des pas lourds dans l'escalier en marbre. Le duc et son héritier étant partis plus tôt, il ne pouvait s'agir que de Griffith. Elle posa son écritoire, se leva, lissa sa robe et se dirigea vers la porte.

Il portait la même tenue que pour le souper – une veste bleu foncé et un gilet gris – et tenait son chapeau à la main. Dès qu'elle le vit, son cœur fit une petite volte, comme chaque fois. Une réaction due à leurs chamailleries légendaires, et qui n'avait rien à voir avec le fait qu'il était devenu fort bel homme.

Il n'avait de toute évidence pas remarqué sa présence car il avait presque atteint la porte. De peur de perdre cette occasion unique de lui parler, Kathryn se rua vers lui.

— Milord, je crois que j'ai trouvé votre clé.

Il s'arrêta net et la balaya d'un lent regard. Elle se réjouit d'avoir enfilé sa robe vert pâle qui flattait sa silhouette et rehaussait son teint.

Lorsqu'il s'approcha, elle eut l'impression que son corset était trop serré. Il avait des yeux magnifiques, d'un bleu intense tacheté de gris.

— Où l'avez-vous trouvée ?

— Dans l'allée. Je me promenais cet après-midi quand je l'ai aperçue sur le sol.

— Intéressant.

Il n'avait pas encore enfilé ses gants. Ses doigts, qui effleurèrent les siens lorsqu'il récupéra sa clé, diffusèrent une étrange onde de chaleur le long de son bras.

— J'ai pourtant cherché dans l'allée après vous avoir quittées dans le jardin. En vain.

Zut ! Il allait deviner qu'elle mentait.

— Admettez-le, vous n'étiez pas en grande forme ce matin. Vous n'y voyiez peut-être pas très clair.

— Vous me trouvez en grande forme à présent, lady Kathryn ? demanda-t-il en baissant la voix, comme s'ils partageaient quelque délicieux secret.

Elle allait rétorquer lorsqu'elle remarqua certains détails jusqu'alors passés inaperçus. Depuis quand avait-il les épaules aussi larges ? Le corps aussi musclé ? Serait-il sportif ? Elle ne savait pas grand-chose de lui, en réalité.

— Je suppose que vous vous rendez dans votre club ou dans un tripot, lâcha-t-elle, ignorant sa question.

— En tant qu'héritier de rechange, que voulez-vous que je fasse d'autre ?

Le ton était nettement sarcastique. Ce qu'il avait entendu alors qu'il gisait au pied de la haie lui avait déplu. Si Kathryn ne mettait pas tous les « héritiers de rechange » dans le même sac, elle classait Griffith dans la catégorie des paniers percés, comme son oncle et son cousin.

— Engagez-vous dans l'armée, devenez pasteur, faites de la politique.

— Vous ne parlez pas sérieusement ?

— Vous comptez rester oisif toute votre vie ?

Pourquoi cette question ? À quoi bon prolonger cette conversation ? Une lueur presque nostalgique apparut dans le regard de Griffith, qui recula de quelques pas.

— Je serai plutôt un vaurien. Merci pour la clé.

Avec un clin d'œil, il l'empocha et tourna les talons.

— Vous n'avez pas de montre de gousset.

Elle avait parlé malgré elle, étonnée de n'avoir jamais remarqué ce détail.

— Non. Quand Marcus a atteint sa majorité, notre père lui a remis celle que son propre père lui avait donnée. J'espérais qu'il m'en offrirait une à mon tour, mais je suis majeur depuis six ans. Je vais devoir me résoudre à acheter moi-même ma montre.

— Que vous a-t-il offert pour votre majorité ?

— Rien.

S'il semblait impassible en apparence, elle imaginait sans peine sa déception.

— J'en suis désolée pour vous.

Aussitôt, elle lut dans son regard un mélange de colère, de gêne et d'irritation.

— Je n'ai pas besoin de votre pitié. Si vous voulez bien m'excuser, je dois y aller. La chance et les dames m'attendent.

Sur ce, il s'éloigna.

— Y a-t-il une possibilité que vous croisiez le duc de Kingsland, au cours de la soirée ? lança-t-elle.

Il fit volte-face, la mâchoire crispée, les yeux étrécis.

— C'est envisageable. Nous fréquentons le même club.

— Auriez-vous l'obligeance de lui demander ce qu'il recherche précisément chez une épouse ?

— Le duc est un imbécile odieux. Il ne pense qu'à sa petite personne. Vous seriez malheureuse comme les pierres avec lui.

Comme s'il se souciait de son bonheur ! En vérité, elle ne serait pas étonnée qu'il lui souhaite cette épreuve.

— S'il vous plaît. J'ai mes raisons de vouloir attirer son attention.

— Vous voulez surpasser lady Jocelyn ?

— En partie, admit-elle. J'ai aussi une motivation plus personnelle.

— Iriez-vous jusqu'à mentir dans votre lettre pour correspondre à ses aspirations ?

— Je ne mentirai pas dans ma lettre. En revanche, je peux mettre en avant des qualités que je possède et qu'il recherche.

— Si l'occasion se présente, je me renseignerai, mais il est hors de question que je gâche ma soirée pour vous aider dans cette entreprise ridicule.

— Merci, milord. J'apprécie votre générosité d'esprit.

— Le jour où vous apprécierez quoi que ce soit chez moi, il gèlera en enfer, lady Kathryn.

— Je ne vous le fais pas dire, railla-t-elle. J'espère que vous ne serez pas ivre au point de ne pas retenir ce que le duc vous confiera.

— Pourquoi l'excès de boisson me ferait-il perdre la mémoire ?

— Ce matin, vous avez déclaré à Althea que vous ne vous rappeliez pas comment vous vous étiez retrouvé dans le jardin.

— Ah, ça ! Une perte de mémoire temporaire. Les détails me reviendront.

La jeune femme se raidit à cette perspective.

— Bonne nuit, Taches de son, conclut Griffith en coiffant son chapeau.

— Vous n'avez pas remarqué que je n'avais plus de taches de son ? lança-t-elle dans son dos.

Il se retourna sur le seuil, lui décocha un sourire irrésistible.

— En tout cas, je me rappelle où elles se trouvaient.

Sur ces mots, il disparut, et elle regretta de lui avoir rendu sa clé, de lui avoir demandé un service... et d'apprécier un peu trop leurs joutes verbales.

2

Dans la voiture, Griffith sortit de sa poche la clé que lady Kathryn venait de lui rendre. Il sentait presque la chaleur de sa main sur le métal. S'il était possible qu'elle l'ait repérée en fin de journée, quand le soleil rasait le sol, la vérité était peut-être plus sombre.

Des images de la jeune femme en peignoir, à la porte, surgirent à son esprit. Était-ce elle qui l'avait envoyé à l'arrière de la maison ? Était-ce sa faute s'il s'était écroulé derrière une haie ? Cela ne l'étonnerait guère de cette petite sorcière.

Quant à ses taches de rousseur, bien sûr qu'il avait remarqué leur disparition. Rien ne lui échappait la concernant, à son grand dam. Les reflets dorés de sa chevelure au soleil, son petit nez mutin, sa façon de froncer les sourcils quand elle était contrariée, son sourire envoûtant. Ses lèvres étaient une invitation aux baisers. Bien des fois, la nuit, il s'était réveillé dans un état d'excitation intense à cause d'elles.

C'était en partie pour cela qu'il s'acharnait à la tourmenter, à susciter ses mines boudeuses. Au moins, elle gardait ses distances. Il avait toujours su qu'il n'était pas à la hauteur de ses ambitions.

Il n'était qu'un héritier de rechange alors qu'elle était destinée à épouser un titre prestigieux. Un duc.

Pourquoi diable lui demandait-elle son aide pour mettre le grappin sur ce maudit duc ?

Le véhicule s'immobilisa et il sauta à terre.

— Merci, James ! lança-t-il au cocher. Vous pouvez y aller. Je rentrerai par mes propres moyens.

— Bien, milord.

Dès que la voiture eut disparu au coin de la rue, Griffith s'appuya à un réverbère et étudia la bâtisse de trois étages de l'autre côté de la rue. Pas une lumière ne brillait derrière les volets clos. Une maison négligée, abandonnée, un peu à son image, même si la comparaison était ridicule. Il s'en sentait si proche qu'il voulait l'acquérir avec un désespoir qui le poussait parfois à prendre des décisions hasardeuses. Le bien était à vendre, mais il ne disposait pas des fonds nécessaires pour l'acheter.

En revanche, il avait un projet. Il envisageait de restaurer cette maison pour lui rendre sa splendeur d'antan et la transformer en un club interdit aux fils aînés destinés à hériter d'un titre. Ce serait un club réservé aux frères d'héritiers et aux jeunes gens fortunés que la bonne société rejetait. Un club pour les laissées-pour-compte, les vieilles filles ou celles qu'on ostracisait à cause d'un scandale familial. Un club pour les rebuts de la société, qui méritaient de se distraire, de faire des rencontres, de dîner, de se livrer à des plaisirs interdits. Mais d'abord, il devait gagner de quoi réaliser ce projet.

D'un pas décidé, il se dirigea vers le Dodger's Drawing Room. Il avait en poche vingt-cinq livres à miser aux cartes, ce qu'il lui restait de sa rente mensuelle. Dès qu'il les aurait dépensées, il devrait attendre la fin du mois pour parier de nouveau car il n'empruntait jamais d'argent et ne demandait pas crédit. C'était trop facile de tomber dans ce piège. Compter sur la chance pour se racheter et rembourser ses dettes était irréaliste. La veille, il avait gagné deux cents livres aux cartes, avant de les perdre en misant tout à la roulette, une manœuvre stupide qui l'avait incité à boire plus que de raison pour noyer sa déception. Il n'avait réussi à récolter qu'une gueule de bois, mais il avait tourné la page et était plus que jamais décidé à gagner.

Griffith n'appréciait guère le poker. Il ne s'était assis à cette table que parce que c'était le jeu favori de ce maudit duc de Kingsland. Il aurait préféré accumuler les gains ailleurs, mais il avait repéré le duc dès son entrée et une place était libre à sa table. Autant se débarrasser de cette corvée dès le début de la soirée.

Peut-être devrait-il exiger une faveur de lady Kathryn pour sa peine… Que pourrait-il solliciter d'elle qui soit à la hauteur de l'ennui et de l'irritation que lui inspirait Kingsland ?

Chacun avança ses jetons et les cartes furent distribuées. Griffith étudia sa main et toussota.

— Votre Grâce, j'ai lu l'annonce que vous avez publiée dans le *Times*. Quelles sont donc les qualités que vous recherchez chez une épouse ?

— Silence.

Le ton du duc était si sec que Griffith décida de jouer jusqu'à ce qu'il lui ait raflé jusqu'à son dernier sou. Il n'était plus un gamin à qui l'on donnait des ordres. Quand il en aurait terminé avec ce butor, il regretterait son attitude odieuse.

Kingsland posa une carte et foudroya Griffith d'un regard assassin destiné à l'intimider. Il n'eut aucun effet, Griffith étant habitué à encaisser le même genre de regard de la part de son père.

— Je veux une femme qui sait garder le silence et ne perturbera pas ma concentration. Une femme qui ne parle que lorsque c'est important.

— Vous connaissez les femmes, pas vrai ? railla Griffith.

Les autres joueurs rirent sous cape.

— Je les connais intimement, répliqua le duc.

— Dans ce cas, vous savez qu'il est aussi illusoire de demander à une femme de se taire que de demander au soleil de ne pas briller. Du reste, pourquoi rechercher le silence et vous priver ainsi de conversations plaisantes ?

— Vous n'êtes pas obligé d'écouter ce qu'elle dit, intervint un gentleman avec un grand sourire. Personnellement, la douceur de sa voix me suffit.

Le duc riva sur le vicomte un regard noir.

— Le silence est une bonne chose, balbutia le malheureux.

— Dans ce cas, taisez-vous, rétorqua Kingsland d'un ton suave.

— Oui, Votre Grâce.

Le vicomte se concentra sur ses cartes tandis que le duc se tournait vers Griffith.

— Vous êtes le fils cadet du duc de Wolfford, n'est-ce pas ?

— En effet.

— Et vous avez une sœur, si je me souviens bien ?

— Oui.

— Aurait-elle l'intention de m'envoyer une lettre ?

Griffith s'esclaffa, façon d'exprimer son soulagement que sa sœur ne soit pas réduite à rechercher l'attention du duc par courrier.

— Pas vraiment, non. Elle va épouser le comte de Chadbourne.

— Ah oui, j'ai lu l'annonce dans le *Times*. Dans ce cas, pourquoi vous intéressez-vous aux qualités que je recherche chez une épouse ?

— Simple curiosité. Vous avez fait le choix d'une approche nouvelle et je me demandais pourquoi vous rejetiez les plus traditionnelles. Vous cherchez l'oiseau rare ?

— Courtiser une jeune fille est pénible en plus d'être une perte de temps. Pourquoi passer des heures dans les salles de bal, à endurer des présentations fastidieuses, des danses, alors que je peux me contenter de lire une lettre de candidature comme lors d'une transaction commerciale ? C'est plus rapide et plus efficace.

— Pour vous, une épouse est un investissement ?

— Absolument. Vous ne connaissez donc pas les femmes ? Elles coûtent une fortune ! Je préfère ne pas courtiser une femme si l'investissement n'est pas rentable. À présent, à vous de jouer…

Griffith misa quelques jetons et finit par remporter la manche, ainsi que les suivantes, si bien qu'il gagna les deux cents livres perdues la veille. Il refusait toutefois d'attribuer le mérite de ce succès à lady Kathryn qui, avec sa requête, l'avait éloigné de la roulette.

3

Kathryn ne trouvait pas le sommeil. Jamais elle n'aurait dû demander ce service à Griffith. Il avait capitulé bien trop facilement, ce qui signifiait qu'il allait la taquiner sans merci, qu'il réponde à sa requête ou pas. Et s'il parvenait à tirer les vers du nez au duc, il lui ferait payer cher ces informations. Cependant, le jeu en valait la chandelle.

Pourquoi sa grand-mère ne lui avait-elle pas tout simplement légué le cottage ? Pourquoi cette condition ridicule ? Était-ce parce qu'elle aimait jouer avec les enfants du village ? Sa grand-mère redoutait peut-être qu'elle s'installe au cottage et finisse par épouser le fils du forgeron ou du boulanger. Pourquoi sa famille était-elle à ce point obsédée par leur statut social ? Cela les avait-il rendus plus heureux ?

Si son oncle ou son cousin ne veillaient pas à son bien-être, n'était-elle pas capable de s'en charger seule ? Il lui suffirait d'engager une gouvernante ou une dame de compagnie. Elle n'avait pas peur de travailler et considérait même que c'était à même de lui procurer la liberté qu'elle convoitait tant. Les aristocrates accordaient bien trop d'importance au mariage. Pour eux, une femme n'était bonne qu'à être jolies et à engendrer des héritiers.

Quelques coups frappés à la porte de sa chambre la firent sursauter. Il était presque 2 heures du matin. Un peu tard pour Althea, qui aimait parfois la rejoindre afin de bavarder. Et trop tôt pour Griffith. Était-il arrivé quelque chose à ses parents ?

Kathryn repoussa ses couvertures et courut ouvrir. Son cœur cessa de battre : Griffith se tenait sur le seuil. Si sa cravate était dénouée, il était bien moins échevelé que la veille. Et il n'empestait pas l'alcool. Il sentait même bon et semblait très détendu. Il affichait un demi-sourire qui faisait pétiller ses yeux.

— J'ai obtenu ce que vous vouliez, annonça-t-il, clair et concis.

Lord Griffith Stanwick était terriblement séduisant lorsqu'il semblait à ce point ravi.

— Vous avez parlé au duc ?

— Oui, confirma-t-il en appuyant l'épaule au chambranle.

— Que vous a-t-il dit ?

— Qu'êtes-vous prête à me donner pour savoir quelles sont ses préférences en matière d'épouse ?

Elle s'y attendait ! Quel dommage qu'il ne lui ait pas fait la surprise de ne rien demander en échange de ces renseignements.

— Pourquoi ne pas me dire simplement ce que je veux savoir ?

— Parce que ça n'a pas été une entreprise des plus plaisantes. Je vous avais prévenue, il me semble.

— Qu'est-ce que vous voulez ? soupira-t-elle.

Il saisit sa longue tresse et la fit passer par-dessus son épaule.

— Vous avez les cheveux défaits, comme Raiponce, l'héroïne du conte des frères Grimm.

— C'est pour que vous puissiez me tourmenter à loisir sur leur laideur, rétorqua-t-elle.

— Pourquoi les trouvez-vous laids ?

— Parce qu'ils sont d'un roux inhabituel, trop épais et rebelles.

— J'ai toujours admiré leur couleur. Ils sont flamboyants. Et je me suis toujours demandé à quoi ressemblerait cette chevelure détachée...

Il se tut et secoua la tête.

— Quelque chose vous plaît donc en moi ?

— Ce n'est pas grand-chose. Il ne faudrait pas que cela vous monte à la tête.

Rassurée, Kathryn prit sa tresse et saisit le ruban noué à l'extrémité.

— Laissez-moi faire.

Fascinée, elle regarda ses doigts agiles défaire le nœud et glisser le ruban de satin dans la poche de son gilet.

— Continuez, dit-il d'une voix douce, presque sensuelle.

Elle s'étonna qu'il ne s'en charge pas lui-même, et s'étonna plus encore de le regretter. Sous son regard intense, elle libéra les mèches cuivrées.

— Pas si vite, murmura-t-il.

— J'ignorais que vous étiez patient.

Il croisa furtivement son regard avant de reporter son attention sur ses mains.

— Seulement dans certains domaines, précisa-t-il.

— Avec les femmes ?

— À coup sûr, admit-il avec un sourire diabolique.

Elle obéit pour leur plaisir mutuel. Elle aimait voir son regard s'assombrir, ses lèvres s'entrouvrir. Dans les bals, elle avait bavardé avec quantité de gentlemen, dansé avec eux, mais pas un seul ne l'avait regardée ainsi, comme s'il était sur le point de se jeter sur elle.

C'était étrange que lord Griffith Stanwick la dévore ainsi des yeux. Sans doute avait-il bu au point d'oublier qui se tenait devant lui.

La tresse défaite, elle secoua sa chevelure. Elle entendit Griffith retenir son souffle, et ressentit un trouble étrange. Il fallait que cette entrevue s'achève au plus vite.

— Que recherche le duc chez une épouse ?

— Le silence.

Serrant le poing, elle lui assena un coup si violent à l'épaule qu'il recula de deux pas.

— Qu'est-ce qui vous prend ? s'écria-t-il.

Il n'admirait plus sa crinière, mais lui adressait un regard aussi furibond que le sien.

— J'ai accédé à votre requête et c'est tout ce que vous trouvez à me dire ? Vous ne tenez pas parole !

— Kingsland souhaite une femme qui parle le moins possible. Je crains que vous n'ayez du mal à le satisfaire sur ce point, ajouta-t-il en se massant l'épaule.

Se sentant ridicule, elle écarta la main de Griffith et s'efforça d'atténuer elle-même la douleur qu'elle lui avait infligée. Elle ne s'attendait pas qu'il soit aussi ferme, aussi musclé. De toute évidence, il n'était pas aussi oisif qu'elle l'imaginait.

— Je regrette ce malentendu. Cela dit, vous auriez évité cette confusion en faisant une phrase entière. Quelles sont les autres qualités que recherche le duc ?

Comme il ne répondait pas, elle leva les yeux et découvrit qu'il fixait sa main d'un air fasciné. Elle ne se rappelait pas l'avoir jamais touché délibérément. Le frôlement de leurs doigts lorsqu'il avait pris la clé ne comptait pas, même si elle en avait eu le souffle coupé momentanément. Soudain gênée par l'intimité de son geste, elle lui tapota l'épaule comme elle l'aurait fait avec un chien.

— Et voilà. Ça va mieux, non ?

Il hocha la tête et regarda autour de lui comme s'il cherchait une issue.

— Vous ne m'avez pas répondu. Que recherche le duc ?

Il reporta son attention sur elle, visiblement troublé, à présent.

— Uniquement le silence.

— C'est une condition que je peux remplir, répondit-elle.

Il lâcha un rire bref qui lui fit l'effet d'une flèche en plein cœur.

— Cela m'étonnerait !

Dieu qu'il était agaçant, même quand il lui rendait service.

— Je suis parfaitement capable de tenir ma langue si nécessaire ! s'insurgea-t-elle, les mains sur les hanches.

— Pourquoi voudriez-vous épouser un homme qui n'a aucune envie d'écouter votre conversation pourtant captivante ?

Elle n'aurait su dire si c'était de la taquinerie ou du pur sarcasme. Elle doutait qu'il ait jamais été sous le charme de sa conversation.

— Parce que c'est pour moi le seul moyen d'obtenir ce que je veux plus que tout.

— À savoir ? Un mari ? Un duc ? Un titre de duchesse ?

S'il n'avait pas paru aussi dégoûté, elle lui aurait claqué la porte au nez. Étrangement, elle ne voulait pas qu'il la juge mal.

— Un cottage.

Il n'aimait pas que lady Kathryn le prenne au dépourvu, or cela se produisait de plus en plus souvent ces derniers temps. Quelques secondes plus tôt, en lui massant l'épaule, elle avait failli lui faire perdre toute capacité à réfléchir, au point qu'il avait envisagé de la caresser à son tour, ce qui aurait été une terrible erreur.

— Un cottage ?

— Au bord de la mer. Windswept Cottage appartenait à ma grand-mère. C'est là que j'ai mes plus beaux souvenirs. Hélas, je ne pourrai en hériter que si j'épouse un homme titré avant mon vingt-cinquième anniversaire. L'an prochain, en août, j'aurai un quart de siècle. Kingsland est sans doute ma dernière chance de remplir ces conditions dans les temps.

Griffith savait ce que l'on ressentait lorsqu'on convoitait un bien en désespoir de cause, envers et contre tout.

— Kingsland a expliqué qu'il ne voulait pas être dérangé quand il se concentrait. On ne peut pas dire qu'il ait été très précis sur ses goûts.

— Il n'y avait pas de quoi défaire mes cheveux, en effet. Je devrais vous obliger à les brosser et à les tresser de nouveau.

Enfouir les doigts dans ces mèches pour en éprouver la douceur, puis diviser cette crinière en trois…

Bon sang, ce n'étaient que des cheveux ! Toutes les femmes qu'il avait connues avaient des cheveux. Pourquoi ceux de lady Kathryn le mettaient-ils dans un tel état ?

— Je ne parviendrais sans doute qu'à les emmêler.

Elle lui sourit – un sourire empreint de douceur, comme s'ils ne s'étaient jamais chamaillés, comme s'il n'était pas un fils cadet.

— J'en conviens. Vous n'êtes pas non plus très doué pour l'espionnage. Au moins, vous vous êtes renseigné et vous m'avez appris quelque chose. Je vous en remercie. D'autant plus que cela vous était pénible.

Cela étant, il avait profité de l'occasion pour empocher deux cents livres. Grâce à elle.

— Je reste en alerte et je vous informerai si je découvre des éléments nouveaux.

— Je l'apprécierais beaucoup, milord.

— Lady Kathryn, vous êtes l'amie de ma sœur depuis une douzaine d'années et sa plus proche confidente. Peut-être pourrions-nous nous dispenser des cérémonies.

— Vous savez précisément depuis combien de temps Althea et moi sommes amies ?

Il se rappelait même la première fois qu'il l'avait vue. Elle portait une robe bleue et son chapeau blanc pendait dans son dos, retenu par des rubans. Elle courait dans un champ de trèfle en riant tandis que sa gouvernante lui reprochait d'être une sauvageonne. S'il gardait ses distances depuis le départ, c'était peut-être parce que son rire cristallin l'attirait tel le chant d'une sirène. À moins qu'il n'ait redouté de succomber à son charme.

— Pas précisément, rectifia-t-il. Il se fait tard, ajouta-t-il en s'écartant. Je vais me coucher. Désolé d'avoir perturbé votre sommeil.

— Je ne dormais pas.

— Hier non plus, à mon retour.

Enfin, elle rougissait ! Il adorait cela. Ses joues étaient-elles les seules parties de son corps à s'empourprer ?

— Je ne vois pas de quoi vous parlez !

— Vous mentez mal, Kathryn. Je vous avais dit que je me souviendrais. Finalement, je méritais de vous voir défaire votre tresse.

Son air indigné le fit rire tandis qu'il gagnait ses appartements. En palpant le ruban qu'il lui avait confisqué, il retrouva son sérieux.

Seigneur, il avait failli lui avouer qu'il voulait qu'elle libère ses cheveux parce qu'il voulait les imaginer étalés sur son oreiller... ou sur son torse nu, et plus bas encore. À cette pensée, son sexe se gonfla de désir, comme si les mèches cuivrées l'avaient effleuré.

Pourquoi s'était-il torturé en lui suggérant de libérer sa chevelure ? Il aurait pu demander quelque chose de plus simple qui lui aurait procuré plus de trois minutes de joie – trois minutes inoubliables, certes. Il aurait pu lui demander de sourire en le voyant, de rire à ses plaisanteries, même si elle ne les trouvait pas drôles, de le regarder sans animosité, d'apprécier sa compagnie, de ne plus jamais s'attacher les cheveux avec des épingles et des rubans.

Comme d'habitude, il avait opté pour une solution immédiate qu'elle ne risquait pas de refuser, si bien qu'il ne lui restait que sa souffrance, sans le moindre espoir d'en recevoir davantage.

4

Griffith descendit du fiacre et remonta l'allée en direction de la maison. À l'issue d'un entretien d'une heure avec son homme de loi, il était particulièrement satisfait. Personne dans sa famille n'était au courant qu'il avait fait appel à ses services.

Ce n'était pas uniquement le goût du risque et de la victoire qui l'attirait aux tables de jeu. Il y glanait aussi des informations précieuses sur les meilleurs investissements. S'il voulait économiser assez d'argent pour lancer son entreprise, il ne pouvait compter que sur des gains réguliers. En revanche, s'il investissait une partie de cet argent de façon avisée, il améliorerait grandement sa situation financière. Il était déterminé à compléter la somme très insuffisante que son père lui versait chaque mois. Un jour, il se ferait un plaisir de lui rembourser les sommes versées jusqu'au dernier penny.

Plus le risque était grand, plus les bénéfices seraient importants. Malheureusement, deux investissements s'étaient révélés non rentables. Un autre, plus prometteur au départ, était en attente.

La veille, après avoir dépouillé le duc, ce dernier l'avait invité à boire un verre et lui avait parlé de ses investissements dans des sociétés immobilières spécialisées dans la construction de logements pour les défavorisés. Griffith n'avait investi que la moitié de ses gains de la soirée, mais avec un peu de chance, il aurait bientôt des revenus, modestes quoique réguliers, ce qui lui permettrait d'investir davantage.

Il pénétra dans la maison d'un pas léger et tendit son chapeau au majordome.

— Ma sœur est là ? s'enquit-il.

— Elle fait sa sieste, milord.

— Lady Kathryn également, je suppose.

— Non. Lady Kathryn est au jardin.

À la perspective de passer un peu de temps seul avec elle, son cœur s'emballa. Il aurait été plus raisonnable de se retirer dans ses appartements pour se plonger dans un bon livre, mais il s'était montré raisonnable tout l'après-midi et il était d'humeur téméraire.

Il la trouva assise sur un banc, à l'ombre d'un orme, près du massif de delphiniums roses et pourpres qui faisaient pâle figure à côté de sa robe lilas et de ses cheveux retenus par un simple ruban. Sans doute les avait-elle détachés avant la sieste indispensable à toute jeune femme bien née. Un chapeau de paille à large bord était posé à ses pieds. Il s'en réjouit, car son visage était visible. Elle regardait au loin, les sourcils froncés, en se mordillant les lèvres. Sa petite écritoire portable était posée sur ses genoux.

— N'êtes-vous pas censée faire la sieste ?

Elle tourna vivement la tête vers lui et, l'espace d'un instant, parut contente de le voir. Elle se ressaisit bien vite et afficha un sourire poli.

— Il fait si beau, je trouvais dommage de rester enfermée.

— Il ne faut pas que ma mère l'apprenne. Elle en aurait des vapeurs.

— Elle est convaincue qu'une lady doit se reposer, en effet, admit Kathryn, amusée. Je ne fais jamais la sieste et je n'en souffre pas le soir.

Elle l'observa en inclinant la tête de côté.

— Vous ne vous êtes pas joint à nous pour le petit déjeuner et le déjeuner.

— J'avais des questions à régler. J'ai déjeuné à mon club. Vous permettez ? ajouta-t-il en désignant le banc.

— Je vous en prie.

Elle resserra ses jupes volumineuses pour lui faire de la place sur ce siège prévu pour des amoureux. Jamais ils n'avaient été aussi proches l'un de l'autre. La brise portait son délicat parfum d'agrumes et de cannelle. Quelques mèches échappées de son ruban encadraient son visage. Elle ne le regardait pas, si bien qu'il ne voyait que son profil. Il aurait aimé être capable de la dessiner. En l'occurrence, il devrait se contenter de graver ses traits dans sa mémoire.

— Qu'écrivez-vous ?

Elle rougit légèrement et poussa un soupir.

— J'essayais de dresser la liste de mes qualités.

— Ah, pour votre lettre au duc.

Maudit duc ! Il aurait la chance de la prendre dans ses bras sans la barrière des vêtements.

Elle s'empourpra davantage.

— C'est une expérience qui donne à réfléchir. Je crois avoir identifié la raison pour laquelle je suis sur le point d'être une laissée-pour-compte. Je suis simplement ennuyeuse.

« J'en doute », songea Griffith. Il commençait à entrevoir qu'elle était bien plus modeste qu'il ne le pensait, ce qu'il trouvait charmant. Toute autre femme cherchant à dresser la liste de ses qualités serait plus inspirée, quitte à enjoliver le tableau en s'inventant un talent pour la danse, un sens de l'humour qui restait à prouver et des compétences imaginaires pour diriger une maison.

— Puis-je ? demanda-t-il en tendant la main.

Elle leva les yeux au ciel, ce qui aurait dû le faire fuir.

— Vous allez vous moquer de moi.

Griffith ne comprenait pas lui-même cet intérêt qu'il portait soudain à cette lettre et pourquoi il voulait tant qu'elle obtienne ce qu'elle voulait.

— Je vous promets que non.

Elle se tourna pour lui faire face, la mine soucieuse.

— Pourquoi êtes-vous gentil avec moi ? Je suis habituée à nos joutes verbales, pas à des conversations aimables.

Il n'en avait pas la moindre idée, mais il se garda de l'avouer.

— Parce que la prochaine fois que je rentrerai en état d'ébriété, je ne veux pas que vous me fassiez passer par-derrière. Je préfère que vous m'aidiez à monter à l'étage.

— Vous vous souvenez de tout ?

— De tout, confirma-t-il.

Elle avait le regard malicieux, comme si elle était persuadée de s'en tirer à bon compte. Il aimait la voir triomphante, convaincue d'avoir eu le dernier mot.

Son soupir se mêla à la brise, et un éclair de pur désir le traversa comme il l'imaginait soupirer en d'autres circonstances…

— Je m'en veux de vous avoir traité de la sorte.

— Vous dites cela uniquement parce que je vous ai démasquée.

Ses lèvres roses s'incurvèrent. Était-elle aussi rose sous ses vêtements ?

— Oui.

L'espace d'un instant, il fut désorienté car il crut qu'elle répondait à la question muette qu'il s'était posée. Il ne put réprimer un soupir tremblant.

— Ma foi, pour ce que ça vaut, ni Althea ni mes parents ne m'auraient laissé entrer dans cet état.

— Vous vous enivrez souvent ?

— Non. J'avais passé une soirée décevante à la table de jeu, et j'étais à la fois désolé et en colère. C'était ma faute. Hier soir, cela s'est mieux passé – ma mission d'espionnage exceptée. Montrez-moi ce que vous avez écrit.

D'une main hésitante, elle lui tendit la feuille de papier.

Douée au whist.
Joue du pianoforte.
Ne parle que quand j'ai quelque chose d'important à dire.

Il ne pouvait juger les deux premiers points car il n'avait jamais joué au whist avec elle ni écouté ses prestations musicales. En revanche, le troisième argument était discutable car elle lui parlait souvent de sujets sans importance, uniquement pour susciter une réaction. Il avait toujours mordu à l'hameçon, ne serait-ce que pour avoir un peu d'attention. Quoi qu'il en soit, il savait d'avance que le duc allait jeter cette lettre à la corbeille. Il avait vu juste : une femme ne pouvait identifier lesquelles de ses qualités plairaient à un homme.

— Il veut une femme silencieuse. Il n'a pas l'intention de jouer aux cartes avec vous et ne vous demandera pas de jouer du pianoforte.

Griffith ne put s'empêcher de penser que le duc se priverait ainsi de bien des plaisirs.

— Le fait que vous citiez deux qualités qui sont sans intérêt pour lui l'incitera à douter de la véracité de la troisième.

— Que me suggérez-vous dans ce cas ?

— Que me donneriez-vous en échange de ma sagacité ?

— Gredin !

Le regard malicieux de la jeune femme lui serra le cœur. Elle se doutait qu'il lui demanderait quelque chose, preuve qu'elle le connaissait bien.

— Lors du bal du duc, je vous réserverai ma première valse.

— Vous pensez que je vais patienter des semaines pour obtenir mon dû ?

— L'attente ne le rendra que plus agréable.

Il n'avait jamais eu l'occasion de danser avec elle. Il l'imaginait dans ses bras, glissant sur la piste. Bon sang, ça lui plairait sacrément !

— Faites bien attention à ce que je vais vous révéler. Il est rare qu'un homme divulgue des secrets susceptibles d'en enchaîner un autre dans les liens du mariage.

Le sourire triomphant de la jeune femme le toucha au cœur.

— Vous acceptez le marché ?

Il haussa les épaules comme si cela n'avait pas d'importance, comme s'il n'attendait pas cette danse avec impatience.

— J'aurai ainsi une raison d'apprendre la valse.

— Vous savez valser. Je vous ai vu à l'œuvre.

Ainsi, elle l'avait observé lors d'un bal. Ce fut pour lui une source de satisfaction. Avait-il décelé un soupçon de jalousie dans sa voix ?

— Vraiment ?

Kathryn baissa les yeux pour chasser une poussière imaginaire sur sa jupe.

— Vous êtes le frère de ma meilleure amie. Comment pourrais-je ne pas vous remarquer sur la piste ?

— Pourtant, vous faites comme si je n'étais pas là, fit-il remarquer.

Elle leva les yeux vers lui. Il perçut du remords dans ses yeux noisette dont la teinte semblait changer selon la couleur de sa robe.

— Je trouve parfois plus facile d'ignorer quelqu'un dont je ne suis pas certaine qu'il m'apprécie.

— Taches de son, il m'arrive de vous taquiner, certes, mais jamais je ne vous mettrais dans l'embarras publiquement, soyez-en certaine.

— Je le suis à présent.

Ils se dévisagèrent longuement comme pour jauger leurs paroles et motivations mutuelles. Kathryn fut la première à se détourner. En la voyant s'humecter les lèvres, il se dit qu'il serait sans doute tombé à genoux s'il avait été debout. Avait-elle toujours exercé sur lui un tel pouvoir ? Ou savoir qu'elle voulait séduire un autre homme avait-il déclenché en lui une réaction de jalousie, une prise de conscience de ce qu'il ressentait pour elle ?

Malheureusement, si elle se mariait avec lui, elle n'obtiendrait pas ce qu'elle convoitait.

— Faites attention, ma chère, et admirez ma sagacité.

Elle lui adressa le plus beau des sourires – un sourire chaleureux et sincère, de ceux qui donnent des ailes à un homme.

— Vous êtes si horriblement prétentieux.

Ce n'était en rien un reproche, juste une taquinerie, énoncée d'un ton qui n'avait rien de caustique, contrairement à son habitude.

— Ne vous plaignez pas. Vous êtes sur le point de bénéficier de mon savoir supérieur.

— Dans ce cas, impressionnez-moi. Dites-moi ce que je dois écrire au duc pour gagner ses faveurs.

Griffith étendit le bras sur le dossier du banc et, sans la quitter des yeux, effleura une mèche soyeuse sur l'épaule de la jeune femme. Face à son absence de réaction, il en frôla une autre.

— Parlez-lui de votre crinière flamboyante, de votre regard noisette qui varie au gré de vos humeurs. Il est vert quand vous êtes heureuse et d'un brun de terre quand vous êtes mélancolique. Et quand la passion s'empare de vous, il est de la couleur du ciel à l'aube.

— Je supprimerai ce commentaire sur la passion, dit-elle en ouvrant de grands yeux. Vous n'avez jamais vu mes yeux lorsque je suis en proie à la passion.

Il avait vu plus que cela. La veille, tandis qu'elle dénouait sa tresse, c'était un véritable kaléidoscope de sentiments qui avait défilé dans ses prunelles : désir, avidité, excitation.

— Pourquoi vous offusquez-vous ? N'êtes-vous pas touchée par un morceau de musique ? un superbe coucher de soleil ? la vue d'un dessert appétissant ? Surtout s'il s'agit d'une tarte aux fraises.

Il savait qu'elle adorait ce fruit. Il était prêt à lui en cueillir un panier en échange d'un sourire.

— Je croyais que vous faisiez allusion à autre chose, souffla-t-elle en baissant la tête.

— Quel genre de passion aviez-vous à l'esprit ?

Elle leva vivement la tête, et la colère teinta ses yeux de reflets fauves.

— Vous le savez parfaitement !

Griffith glissa un doigt sous ses cheveux et le fit courir sur sa nuque. Il la sentit frémir.

— Le désir, l'envie, le besoin charnel, énuméra-t-il.

— Vous ne devriez pas me toucher de la sorte.

— Repoussez ma main, ou laissez-la où elle est, histoire de déterminer de quelle couleur sont vos yeux lorsque le désir vous trouble.

— Vous ne me troublez pas.

— Dans ce cas, il n'y a aucun mal à vous toucher.

Mis à part le fait qu'il se torturait en désirant ce qui lui était interdit. Et que s'il ne se maîtrisait pas, elle ne tarderait pas à découvrir à quel point il la désirait.

— Pourquoi se soucierait-il de mes yeux ou de mes cheveux ?

— Il veut une épouse qu'il pourra exposer tel un trophée et qu'il sera fier d'avoir à son bras.

— Comme tous les hommes. N'est-ce pas également votre cas ?

— Bien sûr que j'aimerais avoir une femme à mon bras, mais ma fierté n'aura rien à voir avec la couleur de ses cheveux ou de ses yeux. Ni avec ses pommettes délicates ou la grâce de son cou. Je serai fier de son intelligence, de sa compassion, de son audace. Jamais je ne la considérerai comme un trophée. Je souhaite qu'elle donne son avis, qu'elle discute avec moi de tous les sujets, que nous nous disputions, voire qu'elle me persuade qu'elle a raison si, à l'occasion, je me trompe. Je veux l'avoir à mes côtés parce que son jugement m'est précieux et parce qu'elle ne craint pas d'être franche. Parce qu'elle me fait sourire et rire et que je suis heureux de me réveiller à ses côtés chaque matin.

À un moment, durant cette diatribe ridicule, il avait posé la main sur sa nuque comme pour l'attirer vers lui. Les lèvres entrouvertes, elle le regardait fixement, sans doute affligée par tant de banalités. Que diable lui avait-il pris de déblatérer ainsi ?

Il n'avait jamais songé à se marier, jamais réfléchi aux qualités qu'il rechercherait chez une épouse. Or, soudain, il savait exactement ce qu'il voulait. Lady Kathryn pourrait bien avoir tout de la femme de ses rêves : l'esprit de compétition, un certain réalisme, pas une once de mièvrerie. Elle lui tiendrait tête, le provoquerait, lui dirait ses quatre vérités. Pour elle, il deviendrait meilleur et serait enfin lui-même.

— Sur quels sujets voudriez-vous avoir son opinion ? s'enquit-elle. De quelles questions aimeriez-vous discuter ?

Son intérêt semblait sincère. Comment réagirait-elle s'il lui répondait d'un baiser ? Ces temps-ci, il était presque obsédé par ses lèvres, rêvait d'explorer sa bouche jusqu'à provoquer des gémissements de plaisir.

Elle déglutit nerveusement. Avait-elle déjà eu envie de l'embrasser ? Il brûlait d'envie de l'attirer vers lui, mais se retint et reposa la main sur le dossier du banc.

— Si vous tenez à le savoir, retrouvez-moi ce soir dans l'allée, quand tout le monde sera monté se coucher. Sans chaperon.

— Ce serait scandaleux.

— Uniquement si vous êtes prise sur le fait.

Elle se mordilla la lèvre. Elle envisageait d'accepter ! Quelque chose qui ressemblait à de l'allégresse le parcourut. Il s'attendait à un refus.

— Si vous me rejoignez ce soir, vous pourrez écrire au duc que vous êtes audacieuse.

— Je ne le suis pas, selon vous ?

— L'êtes-vous ?

— À vrai dire, je n'ai jamais rien fait que je ne devrais pas faire, avoua-t-elle, gênée.

— Alors que moi, je ne fais que cela.

— C'est plus amusant ?

— Cela me donne des histoires à raconter, répondit-il avant de se pencher vers elle. Vous n'avez pas envie d'avoir une histoire à raconter, lady Kathryn ?

Le regard de la jeune femme sur son visage était si intense qu'il eut l'impression qu'elle en suivait les contours des doigts. Il oublia tout le reste. Il aurait donné n'importe quoi pour lire ses pensées. Le duc apprécierait-il une épouse aussi énigmatique ?

— Pourquoi vous montrez-vous aussi accommodant en me procurant des informations susceptibles de m'aider à attirer Kingsland alors que vous semblez n'avoir que du mépris pour lui ? Vous souhaitez que je sois malheureuse ?

Loin de lui une telle envie !

— Qu'il vous sélectionne ne vous obligera en rien à l'épouser si vous estimez qu'il ne vous convient pas. Mais vous serez peut-être bien assortis.

— Pourquoi me prodiguez-vous ces conseils ? insista-t-elle. Nous ne nous sommes jamais entendus.

— Peut-être ai-je décidé qu'il était temps que cela change. En outre, je vous ai expliqué que je préférerais que vous m'aidiez à monter à l'étage si je rentre ivre.

— Je rentre demain matin chez mes parents. Je ne serai donc plus là pour vous aider. Qu'avez-vous à y gagner ?

Pourquoi se montrait-elle si soupçonneuse ? Elle ne pouvait donc pas se réjouir simplement de sa bonne fortune ?

— Une valse, répondit-il.

Elle fronça les sourcils et fit la moue.

— Il vous suffisait de demander. Pourquoi ne m'avez-vous jamais invitée à danser ?

— Vous avez toujours été très claire quant à votre aversion pour les fils cadets.

Ce qu'il avait pris comme une offense personnelle, même s'il comprenait désormais ses motivations.

— Ce n'est pas une aversion, mais je ne peux me permettre d'encourager l'un d'entre eux. Si je vous ai donné l'impression d'un quelconque… mépris, j'en suis désolée.

— Je ne le prends pas personnellement, mentit-il pour lui éviter de se sentir coupable, car elle n'était pas responsable des conditions liées à son héritage.

Une fois encore, elle le dévisagea avec intensité, comme si elle voulait s'insinuer jusque dans son âme.

— Ah, vous êtes là ! s'exclama Althea, apparaissant au détour de l'allée.

Si Griffith se contenta de s'adosser au banc en croisant les chevilles, Kathryn sursauta et se leva d'un bond, comme prise en faute. Peut-être se sentait-elle coupable parce qu'elle s'était autorisé des pensées audacieuses le concernant.

— Je travaillais sur ma lettre pour le duc de Kingsland, dit-elle.

— Dans ce cas, tu devrais faire une pause, je pense. Que dirais-tu d'une promenade au parc ?

— Avec plaisir.

— Griffith, tu te joins à nous ? s'enquit Althea. Cela m'évitera de déranger un valet.

Il était conscient que c'était dangereux, qu'il avait déjà passé bien trop de temps en compagnie de lady Kathryn. Après ces confidences échangées, une promenade bucolique ne pouvait qu'être le prélude à un désastre. Il devait se faire plus rare. Or il semblait avoir perdu le contrôle de ses paroles, car il s'entendit répondre :

— Volontiers.

5

Tandis que leurs montures avançaient d'un pas tranquille dans Rotten Raw, Kathryn ne pouvait s'empêcher d'observer Griffith à la dérobée. Pour respecter les convenances, Althea chevauchait entre eux et Kathryn le déplorait car l'intimité du jardin avait disparu. Elle avait même eu l'impression qu'il allait l'embrasser… et cette perspective lui avait plu.

Griffith était un excellent cavalier. Chaque fois qu'il croisait une lady, il soulevait son chapeau et lui adressait un sourire irrésistible. Elle n'avait jamais remarqué que son sourire était si plein de promesses. Ces taquineries qu'elle détestait tant n'étaient-elles qu'une forme de flirt déguisé ? Il ne prenait rien au sérieux – du moins le croyait-elle jusqu'ici.

Au terme de son séjour chez son amie cependant, elle commençait à se demander si cette insouciance affichée n'était pas un rempart qu'il avait dressé autour de lui.

Dans le jardin, il s'était un peu livré, au point qu'elle avait été contrariée par l'arrivée inopinée d'Althea. Son amie avait interrompu un homme pour qui une épouse n'était pas simplement un trophée ou un élément décoratif.

Son énumération des qualités qu'il recherchait chez une femme l'avait fascinée. Il semblait avoir longuement réfléchi à la question, ce qui ne manquait pas de la surprendre. Il accordait de l'importance au cœur et à l'âme d'une femme et voulait qu'elle fasse partie de sa vie. Et non pas qu'elle se tienne à la périphérie.

À son insu, sans doute, c'était elle qu'il avait décrite. Pourquoi l'espérait-elle à ce point ? Pourquoi avait-elle regretté qu'il ne soit pas titré ? Lors de cette conversation dans le jardin, elle avait eu le sentiment d'exister enfin à ses yeux. Il comprenait son besoin d'être respectée non pas pour ses attributs physiques, mais pour ses qualités de cœur et d'esprit.

Quelque chose en elle avait changé. Elle voyait Griffith sous un jour nouveau désormais. C'était un être bien plus complexe qu'elle ne l'imaginait et elle avait envie de dénouer l'écheveau pour étudier toutes les facettes de lord Griffith Stanwick.

— Regarde discrètement, Kathryn, murmura soudain Althea. Je crois que le duc de Kingsland vient dans notre direction.

Kathryn émergea de ses pensées. C'était bien le duc qui s'approchait à cheval. Son cœur aurait dû s'emballer à la perspective de cette rencontre avec l'homme qu'elle souhaitait épouser. Or, ce n'était pas le cas.

Ils arrêtèrent leurs montures lorsqu'il arriva à leur hauteur. Kingsland les balaya du regard et s'arrêta sur Griffith.

— Bonjour, milord.

— Votre Grâce, répondit-il en inclinant la tête. Permettez-moi de vous présenter ma sœur, lady Althea, et son amie lady Kathryn Lambert.

Le duc souleva son chapeau.

— Mesdemoiselles, les salua-t-il. Je crois que des félicitations sont à l'ordre du jour, lady Althea. Lord Chadbourne a beaucoup de chance.

— Merci, Votre Grâce.

Il se tourna ensuite vers Kathryn et l'observa telle une énigme à résoudre.

— Lady Kathryn, êtes-vous fiancée ?

— Voilà une question bien impertinente.

— Elle a l'avantage d'être directe, non ?

Du coin de l'œil, elle vit Griffith se raidir et se demanda comment il lui avait soutiré des informations sur ses goûts.

— Je n'ai pour l'heure pas de prétendant.

Il n'avait pas à savoir qu'elle n'en avait jamais eu. Certes, quelques gentlemen avaient flirté avec elle, mais elle ne les avait pas encouragés car aucun ne lui plaisait.

Le regard inquisiteur du duc passa de Kathryn à Griffith comme s'il cherchait à résoudre quelque mystère.

— Dans ce cas, je recevrai une lettre de vous très bientôt, avant mon bal.

— Pour être honnête, je ne suis pas encore décidée.

— Oh, je crois que si !

Quel goujat arrogant !

— J'espère, Votre Grâce, que vous n'avez pas l'intention de dire à votre épouse ce qu'elle pense et quelles décisions elle a prises.

— Si nécessaire, je le ferai. Vous n'avez jamais entendu dire qu'un mari dicte ses opinions à sa femme ?

Plaisantait-il ? Elle ne l'aurait pas juré.

— Pourquoi voudriez-vous d'une femme incapable de réfléchir par elle-même ?

— Pourquoi voudrais-je d'une femme contrariante ?

— Par goût du défi, intervint Griffith.

Le duc le foudroya du regard.

— J'affronte suffisamment de défis pour ne pas en ajouter.

— Celui-ci serait bien plus plaisant. Au moins, vous ne pourriez pas lui reprocher d'être ennuyeuse. Ce ne serait pas excitant d'ignorer ce qu'elle va dire ou penser ?

Parlait-il d'elle ? Trouvait-il qu'elle constituait un défi ? Attendait-il avec impatience de savoir ce qu'elle pensait ou allait faire ? Elle n'y comprenait plus rien ! Griffith la complimentait-il ?

— Vous marquez un point, Stanwick, admit le duc en posant sur elle le regard appuyé d'un homme qui ne faisait rien à moitié. Qu'en dites-vous, lady Kathryn ? Veilleriez-vous à ce que mes journées ne soient pas monotones ?

— Vos journées et vos soirées.

Le cheval de Griffith fit un écart qu'il maîtrisa aussitôt. Le duc s'était figé. Il scrutait Kathryn comme si elle venait de surgir de nulle part.

— Je suis plutôt douée pour la lecture, poursuivit-elle. Je suis capable de donner vie à un récit. Mon père me félicite régulièrement.

— La lecture, répéta le duc en se raclant la gorge. Naturellement, c'est à cela que vous faisiez référence.

« À quoi d'autre ? » se demanda-t-elle. Seigneur, avait-il cru qu'elle parlait des relations conjugales ? Et Griffith également ? D'où sa réaction...

— Je peux vous garantir que lady Kathryn serait un atout pour n'importe quel époux, assura Althea avec entrain.

— Je vois, fit le duc sans détourner les yeux.

— Reste à démontrer si le duc serait un atout pour n'importe quelle lady, commenta l'intéressée. Votre Grâce, vous auriez peut-être dû fournir quelques informations sur vous-même, dans votre annonce, afin que ces demoiselles décident si oui ou non elles avaient envie de vous écrire.

— Je n'aurais jamais cru que ces dames s'intéressent à autre chose qu'à mon titre.

— C'est sans doute le cas de certaines, mais pas de toutes.

— Ce n'est certainement pas celui de lady Kathryn, déclara Griffith. Elle n'est pas à ce point superficielle.

— Vraiment ?

— Vraiment, confirma-t-il d'un ton sec qui lui valut un regard étonné du duc.

— Dites-moi, lady Kathryn, jouez-vous aux échecs ?

— Oui, Votre Grâce. Vous préférez consacrer vos soirées à cette activité plutôt qu'à la lecture ?

— Cela reste à voir. Néanmoins, je suis curieux. Selon vous, quelle pièce est la plus importante ?

Sans doute voulait-il jauger ses capacités intellectuelles.

— La reine.

— Le pion.

— Mais la reine se déplace dans toutes les directions.

— Me contrediriez-vous ?

— Si je considérais que vous avez tort, oui. Néanmoins, je vous permets d'argumenter.

— Vous êtes trop bonne, railla-t-il. J'admets que la reine est la pièce la plus puissante, elle n'est toutefois pas la plus importante. Le pion est la clé de toute bonne stratégie. On l'ignore trop souvent parce qu'il est petit et qu'il y en a beaucoup. Un peu à l'image des fils cadets.

— Suggéreriez-vous que votre frère cadet est plus important que vous ?

— Sans l'ombre d'un doute. Mon père l'aurait sacrifié sans sourciller pour assurer ma sécurité, ce qui le rend essentiel à mon bien-être. Ne jamais négliger le pion.

— Seriez-vous prêt à sacrifier votre frère ?

— Je prie pour ne pas être confronté à cette situation, répondit le duc avant de se tourner vers Griffith. J'espère vous revoir autour d'une table de jeu très prochainement, milord. Je vous dois une rossée. Mesdemoiselles, ajouta-t-il en soulevant son chapeau.

Il croisait Kathryn lorsqu'il immobilisa sa monture.

— Lady Kathryn, veuillez préciser dans votre lettre que vous êtes la jeune femme à l'esprit de contradiction croisée au parc afin que j'accorde un peu plus d'attention à votre prose.

— Je croyais que vous préfériez les femmes silencieuses.

Il adressa à Griffith un regard satisfait car il savait désormais pour qui ce dernier s'était renseigné.

— Vous parviendrez peut-être à me convaincre que je me trompe sur mes goûts.

Dès qu'il se fut éloigné, Althea émit un petit cri strident qui perturba les chevaux.

— J'ai l'impression que le duc flirtait avec toi, commenta-t-elle.

— Vraiment ?

Kathryn l'avait trouvé plutôt acariâtre. Cela l'ennuyait, mais cette perspective l'enthousiasmait bien moins qu'Althea.

— C'est évident ! Qu'en penses-tu, Griffith ?

— Je suis d'accord.

Il ne semblait guère plus enchanté que Kathryn.

— J'ai l'impression que cette rencontre fortuite est une aubaine et te fera marquer des points, déclara Althea. Je crois que tu deviendras la prochaine duchesse de Kingsland.

— Tu accordes trop d'importance à quelques paroles. Pourquoi choisirait-il une femme de mon âge alors qu'il pourrait avoir une débutante ?

— Il me semble qu'il préfère la maturité à une nature écervelée.

Il préférait aussi une personne docile qui épouse ses convictions. Serait-elle capable de tenir sa langue ?

Ils se remirent en route et Griffith se débrouilla pour chevaucher à côté d'elle.

— Avez-vous intentionnellement ruiné vos chances avec lui ?

Il semblait fâché, comme s'il se sentait attaqué personnellement à l'instar du Griffith d'avant leur conversation au jardin.

— Qu'est-ce que cela peut vous faire ?

— J'ai fait de gros efforts pour vous. L'opinion que le duc a de moi est en jeu.

— Vous lui avez avoué que vous vous renseigniez pour moi ?

— Bien sûr que non. Il ignore que je vous donne des conseils sur ce qu'il faut lui écrire. Je lui ai fait croire que j'étais juste intrigué par sa méthode. Il a deviné la vérité, c'est évident.

— Je sais. Vous avez raison, je vous suis redevable. J'aurais dû me montrer plus sensible à ses attentions, mais il vaut mieux rester soi-même, non ?

— Vous pourrez lui montrer qui vous êtes après la cérémonie.

— Ce serait le meilleur moyen d'être malheureux l'un et l'autre, s'esclaffa-t-elle. Ce ne sera peut-être jamais le grand amour, mais il vaudrait mieux que notre relation soit fondée sur l'honnêteté. C'est le minimum que je demande au mariage.

— Il faut parfois faire des sacrifices pour obtenir ce que l'on veut.

Que savait-il des sacrifices ? Si elle le rejoignait dans la soirée, elle lui poserait peut-être la question. Si tentée soit-elle par ce rendez-vous nocturne, elle n'avait pas encore pris sa décision. Cette démarche impliquait qu'elle lui fasse énormément confiance.

— Qu'est-ce que vous complotez, tous les deux ? s'enquit Althea.

— Nous parlions de ses impressions sur le duc, répondit son frère.

— Je l'ai trouvé plutôt plaisant, dit Althea. Et toi, Kathryn ?

— Je suis un peu déçue qu'il ne se souvienne pas de m'avoir rencontrée, soupira-t-elle.

— Vous avez été présentés ? s'étonna Griffith, l'air contrarié.

— Il y a deux ans, lors d'un bal. Il a même dansé avec moi.

— Vous devez vous tromper. Comment aurait-il pu oublier qu'il a dansé avec vous ?

— Parce que *vous*, vous n'auriez pas oublié ?

— Je le saurai bientôt, je suppose, grommela-t-il, résigné.

Et si cette valse se révélait inoubliable ? songea-t-elle.

6

Au pied de l'escalier, Griffith était appuyé contre le piédestal d'une statue représentant un loup, la tête rejetée en arrière, la gueule béante, comme s'il hurlait à la mort. Plus tôt dans la journée, lors de cette promenade au parc, il avait eu envie de hurler, lui aussi, en entendant Kathryn chercher querelle au duc. Celui-ci n'avait sans doute aucune envie d'une épouse qui s'exprimait avec une telle assurance, comme si son opinion comptait autant que la sienne. Quand bien même c'était le cas. Quand bien même elle avait invoqué des arguments valables qui lui avaient donné envie de l'applaudir tant il était fier de constater qu'elle ne s'était pas laissé impressionner par le statut et le prestige du duc.

Si elle n'y prenait garde, cependant, elle risquait d'anéantir ses chances de l'épouser. Or Griffith voulait qu'elle remporte ce fichu « concours ». Il voulait qu'elle vienne le retrouver, ce soir, même si cela lui semblait improbable. Elle ne lui avait rien promis, n'avait pas suggéré qu'elle viendrait. Sans doute serait-il déçu.

Il fallait qu'il se mette en route, qu'il modifie les dispositions qu'il avait prises plus tôt en espérant sa venue. Elle devait être couchée, à rêver que le duc glissait la main sous sa chemise de nuit pour remonter le long de sa cuisse.

Il ne comprenait pas que Kingsland ait pu oublier leur rencontre. Il suffisait pourtant de l'apercevoir pour que son souvenir reste gravé dans la mémoire d'un homme. Or, le duc l'avait prise dans ses bras pour tournoyer sur une piste de danse. Qu'il ait oublié sa crinière flamboyante, son regard de braise, sa langue acérée semblait inimaginable. Griffith, lui, se souvenait de tout. Il la revoyait courant dans les champs avec Althea, assise sur une couverture lors d'un pique-nique, riant si fort qu'elle effrayait les oiseaux. Il la revoyait dans des salles de bal, valsant avec divers lords. Le fusillant du regard ou s'efforçant de réprimer un rire tandis qu'il la taquinait.

Il n'avait jamais accordé la moindre importance à ces souvenirs, jusqu'à ce qu'elle se mette en tête d'épouser un duc. Depuis, des images d'elle le hantaient en permanence. Pourquoi diable l'attendait-il ? Tout le monde était couché. Il s'était attardé dans la bibliothèque à lire *Vingt Mille Lieues sous les mers*, alors que, de toute évidence, Kathryn ne viendrait pas. Après tout, il l'avait conseillée sur le contenu de sa lettre et elle avait fait en sorte que le duc ne l'oublie pas une seconde fois. Elle avait une longueur d'avance sur les autres candidates.

Il était encore un peu gêné par ses confidences de l'après-midi, dans le jardin, lui qui n'avait jamais songé à convoler. Sans comprendre pourquoi, il trouvait la compagnie de la jeune femme de plus en plus agréable. Ce n'était malheureusement pas réciproque, il devait se faire une raison. Il n'aurait aucun mal à modifier ses projets. Il lui suffisait de se rendre au cercle de jeu. La voiture l'attendait dans l'allée, les chevaux piaffant d'impatience.

Et pourtant, il était là, espérant encore que Kathryn et lui pourraient mettre de côté leur animosité d'antan et apprécier la compagnie l'un de l'autre. Il se berçait visiblement...

Le bruit d'une porte qui s'ouvre et se referme le tira de ses pensées. S'écartant de la statue, il vit la jeune femme descendre les marches d'un pas léger. Sous sa pelisse, il devinait la robe vert émeraude qu'elle portait au dîner.

— Je suis désolée d'être en retard, dit-elle, hors d'haleine. Althea m'a retenue. Elle voulait discuter encore de notre rencontre avec Kingsland. Merci de m'avoir attendue.

Elle était venue ! Et elle lui était reconnaissante de l'avoir attendue. Jamais il n'aurait dû douter d'elle.

— Nous ne sommes pas pressés.

— Certes, mais je n'ai pas vraiment répondu à votre invitation. Je ne vous ai pas informé que je souhaitais en savoir plus sur vos allusions mystérieuses dans le jardin. Vous comptez me le dire ?

— Je vais faire mieux que cela. Je vais vous le montrer.

Kathryn n'avait rien fait d'aussi audacieux, voire scandaleux, que de monter en voiture avec un gentleman à une heure aussi indue, sans chaperon et à l'insu de tous. Cependant, Griffith étant le frère de sa meilleure amie, elle ne risquait rien avec lui.

Du moins le croyait-elle voilà peu. À présent, elle était assaillie de pensées troublantes. Son corps était parcouru de sensations étranges tandis qu'ils sillonnaient les rues obscures. Griffith avait beau être assis en face d'elle, à distance respectable, elle percevait sa présence avec une acuité inédite. S'il n'avait rien d'effrayant, il envahissait littéralement l'espace. Son parfum un peu épicé flottait dans la cabine, mystérieux et décadent. L'adolescent d'autrefois s'était mué en un homme qui occupait soudain une grande partie de ses pensées.

Leur relation avait évolué et elle ne savait qu'en penser. La lumière des réverbères éclairait son visage à intervalles réguliers et elle se surprit à vouloir le toucher. Ce qu'une lady n'avait absolument pas le droit de faire. Lors des rares occasions où c'était permis, comme lors d'une danse, elle devait porter des gants.

Si le duc la choisissait, s'il la demandait en mariage, il était peu probable que leurs peaux se touchent avant la nuit de noces. Et si ce contact la révulsait ?

— Vous êtes bien pensive, fit remarquer Griffith.

Peut-être était-ce la pénombre ou le fait qu'ils soient seuls dans cet espace confiné, mais Kathryn eut soudain envie de se confier.

— Je songeais aux rituels lorsqu'un homme courtise une femme. Ils sont très stricts et ne permettent guère aux prétendants de faire plus ample connaissance.

Il la gratifia d'un bref sourire qui la rassura et lui donna l'impression d'être un être à part.

— Lady Kathryn, c'est à croire que vous lisez dans mes pensées.

— Vous partagez mon opinion ?

— Depuis longtemps, oui. C'est en partie pourquoi je voulais vous montrer quelque chose.

— Althea est au courant ?

— Absolument pas. Je n'en ai parlé à personne. J'ignore encore pourquoi j'ai pris cette décision, avoua-t-il en regardant par la fenêtre. D'autant que j'étais sobre.

Son mécontentement donna envie de rire à Kathryn, comme chaque fois qu'elle le prenait en défaut. En vérité, ses taquineries ne l'avaient jamais dérangée. En fait, elles la stimulaient. Ses conversations avec le duc seraient-elles aussi revigorantes ?

— Aucune femme ne vous attend ce soir ?

Il posa les yeux sur elle, comme elle le souhaitait. Qu'est-ce qu'il lui prenait, de désirer ainsi son attention ?

— J'avais la nette impression que vous faisiez partie de la gent féminine.

— Je ne vous attends pas.

— Vous cherchez à savoir si j'ai une maîtresse ?

Elle devait admettre que oui.

— Je ne voudrais pas être à l'origine d'une scène de jalousie.

— Vous pensez que je lui parlerais de vous ?

— Seulement si, à l'image de votre père, vous ne faites pas un secret de vos liaisons.

— D'abord, je ne ressemble en rien à mon père, maugréa-t-il. Ensuite, nous irions un peu vite en besogne en parlant de liaison. Nous ne sommes pas amants et mes projets pour ce soir n'ont rien de romantique. Enfin, je ne serais pas ici avec vous si j'avais une maîtresse. Je serais avec elle. Pourquoi souriez-vous ?

— Je suis rassurée de savoir que vous ne tromperiez pas votre maîtresse.

Et qu'il n'en avait pas.

— Vous cherchez à être engagée pour jouer le rôle de maîtresse ?

— Non ! Quelle audace ! Je suis une jeune fille comme il faut...

— Il n'y a rien de « comme il faut » en vous. Vous êtes téméraire et franche. Je ne comprends pas que Kingsland n'aime ni l'une ni l'autre de ces qualités.

— Je refuse de parler de lui.

— Vous ne l'appréciez pas ?

— J'ignore ce qu'il m'inspire, en réalité. Je ne veux pas d'un mariage qui ressemble à celui de mes parents. Mon père a choisi ma mère pour son argent...

— Kingsland n'a pas besoin d'argent, contra Griffith.

Contrairement à lui.

— Par intérêt politique, aussi.

— Le duc possède des alliés de poids.

— Certes. Ce qu'il lui faut, c'est une poulinière.

— Comme tous les hommes titrés.

— Ce qui ne rend pas cela acceptable pour autant. Mes parents sont partis pour l'Italie dans l'espoir de nouer des liens, voire de tomber amoureux. Je refuse trente ans de mariage sans amour. Comme Althea je veux tomber amoureuse d'emblée.

— Vous pensez que Chadbourne aime ma sœur ?

— Bien sûr ! Il l'adore.

Soudain, Kathryn eut des doutes :

— Vous ne le pensez pas ?

— Les affaires de cœur ne sont pas ma spécialité.

— Vous n'avez donc jamais été amoureux ?

— J'ai aimé follement un chiot, autrefois.

— Je ne me souviens pas d'avoir jamais vu un chien chez vous.

— Je n'ai pas eu le droit de le garder.

Le cœur de la jeune femme se serra. Encore une frustration. Il était le fils d'un duc, que diable !

Il aurait dû obtenir tout ce qu'il voulait. Elle-même avait été gâtée par ses parents car les trois fils que sa mère avait mis au monde étaient morts peu après leur naissance.

— Et de femme donc ?

— Pas une. Et vous, un jeune homme vous aurait-il tourné la tête avant de vous abandonner pour une femme ayant une dot plus conséquente ?

— Si cela m'était arrivé, tout Londres aurait été au courant car j'aurais jeté ce gredin dans la Tamise.

Encore un sourire… Elle commençait à y prendre goût.

— Vous voyez ? Vous n'êtes pas une petite nature. Vous êtes forte. Kingsland aurait de la chance de vous épouser.

— Vous êtes bien le dernier que j'aurais imaginé défendre ma candidature.

— J'avoue que c'est incongru, dit-il en jetant un coup d'œil dehors. Nous sommes presque arrivés.

Le vaste bâtiment de brique occupait une grande partie du pâté de maisons. Aucune lumière ne filtrait par les fenêtres, ce qui donnait aux lieux une apparence inquiétante. Le cœur de Kathryn s'emballa, mais elle avait confiance en Griffith. Jamais il ne lui ferait courir le moindre danger.

Il décrocha une lanterne de la voiture et ordonna au cocher d'emmener le véhicule aux écuries.

— Où sommes-nous ? s'enquit Kathryn.

— C'est une demeure à l'abandon. Nous entrons ? ajouta-t-il en brandissant une clé.

— Elle vous appartient ?

— Pas encore car je ne possède pas les fonds suffisants. Cependant, l'agent immobilier chargé de la vente sait qu'elle m'intéresse et m'a confié la clé pour la nuit. Parfois, être le fils d'un duc est utile pour obtenir certaines faveurs.

— En quoi cette maison vous intéresse-t-elle ?

— Je songe à y installer une entreprise.

Tandis qu'ils gravissaient les marches du perron, elle perçut son impatience. Levant haut la lanterne, il inséra la clé dans la serrure, puis ouvrit la porte. Les gonds émirent un grincement sinistre.

Lorsque Griffith lui fit signe d'entrer, elle n'osa pas se montrer lâche. Dans la pénombre, elle découvrit un vaste hall ainsi qu'un escalier monumental en courbe comme dans toutes les demeures élégantes.

— Venez, dit-il, sa voix résonnant dans le silence.

Il la guida dans ce qui devait être un grand salon. D'immenses lustres tombaient du plafond et une cheminée massive trônait à l'extrémité de la pièce.

— Ce serait le salon de réception, expliqua-t-il.

— Pour recevoir qui ? Vos clients ? Vos associés ?

— Les membres de mon club. Vous connaissez les clubs mixtes ?

— Comment voulez-vous que je connaisse quoi que ce soit impliquant la mixité…

Il afficha le plus diabolique des sourires. Il allait la taquiner sans merci !

— Auriez-vous les idées mal placées, lady Kathryn ?

— Gredin ! Pourquoi me parlez-vous de clubs mixtes ?

— Ils existent, même si le contexte est un peu ambigu, je l'admets.

— Quel est leur objectif ?

— Permettre aux hommes et aux femmes ayant des intérêts communs de se réunir. Ces clubs concernaient autrefois les milieux les moins favorisés de la société. Ils sont plus rares de nos jours.

— Vous en avez déjà fréquenté ?

— Il y a une dizaine d'années. Je cherchais des distractions car j'avais dilapidé ma rente. Je m'y suis retrouvé par hasard, mais j'ai été surpris par le fait que les ladies étaient venues sans chaperon.

— Dans ce cas, ce n'étaient pas des ladies.

— Nous discuterons une autre fois de ce qui fait d'une femme une lady. Je les ai trouvées à l'aise, drôles, libres de danser avec qui elles voulaient, même si le vieux pianoforte ne se prêtait guère à la valse. Elles buvaient de l'alcool et quelques-unes fumaient. Au fil de la soirée, chacune s'est associée à un homme pour se livrer à des activités plus intimes. L'atmosphère détendue du club se prêtait aux rencontres.

— Et au péché.

Kathryn connaissait la nature des activités de ces couples car sa mère l'avait mise en garde contre les hommes qui cherchaient à séduire les femmes. Selon elle, l'absence de chaperon augmentait le risque de céder aux plus viles tentations.

Dans ce cas, que faisait-elle ici, seule, en compagnie de Griffith Stanwick ?

Elle ne succomberait pas à son charme car elle était une lady, une femme avisée et déterminée à être irréprochable. À condition que personne ne soit informé de sa présence en ce lieu. Elle réprima un soupir. Elle trouvait de plus en plus difficile de ne pas enfouir les doigts dans les cheveux de Griffith pour en éprouver la douceur, de ne pas faire courir ses mains sur son corps ferme, de ne pas s'interroger sur ce que dissimulaient ses vêtements.

— C'est si terrible que cela ? demanda-t-il.

Il alla poser la lanterne sur la cheminée, puis croisa les bras et s'adossa au mur.

— Vous avez des amies qui se sont mariées. Connaissaient-elles leur mari avant la nuit de noces ? D'après vous, Althea connaît-elle vraiment Chadbourne ?

— Quelque chose ne va pas chez lui ?

— Non, du moins pas à ma connaissance. Cependant, quand je les vois côte à côte, je ne ressens aucune alchimie entre eux. Je suis prêt à parier qu'elle ne l'a jamais embrassé.

Il avait raison, mais elle ne trahirait pas la confiance de son amie en le lui confirmant. Sa propre mère aurait-elle épousé son père si elle l'avait connu intimement ? Ils avaient si peu en commun. Griffith n'avait peut-être pas tort, même si elle n'était pas prête à l'admettre. Elle se contenta de faire le tour de la pièce en l'imaginant meublée et décorée de tableaux, de statuettes et de plantes.

— Vous projetez donc de transformer ce lieu en un club mixte.

— Disons que je m'en inspirerai, mais je veux proposer davantage. Celui que j'ai visité comportait une seule pièce où les membres dansaient, buvaient et discutaient, puis partaient. Je voudrais avoir une pièce réservée à la danse et un salon réservé à la détente, aux discussions. Ce serait surtout un lieu de rencontres pour les personnes sans attaches.

Elle perçut son enthousiasme sous la nonchalance affichée. Tous deux évoluaient dans un monde où chaque acte, chaque parole était jugé. Le fait que Griffith l'ait amenée ici pour partager ses rêves, ses projets, ses aspirations lui donnait envie d'être digne de sa confiance.

— Racontez-moi tout.

Il la rejoignit en quelques enjambées.

— Aucun des membres de mon club ne serait l'héritier d'un titre. Ces derniers reçoivent suffisamment d'attention lors des bals et des dîners mondains. J'accueillerai plutôt les cadets négligés, les fils de marchands et d'artisans qui ont accumulé une fortune, mais sont rejetés par la bonne société. Prenez les Trewlove ; ils ont beau être richissimes, ils n'ont leurs entrées nulle part à cause de leurs origines modestes.

— Ils ont conclu de beaux mariages au sein de la noblesse.

— Justement. Ils devraient être les bienvenus partout sans avoir à se marier. Ces gens-là sont légion. Certains sont légitimes, d'autres pas. On les refuse au White's, ce ne sera pas le cas chez moi. Quant aux dames, les laissées-pour-compte, les vieilles filles, les filles de marchands ou d'artisans fortunés pourront adhérer. Ces femmes sont conscientes de ne pouvoir mettre le grappin sur un héritier. Elles se contenteront peut-être d'un fils cadet.

Espérait-il qu'une femme se contente de lui ? Kathryn n'appréciait guère l'idée qu'il flirte avec une jeune beauté, ce qui était injuste, car elle lui avait demandé de l'aider à plaire à un duc. Si elle cherchait un parti acceptable, pourquoi ne pourrait-il pas faire de même ?

— Au fond, il s'agirait d'un club de rencontres à visée matrimoniale.

— Le mariage n'est pas l'objectif ultime. Je recherche avant tout le divertissement. Cette pièce sera un espace de réception où les membres pourront soumettre leurs interrogations et être acceptés sans conditions.

Il alla récupérer la lanterne et revint vers Kathryn. Il lui prit la main comme s'il s'agissait du geste le plus naturel du monde.

Si elle se fiait aux battements accélérés de son cœur et aux papillons qui voletaient dans son ventre, cela n'avait rien d'anodin pour elle. Elle éprouvait de la joie, une euphorie qu'elle n'aurait pas dû ressentir. Tisser des liens avec Griffith anéantirait ses chances avec le duc, la privant donc de son précieux cottage. C'est pourquoi, tandis qu'elle le suivait dans le couloir, elle se força à rejeter tout sentiment profond qu'il pourrait lui inspirer. Elle ne devait s'intéresser qu'à son projet de club.

— À ce niveau, il y a d'autres pièces semblables à la première, expliqua-t-il. Les membres pourront y déambuler, saluer leurs connaissances, bavarder.

Il l'entraîna dans l'escalier, veillant à s'adapter à son rythme. Kathryn avait de plus en plus de mal à se concentrer sur les détails ornementaux. Elle n'avait d'yeux que pour la haute silhouette élancée de Griffith, sa façon de se déplacer tout en souplesse. Pourquoi diable n'avait-elle pas remarqué tout cela plus tôt ?

Jamais elle n'avait passé autant de temps avec lui que ces deux derniers jours. Par le passé, ils se croisaient le temps d'une réflexion acerbe ou d'une raillerie. Jamais ils ne s'étaient intéressés aux aspirations de l'autre, à ses goûts, à ses rêves.

L'univers de Kathryn s'en trouvait soudain chamboulé, comme si plus rien n'avait davantage d'importance que les instants qu'ils étaient en train de partager.

Sur le palier, il la mena vers la rampe afin qu'elle embrasse du regard à la fois le rez-de-chaussée et l'étage supérieur.

— Je pense réserver les pièces de ce niveau aux divertissements. Une salle de danse, une autre pour les parties de cartes, les fléchettes, la lecture.

Elle avait l'impression que c'était une façon de lui demander son avis, comme s'il voulait dissiper ses doutes.

— Tout cela me semble merveilleux. Et avez-vous prévu une pièce avec un pianoforte ? Parfois, une femme timide qui n'ose parler s'exprime mieux avec ses doigts.

Il lui pressa brièvement la main.

— Vraiment ?

Sa voix était rauque et elle le soupçonna d'imaginer une femme timide – voire elle-même – en train de faire certaines choses avec ses doigts. Elle ne s'en offusqua pas. Ce lieu invitait à la sensualité. Il avait raison. Les soirées mondaines de la bonne société étaient par trop formelles et convenables. Comment connaître sa véritable personnalité avec autant d'entraves ?

— Et les chaperons ?

— Quoi les chaperons ?

— Suivront-elles les jeunes filles ou leur réserverez-vous une pièce où elles patienteront ?

— Elles n'auront pas accès au club. Le principe de cet établissement est d'être libre de faire ce que l'on veut sans être jugé.

— Certains ne se gêneront pas pour juger. Ils viendront ici uniquement pour cela.

— Vous marquez un point.

Griffith réfléchit. Si Kathryn regrettait un peu d'avoir brisé la magie de ce moment, elle était touchée qu'il prenne en compte sa remarque et qu'il accorde de l'importance à son point de vue.

C'était le premier homme à se conduire de la sorte. En général, la plupart lui parlaient de la pluie et du beau temps, jamais de questions professionnelles ou commerciales.

— Les candidats devront être parrainés par un membre, reprit Griffith. Je pourrais aussi afficher des noms afin que les membres puissent rayer ceux qu'ils jugent indésirables.

— Certains agiraient par pure mesquinerie, par vengeance ou jalousie au lieu de considérer les facteurs objectifs.

— Qui ferait cela ?

— Des femmes, à coup sûr. Des hommes aussi, sans doute. Certains se montrent vindicatifs pour des raisons stupides. Un jour, je me suis fait agresser par une femme parce que ma robe ressemblait à la sienne. Si j'obtenais les faveurs du duc... je perdrais des amies qui souhaitaient elles aussi attirer son attention.

— Pourquoi ne se réjouiraient-elles pas de votre succès ?

— Parce qu'elles voudraient être à ma place.

— Et vous ? Serez-vous jalouse si une autre l'emporte ?

— J'aime à penser que non. Je serai vexée d'avoir été rejetée, c'est certain. J'espère au moins être capable de me réjouir pour l'heureuse élue.

— Que vous le souhaitiez indique que ce sera le cas.

— Nous verrons bien, dit-elle, flattée.

Les yeux rivés sur son visage, il leva la main. Elle crut qu'il allait lui caresser la joue, mais il se ravisa et se massa la nuque.

— Vous pensez donc que je devrais opter pour le parrainage ?

Elle trouvait sa façon de lui demander son avis troublante, et très valorisante.

— Ce serait plus avisé.

— C'est ce que je ferai, dans ce cas, déclara-t-il avec un sourire lumineux.

Une fois encore, il la dévisagea. Son corps entier fut parcouru de frissons inexplicables. Elle avait soudain envie qu'il la touche, qu'il la caresse pour lui calmer les nerfs.

— Et l'étage supérieur ? s'enquit-elle d'une voix un peu haletante.

— Ce sont des pièces plus petites que je réserverai aux couples désireux d'engager une conversation plus… intime.

Des refuges où l'on communiquerait davantage par gestes que par mots.

— Vous encouragerez la débauche.

— Pas nécessairement.

— Y aura-t-il des lits dans ces pièces ?

— Dans certaines, oui. Le plaisir se trouve de bien des façons. Ce soir, par exemple, nous n'avons rien fait d'inconvenant, et pourtant, j'avoue que cela faisait très longtemps que je n'avais pas passé une aussi bonne soirée en compagnie d'une femme, sans chaperon, sans interruptions, sans oreilles indiscrètes, sans jugement. C'est tellement rare de profiter de la vie sans avoir l'impression d'être en représentation, vous ne trouvez pas ?

Il parlait d'une voix sourde, et douce. Un jour, au marché, Kathryn avait vu un homme assis sur le sol qui jouait de la flûte en se balançant en rythme tandis qu'un serpent ondulait dans un panier. En cet instant, elle était aussi fascinée que le serpent en question. Elle aurait suivi Griffith au bout du monde s'il le lui avait proposé. Elle serait allée avec lui à l'étage supérieur. Il était encore plus dangereux qu'un serpent car il l'incitait à remettre en question tout ce en quoi elle avait toujours cru, ses valeurs, sa pureté, sa réputation, sa respectabilité.

Rien de tout cela ne l'avait rendue aussi heureuse que ces instants partagés avec un homme qu'elle n'aurait pas dû fréquenter, à explorer ces couloirs déserts, en pleine nuit, et à parler de comportements scandaleux comme s'ils ne l'étaient pas tant que cela.

— Comment s'appellera votre club ?

Peut-être était-ce elle le joueur de flûte et lui le cobra fasciné par sa musique, car il lui fallut un moment pour comprendre qu'elle lui posait une question. Il battit des paupières et laissa échapper un long soupir.

— Le club des belles dames et des seconds couteaux. Les Belles et Seconds, pour faire court.

— Cela me plaît.

— Vraiment ?

— Oui, confirma-t-elle en hochant la tête. J'aime le principe et j'ai hâte de visiter les lieux dès que vous aurez ouvert.

Elle s'était exprimée d'un ton ferme parce qu'elle voulait qu'il sache qu'elle avait confiance en lui pour mener ce projet à bien.

Griffith afficha un sourire un peu mélancolique.

— Le temps que j'aie les moyens d'acheter les locaux et le reste, vous serez mariée. Seules les personnes célibataires seront admises, ce club ayant pour vocation de procurer un cadre rassurant pour les rencontres.

— Qu'est-ce qui vous dit qu'il me choisira ?

— Lui avez-vous écrit ce que je vous ai conseillé ?

— Pas encore. J'y travaille.

Il faillit lui effleurer la joue d'une caresse, puis sa main retomba à son côté.

— Vous lui avez fait forte impression, cet après-midi. N'oubliez pas de vous identifier, comme il vous l'a demandé, et suivez mes recommandations. Vous l'emporterez haut la main.

À l'entendre, c'était si facile. Malheureusement, elle n'était plus vraiment certaine de vouloir épouser Kingsland.

Quelques minutes plus tard, ils regagnèrent la résidence ducale dans un silence complice, chacun perdu dans ses pensées. Le lendemain, elle rentrerait chez elle et ne reverrait sans doute pas Griffith avant le bal du duc. Mais elle savait déjà que jamais elle n'oublierait cette soirée ni l'homme avec qui elle l'avait partagée.

7

Un peu plus de deux semaines plus tard eut lieu le bal le plus important de la saison, celui destiné à bouleverser bien des vies. Kathryn se tenait en compagnie d'Althea et Jocelyn dans le grand salon du duc de Kingsland, dans sa demeure de Belgravia. Bizarrement, l'impatience de la jeune femme n'était pas liée à l'annonce que ce dernier ferait à 22 heures. Elle n'était pas non plus impressionnée par les personnages en vue ayant répondu présent, ni par le champagne qui coulait à flots, ni par l'orchestre imposant installé sur la galerie surplombant la salle.

Non. Son allégresse était uniquement due à la valse qu'elle allait danser avec Griffith. S'il s'en souvenait. Et s'il venait, car elle ne l'avait pas encore repéré dans la foule.

— Qui cherches-tu ? lui demanda sa meilleure amie.

— Personne en particulier, mentit-elle. Je regarde juste. Il y a tellement de monde.

Ils étaient même serrés comme des sardines. Les dames rivalisaient de coiffures sophistiquées, de bijoux étincelants et de robes extravagantes. Qu'elles soient mariées ou qu'elles cherchent à attirer l'attention du duc n'avait pas d'importance. Le tout-Londres voulait que Kingsland sache qu'on ne regardait pas à la dépense quand on assistait à ses réceptions et chacun tenait à briller.

— Il y a au moins deux cents personnes, supposa lady Jocelyn. Le duc n'avait jamais organisé de bal. Les invités ont répondu en nombre. Je me demande combien de lettres de candidature il a reçues.

— Toutes les jeunes filles à marier lui ont écrit, c'est certain. Voire certaines fiancées qui espèrent trouver mieux, déclara Althea. Je me réjouis de ne pas être en lice.

— Ma lettre comptait huit pages ! se vanta Jocelyn. Et la tienne, Kathryn ?

— Ce que j'avais à dire de moi tenait sur une seule feuille.

Jocelyn leva les yeux au ciel.

— Je n'ai pas réussi à faire tenir mes qualités et talents sur si peu de papier, dit-elle d'un air supérieur. J'en ai presque eu une crampe dans la main en dressant la liste des raisons pour lesquelles il devrait me choisir comme future duchesse.

— Je n'en doute pas, murmura Kathryn.

Jocelyn l'emporterait probablement et elle lui souhaiterait d'être heureuse. Elle consulta son carnet de bal : un quadrille, une polka, une valse suivie de *son* nom.

— Tes frères sont là, Althea ?

— Marcus est arrivé avec notre mère et moi. Mon père avait autre chose à faire, autrement dit il passe la soirée avec sa maîtresse. Bien que je ne connaisse pas cette femme, je la déteste. J'ai honte de mes pensées peu charitables mais je refuse de lui pardonner les souffrances qu'il inflige à ma mère.

— Tes parents devraient peut-être aller en Italie. Ce voyage semble avoir eu un effet étonnant sur les miens.

Par deux fois, elle les avait surpris enlacés, au point qu'elle avait pris l'habitude de frapper avant d'entrer dans n'importe quelle pièce de la maison.

— Cela ne changerait rien. Ses absences sont de plus en plus fréquentes. Il commence à dîner à l'extérieur.

— J'en suis désolée.

Althea haussa les épaules.

— Mon père me déçoit tellement, avoua-t-elle. J'aurais aimé qu'il soit irréprochable, or ce n'est qu'un goujat.

— Et lord Griffith ?

— Ma foi, c'est peut-être aussi un goujat, mais il n'est pas encore marié, donc je ne le condamne pas.

Kathryn s'esclaffa pour masquer le fait que si elle partageait cet avis naguère, ce n'était plus le cas.

— Je voulais dire : est-il arrivé ?

— Ah. Il ne m'a pas dit s'il venait. Je serais étonnée toutefois qu'il manque cette soirée. Les clubs seront déserts, ce soir. Il s'est sans doute réfugié dans le salon de jeu.

Kathryn se refusait à le traquer. À son arrivée, il s'était vu remettre un programme des danses qu'il avait dû glisser dans sa poche. Il savait donc quand aurait lieu la première valse. S'il ne se présentait pas, elle s'interdirait d'être déçue. Sauf qu'elle le serait, car il peuplait ses pensées depuis leur escapade nocturne.

— Lorsque j'ai salué le duc et sa mère, il m'a adressé un sourire plein de mystère, déclara Jocelyn d'un air entendu. C'était une façon discrète de me dire qu'il m'a choisie.

Kingsland s'était montré très solennel avec Kathryn, comme s'il avait oublié leur entrevue dans le parc. De toute évidence, elle ne lui plaisait guère. Tant mieux, car elle n'était pas du tout certaine qu'il la rendrait heureuse. Et si elle n'était pas heureuse, pouvait-il l'être ?

— Je serai ravie qu'il appelle l'une de vous deux, déclara Althea, diplomate.

— Que la meilleure gagne, comme l'a dit lord Griffith il y a quelque temps, répondit Jocelyn.

Kathryn aurait dû s'inquiéter, car quel homme titré épouserait-elle si le duc ne la choisissait pas ? Jamais son cottage ne lui avait paru aussi inaccessible, et pourtant, elle ne ressentait aucune tristesse car elle n'avait qu'une chose en tête : cette valse.

Quand vint le moment de la première danse, elle salua son partenaire d'un sourire et le suivit sur la piste. Elle avait toujours aimé la danse, celles qui étaient en vogue mais aussi les danses plus traditionnelles. Elle avait le don de mettre en valeur un cavalier peu doué, de sorte que les gentlemen ne manquaient pas. Pour autant, ce don pour la danse ne lui valait pas des demandes en mariage. Elle contempla les superbes lustres en cristal qui appartiendraient bientôt à l'heureuse élue. Quel étrange comportement de la part d'une femme qui tournoyait dans les bras d'un homme.

— L'atmosphère de ce bal est particulière, vous ne trouvez pas ? dit-il soudain.

— Comment cela ?

— Les jeunes filles à marier affichent des mines soucieuses en attendant l'annonce du duc. Je ne doute pas qu'il y aura des larmes. Et nous autres messieurs serons prêts à consoler les malheureuses en quête de réconfort.

— Vous croyez que toutes les célibataires de la ville ont écrit au duc ?

— Naturellement. Ma mère a insisté pour que chacune de mes sœurs rédige une lettre. La dernière n'a que quatorze ans.

— Mon Dieu, souffla Kathryn, abasourdie.

— Je ne vous le fais pas dire. Je trouve la méthode répugnante, pour ne pas dire sordide.

— Il ne choisirait quand même pas une enfant !

— J'espère que non. Sinon, je risque de le provoquer en duel.

— Votre mère ne serait pas en reste.

— Pourquoi les femmes veulent-elles à tout prix se marier ? lâcha-t-il avec un sourire.

— Pourquoi les messieurs cherchent-ils désespérément à ne pas se marier ?

Le sourire du vicomte s'élargit et son regard pétilla. Ce n'était pas la première fois qu'elle dansait avec lui, en revanche, c'était la première fois qu'ils parlaient d'autre chose que du temps.

— Je n'avais jamais réalisé à quel point vous étiez franche, lady Kathryn.

— C'est l'un de mes défauts, je suppose.

— Ce n'est pas pour me déplaire. Des échanges plus francs seraient possibles si chacun ne restait pas campé sur ses positions, si les femmes ne voulaient pas à tout prix nous passer la corde au cou et si nous n'étions pas si obsédés par notre liberté.

— Je commence à croire, milord, que le problème vient peut-être du fait que les hommes et les femmes n'ont pas la même conception du mariage. À vous entendre, c'est une expérience déplaisante. Si vous considérez le mariage comme une prison, je comprends que vous l'évitiez comme la peste le plus longtemps possible.

Cependant, les femmes aussi avaient beaucoup à perdre en se mariant, à commencer par une grande partie de leurs droits.

Kathryn se montra tout aussi détendue avec son cavalier suivant. Ce soir, c'était comme si personne ne se sentait considéré comme un conjoint potentiel contraint de se montrer sous son meilleur jour. Tout le monde attendait le verdict du duc. À l'issue de cette danse, alors qu'elle regagnait le bord de la piste, Griffith se matérialisa devant elle et lui tendit une main gantée.

— Il me semble que votre première valse m'est réservée, déclara-t-il.

Il était extraordinairement séduisant en habit noir, gilet argenté et cravate immaculée nouée à la perfection. Elle eut envie d'ébouriffer ses cheveux blonds coiffés avec soin.

Son cavalier précédent s'inclina et s'éclipsa, et Griffith l'entraîna au centre de la piste.

— Je n'étais pas certaine que vous viendriez, avoua-t-elle.

— Je ne renonce jamais à mon dû.

Quel dommage qu'il n'ait pas eu une raison plus personnelle – comme la prendre dans ses bras, par exemple.

— En outre, lui souffla-t-il à l'oreille, je n'aurais pour rien au monde renoncé à cette occasion de danser avec une créature aussi ravissante.

Elle s'efforça de ne pas prendre ses propos à cœur, et de ne pas rougir. Qu'elle ait commandé cette robe vert pâle spécialement pour l'occasion, parce que cette couleur flattait son teint et mettait son regard en valeur, n'avait aucune importance.

— Vous me taquinez.

— Pas cette fois, assura-t-il avec le plus grand sérieux.

Le sentiment furtif d'avoir trouvé quelque chose pour le perdre aussitôt lui traversa l'esprit.

Dès les premières notes, ils valsèrent avec aisance, comme s'ils avaient dansé ensemble des milliers de fois, alors que c'était une première. Jamais ils n'avaient été aussi proches physiquement. C'en était presque scandaleux. Sa main était fermement plaquée contre son dos et il ne cessait de frôler sa robe de ses jambes.

— Avez-vous eu de la chance au jeu ?

— Qu'est-ce qui vous fait croire que je jouais aux cartes ?

— Althea m'a dit où vous vous trouviez, du moins à son avis.

— J'étais sur la galerie, à scruter l'assemblée, répondit-il en secouant la tête.

Il y avait des rideaux ici et là, ce qui permettait d'observer la salle de bal sans être vu.

— Vous avez remarqué quelque chose d'intéressant ?

Il soutint longuement son regard, comme s'il était sur le point de lui faire un aveu, puis parut se raviser.

— Vos parents se sont réconciliés ?

Elle faillit insister pour obtenir une réponse à sa question, mais mieux valait peut-être continuer à vivre dans l'ignorance de certaines choses.

— Absolument, et c'est plutôt étrange. Je n'ai pas l'habitude de les voir échanger des regards enamourés, des sourires mystérieux ou bavarder tranquillement, sans prises de bec. Je les ai même surpris en train de s'embrasser.

— Seigneur, c'est incroyable !

Comment avait-elle pu passer si longtemps à côté de cet esprit taquin, de son espièglerie ? Il la faisait rire, sourire, et enrager tout à la fois.

— Plaisantez tant que vous voulez, mais je vous assure que c'est assez déconcertant d'entrer dans une pièce et de trouver sa mère plaquée contre le mur, tandis que son mari la dévore de baisers. Je songe à porter une clochette afin qu'ils m'entendent approcher.

Griffith éclata de rire.

— Vous êtes incroyable !

— J'y songeais sérieusement, assura-t-elle. Ma mère est souvent échevelée, ces temps-ci.

Sous son regard appuyé, elle rougit.

— Cela dit, je suis heureuse pour eux. Il n'est jamais trop tard pour trouver l'amour.

— Cela vous donne de l'espoir ?

— Je n'ai pas totalement renoncé, mais j'essaie de me montrer réaliste.

Et même pragmatique. Les souvenirs d'un bonheur passé avec sa grand-mère méritaient-ils qu'elle renonce à la possibilité d'un bonheur présent avec un homme capable de l'apprécier et d'avoir de l'affection pour elle ? Cela semblait tellement injuste de ne pouvoir obtenir les deux.

— Kingsland en viendra sûrement à vous aimer.

— Encore faudrait-il qu'il me sélectionne parmi une myriade de jeunes admiratrices.

— Seriez-vous nerveuse à l'approche du verdict ?

— Franchement, je n'y ai guère pensé. Et vous, Griffith, espérez-vous trouver l'amour ?

— Franchement, je n'y ai guère pensé, rétorqua-t-il.

Un mois plus tôt, qu'il fasse ainsi écho à ses paroles l'aurait agacée. Aujourd'hui, elle devinait qu'il s'agissait d'une façon de ne pas lui révéler ce qui risquait de le faire souffrir.

— Au début, notre entente nouvelle m'a étonnée. Rétrospectivement, je me demande pourquoi nous ne nous sommes pas entendus d'emblée. Nous ne sommes pas si différents, au fond.

— Nous sommes très différents, Taches de son, objecta-t-il.

Pour la première fois, elle perçut de la tendresse dans ce surnom qu'elle détestait. Prononcé avec ce mélange de douceur et de tension, il exprimait une multitude d'émotions aussi troublantes pour lui que pour elle. Il resserra son étreinte, la paume plaquée au creux de ses reins.

Peut-être était-ce dû à la façon dont la lumière éclairait ses yeux, mais ceux-ci lui parurent s'assombrir comme s'il faisait allusion à autre chose, à leurs corps si différents.

S'il la courtisait, elle penserait qu'il l'invitait à le rejoindre dans un lieu à l'écart où ils pourraient explorer leurs différences à loisir. Depuis quand avait-il cessé de l'agacer ? Quand avait-elle commencé à voir en lui un amant potentiel ?

— En dehors de votre club, que rêvez-vous de posséder ?

Ses lèvres s'incurvèrent lentement sur un sourire et elle eut l'impression qu'il lui révélait quelque chose d'intime, qu'il n'avait jamais partagé avec quiconque.

— Mes rêves risqueraient de choquer la lady que vous êtes.

Quelle déception ! Elle qui croyait qu'ils étaient devenus des confidents.

— Je suis sérieuse, Griffith.

L'orchestre se tut et elle en fut désolée. Griffith lui prit la main, la porta à ses lèvres. Il l'effleura à peine, pourtant elle en sentit la chaleur à travers son gant. Dans les profondeurs de son regard, elle crut déceler des regrets.

— Certains rêves sont interdits, Kathryn. Les vôtres sont accessibles, j'y crois dur comme fer.

Sur ces mots, il s'éloigna, la laissant désorientée, à se demander pourquoi ils ne pouvaient réaliser leurs rêves tous les deux. Les jambes soudain flageolantes, elle se dirigea d'un pas mal assuré vers quelques chaises occupées par des mères de famille. Tous les regards se braquèrent sur elle lorsqu'elle s'assit. Elle esquissait un sourire forcé lorsque sa mère s'approcha et prit place à côté d'elle.

— Je ne crois pas t'avoir jamais vue danser avec lord Griffith Stanwick. J'avais l'impression que vous ne vous entendiez guère.

— Durant mon séjour chez Althea, j'ai appris à mieux le connaître.

— Vous formez un beau couple. Dommage que ce soit un fils cadet.

— Je trouve injuste de ne pouvoir hériter de mon cottage qu'à la condition d'épouser un homme titré, soupira-t-elle.

— La vie est rarement juste, ma chérie. Mieux vaut s'en rendre compte jeune pour ne pas être déçue.

— Vous devez l'être moins, ces derniers temps, avec papa qui est aux petits soins pour vous.

— L'homme que tu épouseras le sera dès le début, j'en suis certaine, déclara sa mère avec un sourire doux.

— Encore faut-il que je me marie.

Un coup de gong retentit.

La mère de Kathryn poussa un soupir de soulagement.

— Enfin ! L'événement tant attendu va avoir lieu.

Kathryn s'attendait que le silence tombe dans la salle. Or, ce fut un concert de cris tandis que les jeunes filles se bousculaient pour se tenir au pied de l'escalier, sans doute pour capter un ultime regard du duc, une dernière occasion de le faire changer d'avis, peut-être…

Avec bien moins d'enthousiasme que ses rivales, Kathryn se fraya un chemin vers Althea, qui avait glissé la main au creux du coude du comte de Chadbourne. Celui-ci la salua d'un signe de tête et son amie lui pressa la main.

— Tu devrais t'approcher de l'escalier pour ne pas être trop loin quand il prononcera ton nom.

— Il n'en fera rien.

— N'en sois pas si sûre. Il semblait très intéressé au parc.

— Il veut une épouse silencieuse, lui rappela Kathryn. Je crois lui avoir prouvé que je ne l'étais pas.

— Parfois, un homme ne sait ce qu'il veut qu'une fois qu'il l'a trouvé, lui murmura Althea à l'oreille. Chadbourne me l'a confié en me demandant en mariage.

— Le duc de Kingsland est plutôt homme à savoir ce qu'il veut.

Le gong retentit de nouveau.

Cette fois, le silence se fit. Dans une atmosphère pesante, le duc descendit quelques marches en balayant l'assemblée d'un regard pénétrant. Quelle présence, quelle assurance, quel détachement empreint de froideur. Sa vie conjugale ne serait pas remplie de rires, de complicité, de chaleur. Il n'attribuerait pas un surnom tendre à son épouse. Il ne la dévisagerait pas en songeant à ses taches de rousseur d'autrefois. Il ne lui demanderait pas de lui parler de ses rêves, ne l'aiderait pas à les réaliser, ne lui confierait aucun secret, ne l'inciterait pas à faire ce qu'elle ne devrait pas. Bref, il ne serait jamais son ami.

Jetant un regard autour d'elle, elle se demanda où était passé Griffith. Elle leva les yeux vers la galerie. S'était-il replié là-haut pour assister au spectacle ? Où qu'il soit, il était bien caché. Mais peut-être s'était-il simplement réfugié dans la salle de jeu. À moins qu'il ne soit rentré chez lui.

Se pourrait-il qu'il soit resté pour la réconforter au cas où elle ne serait pas l'heureuse élue ? Après tout, il connaissait l'enjeu pour elle, en plus d'avoir joué les espions et les conseillers. Il voudrait forcément connaître le dénouement de cette affaire dont il avait été partie prenante. Kathryn regretta soudain de ne pas lui avoir dit…

— Très estimés invités, commença le duc de Kingsland d'une voix forte qui résonna dans la salle de bal.

Toutes les jeunes filles à marier retinrent leur souffle, le cœur battant. Seul celui de Kathryn avait commencé à battre pour un autre.

— C'est un honneur pour moi de vous accueillir ce soir alors que je vais vous annoncer le nom de ma future épouse. Naturellement, je compte la courtiser en bonne et due forme pour m'assurer qu'elle me convient. Après avoir lu les nombreuses lettres que j'ai reçues, je suis certain que la jeune fille que j'ai sélectionnée s'efforcera de dépasser mes attentes. Je vous demande de féliciter lady Kathryn Lambert !

L'intéressée se figea, le sang quitta son visage et se mit à lui rugir aux oreilles. Elle entendit vaguement Althea pousser un cri de joie, puis des murmures, mais le tout était assourdi, comme si elle avait sombré au fond de l'océan. Le regard du duc se fixa sur elle avec une intensité palpable. C'était impossible. Il ne pouvait pas l'avoir choisie.

Il descendit les dernières marches avec l'assurance d'un officier sur un champ de bataille.

— Te rends-tu compte de la chance que tu as ? demanda Althea.

Non, elle ne s'en rendait absolument pas compte.

— Il arrive ! Souris, au moins.

La foule s'ouvrit devant le duc, pourtant, elle ne parvint pas à sourire. Puis il se tint devant elle, si sûr de lui, et cependant si froid qu'elle en frissonna.

— Lady Kathryn.

— Pourquoi moi ?

— Pourquoi pas vous ?

Parce qu'en l'épousant elle obtiendrait le cottage mais devrait renoncer à ce qu'elle désirait – et elle venait tout juste de découvrir ce qu'elle désirait.

Le duc fit signe à l'orchestre de jouer. Telle la marée qui se retire, la foule recula tandis qu'il entraînait Kathryn vers la piste de danse. Sans doute serait-il aussi directif dans tous les aspects de sa vie, devinait-elle.

— N'ayez pas l'air si choquée, lady Kathryn. Vous devriez pour le moins sembler folle de joie et honorée.

Elle devait admettre qu'il dansait à la perfection. Ce qui n'avait rien de surprenant, cet homme ne devant pas tolérer la moindre lacune. Que ne tolérerait-il pas chez son épouse ? Et comment réagirait-il si elle ne se montrait pas à la hauteur de ses attentes ?

— Puis-je être honnête, Votre Grâce ?

— J'espère que l'honnêteté sera toujours de mise entre nous.

— Je suis étonnée que vous m'ayez choisie.

— Pourquoi ?

— Parce que je ne vous ai pas envoyé de lettre.

8

Il n'eut aucun mal à la repérer parmi la foule, dans cette salle immense. Plus vite encore que la première fois qu'il était monté sur la galerie, il avait localisé Kathryn juste avant l'annonce un peu théâtrale du duc. Kingsland avait laissé entendre que c'était un honneur pour elle d'avoir été sélectionnée, alors que c'était l'inverse. N'importe quel homme serait chanceux d'épouser lady Kathryn Lambert.

Pourquoi diable n'avait-elle pas paru ravie en entendant son nom ? Pourquoi n'avait-elle pas sauté de joie, à l'instar d'Althea ? Certes, elle était peut-être sonnée…

Toutefois, lorsque le duc l'avait entraînée dans une valse, elle semblait mal à l'aise, crispée, malheureuse. Alors que quand elle avait dansé avec lui, ses mouvements étaient fluides et gracieux, se rappelait Griffith, qui venait de découvrir qu'il possédait un cœur.

Quand elle soutenait son regard, il oubliait qu'il n'était qu'un fils cadet. Le temps de cette valse, plus rien n'avait eu d'importance que son doux parfum d'agrumes.

Dès la fin de la valse ducale, un groupe d'invités encercla le couple de l'année pour le féliciter.

Désemparées, les jeunes filles rejetées s'étaient empressées de quitter les lieux après l'annonce, sans doute pour pleurer loin des regards indiscrets. Quelques messieurs leur avaient emboîté le pas pour leur offrir un peu de réconfort.

Kathryn aussi avait, semblait-il, besoin de se ressaisir. Après quelques minutes passées à sourire et à hocher la tête, elle s'éclipsa et gagna la terrasse. Griffith s'empressa de la suivre.

C'était de la folie car elle était désormais presque fiancée. L'avenir qu'elle convoitait s'ouvrait à elle. Il était grand temps qu'il s'occupe enfin de son propre projet, qu'il mette son plan en œuvre. Il avait déjà franchi une étape cruciale vers le succès, mais le moment était mal choisi pour s'en féliciter. Pour l'heure, il voulait juste passer une minute avec Kathryn, être le témoin de sa joie d'avoir obtenu gain de cause.

Il s'enfonça dans le parc à sa suite. Les quelques lanternes jalonnant l'allée centrale n'éclairaient pas grand-chose. Il n'était pas surpris qu'elle sorte déjà des sentiers battus. Il la vit s'arrêter au loin et poser les mains sur les hanches, comme autrefois quand elle lui assenait une repartie bien sentie. Sauf que cette fois, elle ignorait qu'il était là. Jusqu'à ce qu'il marche sur une branche morte.

Kathryn fit volte-face.

— C'est moi ! lança-t-il vivement. Griffith.

— Je sais. Pourquoi avez-vous fait cela ?

Il se figea.

— Fait quoi ?

Elle le rejoignit. Indifférent au parfum enivrant des fleurs, il ne sentait plus que les notes d'agrumes et de cannelle de son eau de toilette.

— *Un humour féroce, de la repartie, une intelligence vive.*

— Kath…

— *Sa simple présence donne à un homme l'envie de découvrir ses pensées les plus intimes, ses désirs secrets, ses caresses.*

— Le duc…

— *Tel un bon vin, elle est audacieuse, enivrante, et ne déçoit jamais. Elle possède de multiples facettes. Une vie entière ne suffirait pas à les découvrir toutes.* C'est ce que vous avez écrit au duc de Kingsland. Il semble avoir une excellente mémoire et retient tout ce qu'il lit. Pourquoi avez-vous fait cela ?

— Parce qu'un homme se moque éperdument qu'une femme sache jouer aux cartes ! Parce que vous vous dévalorisez, parce que vous êtes trop modeste !

Il ne voulait pas se montrer aussi virulent, mais il était furieux qu'elle ne lui soit pas reconnaissante, et furieux qu'elle ait été choisie, même si c'était son objectif en rédigeant cette lettre. Loin de se réjouir, il avait envie de hurler de rage et de frustration.

— Pourquoi vous donner cette peine ? Si tirer les vers du nez du duc à la table de jeu vous coûtait, pourquoi insister en écrivant une lettre ?

— Vous voulez ce cottage, répondit-il d'une voix plus posée. Et je sais ce que c'est que de convoiter quelque chose.

Quelque chose d'interdit.

Elle s'approcha plus près. Était-ce le clair de lune, les étoiles, les lanternes au loin, mais son visage lorsqu'elle leva les yeux lui apparut clairement. Il pria pour qu'elle ne lise pas dans son regard la profondeur des sentiments qu'il éprouvait pour elle et la souffrance qui l'accablait en cet instant.

— Vous ne m'appréciez même pas, murmura-t-elle.

Si seulement c'était vrai ! Si seulement les mensonges qu'il s'était répétés à lui-même toutes ces années pour protéger son cœur ne revenaient pas le tourmenter !

Kathryn leva une main timide et la posa sur la joue de Griffith. Pourquoi diable les membres de la bonne société portaient-ils des gants lors des réceptions mondaines ? Il voulait sentir la chaleur de sa peau, la douceur de sa paume. Ce mot « vouloir » faisait naître en lui des pensées idiotes et l'incitait à faire des choses tout aussi idiotes. Comme s'assurer qu'elle passe le reste de sa vie dans les bras d'un autre homme.

— Vous me taquinez sans merci, reprit-elle d'une voix enrouée qui lui donna des frissons.

Il s'interdit d'imaginer ses cris d'extase en réponse à ses propres râles de plaisir.

— Vous n'avez rien à dire pour votre défense ? demanda-t-elle.

— Non, je n'ai aucun argument.

À part continuer de se montrer idiot et l'embrasser.

C'était une erreur, bien sûr, mais toute cette soirée en était une. Jamais il n'aurait dû danser cette valse avec elle, parce que désormais il la voulait dans ses bras. Il y aurait un prix à payer pour ce baiser. Il ignorait juste ce que cela lui coûterait.

Lorsqu'il l'incita à entrouvrir les lèvres, elle obtempéra sans hésiter. Elle accueillit sa langue, lui permit d'explorer sa bouche à loisir, de goûter sa saveur. Il referma la main sur sa nuque, posa l'autre au creux de ses reins et la plaqua contre lui.

Elle lui caressa la nuque avant de glisser les doigts dans ses cheveux tandis que sa bouche se mouvait sur la sienne sans retenue. Elle laissait échapper de petits gémissements et des soupirs d'aise.

Seigneur, il la connaissait depuis des années, et n'avait pas deviné que la sage lady Kathryn pouvait se muer en une véritable tigresse dans l'intimité d'un jardin sombre.

Ce serait leur secret. Il ne la trahirait pas, n'en parlerait à personne, elle le savait. Cette confiance serait comme le plus précieux des joyaux. Il pourrait l'examiner lors des nuits solitaires qui l'attendaient. Car ses nuits seraient solitaires.

Si ce baiser n'était pas la première erreur qu'il commettait, ce serait celle qui lui laisserait les pires regrets. Il aurait mieux valu qu'il ne goûte jamais à sa saveur enivrante, qu'il ne sache pas qu'elle pouvait se lover contre lui comme si leurs corps étaient faits l'un pour l'autre.

Il aimerait la tenir dans ses bras à jamais. Mais cet honneur reviendrait à un autre homme, ce qui lui interdisait d'aller plus loin.

S'arrachant à sa bouche, il déposa une pluie de baisers le long de son cou, s'arrêta là où son pouls battait follement. Il lui mordilla le lobe de l'oreille avant d'en tracer le contour de sa langue.

— Vous trouverez le bonheur auprès de lui.

Sur ce, lord Griffith Stanwick, fils cadet qui ne s'était jamais rien refusé, la lâcha et tourna les talons, renonçant à ce qu'il désirait le plus au monde.

9

Allongée dans son lit le lendemain matin, Kathryn fixait le plafond, comme elle l'avait fait une partie de la nuit tandis qu'elle ne cessait de penser à ce qu'il s'était passé dans le parc.

Lorsqu'il avait approfondi leur baiser pour s'aventurer là où aucun homme n'avait été convié, Griffith avait gémi, une plainte rauque semblable aux siennes lorsqu'elle croquait une friandise au chocolat. C'était là un plaisir enivrant, comme s'il n'existait rien de meilleur au monde, et elle en voulait davantage. Elle restait sur sa faim.

Au lieu de leurs habituelles joutes verbales, leurs langues avides s'étaient adonnées à une danse sensuelle, un véritable pas de deux, un échange de caresses tantôt douces, tantôt plus fermes.

Elle aurait voulu que cela ne s'arrête jamais.

Un souhait vain. Griffith s'était éloigné, la laissant seule dans la nuit, avec l'envie de le retenir car plus rien ne serait pareil, désormais.

Comment avait-il pu lui tourner le dos sans un regard en arrière après un baiser aussi torride ? Elle était à la fois blessée, furieuse et désemparée. Il lui avait fallu de longues minutes pour se ressaisir.

En regagnant la salle de bal, elle avait été accueillie par le duc de Kingsland qui lui avait aussitôt réclamé une autre danse. Elle avait cherché désespérément une explication plausible à ses lèvres gonflées, à sa coiffure moins nette que lorsqu'elle était sortie en invoquant le besoin de prendre l'air. La brise expliquerait peut-être les quelques mèches qui s'en étaient échappées, quant à son souffle un peu haletant, elle le mettrait sur le compte de sa hâte à le rejoindre. Sauf que le duc ne lui avait posé aucune question. Il s'était contenté de la dévisager d'un air sagace. À l'évidence, il se croyait capable de la déchiffrer d'un seul regard.

À présent, elle se demandait si elle serait contrainte de garder pour elle ses pensées jusqu'à la fin de ses jours.

Dans la voiture, lors du trajet de retour, ses parents nageaient dans le bonheur. Ils lui avaient assuré que sa grand-mère serait folle de joie de savoir qu'elle avait mis le grappin sur un duc.

— J'ai l'impression qu'il va d'abord me mettre à l'épreuve, avait-elle déclaré, histoire d'atténuer leur déception si les choses tournaient au vinaigre.

Leur enthousiasme était d'autant plus insupportable qu'elle n'était responsable en rien de cette situation. Pourquoi diable Griffith avait-il écrit cette maudite lettre ? Et pourquoi l'avait-il embrassée ? Elle avait besoin de réponses, de comprendre ses motivations. Éprouvait-il des sentiments pour elle ? Son baiser ne faisait planer aucun doute quant au désir qu'elle lui inspirait, mais s'il voulait la faire sienne, pourquoi l'avoir laissée au duc ? Il ne lui avait jamais semblé altruiste. Il prétendait savoir ce que l'on ressentait à convoiter quelque chose... cela suffisait-il pour qu'il la confie à un autre ? Elle avait besoin de le voir, de connaître la nature réelle de ses sentiments à son endroit. Sinon, comment pourrait-elle contraindre son cœur à accepter le duc ?

N'y tenant plus, elle rejeta les couvertures et sonna sa femme de chambre. Une heure plus tard, elle descendait prendre son petit déjeuner.

Devant la salle à manger, elle se demanda si elle s'habituerait un jour aux gloussements et aux bavardages de ses parents. Dieu qu'ils étaient puérils ! Sa mère avait abandonné sa place habituelle en bout de table pour se rapprocher de son mari.

— Bonjour, chérie ! lança-t-elle avec entrain lorsque Kathryn entra. Tu as bien dormi ?

— Pas vraiment. L'excitation, je suppose.

Surtout ce baiser brûlant qui n'avait fait que lui ouvrir l'appétit.

Elle garnit son assiette et s'attabla en face de sa mère.

— Kingsland est très sympathique, commenta son père. Il m'a dit qu'il te rendrait visite cet après-midi. Je crois qu'il veut t'emmener au parc en voiture.

Elle allait être courtisée et aurait dû s'en réjouir. Or, c'était Griffith qui occupait ses pensées, ne laissant aucune place pour un autre.

— Ne fais pas cette tête, dit sa mère. On ne parle que de toi dans la bonne société. Tu n'as pas idée du nombre de félicitations que j'ai reçues hier soir !

Kathryn préférait ne pas savoir.

— Pas autant que lord Griffith Stanwick, j'imagine, intervint son père d'une voix un peu tendue.

— Qu'a-t-il donc fait pour mériter des félicitations ? ne put s'empêcher de demander Kathryn.

— Il a raflé d'énormes sommes à la suite d'un pari au White's et sans doute dans d'autres clubs.

Elle fut parcourue d'un frisson d'appréhension.

— Quel pari ? s'enquit-elle, la bouche sèche.

— Il avait prévu que Kingsland te choisirait.

Dans la voiture, Kathryn fulminait. Son père avait eu beau lui expliquer que tout le monde avait jugé le pari de Griffith stupide, mais que ce dernier était connu pour ses paris extravagants, rien n'y avait fait. Ces messieurs n'avaient pas cru en sa prédiction, à tort. Qu'avait donc dit Griffith dans sa lettre et que Kingsland avait omis de lui rapporter ?

Était-ce la culpabilité qui avait incité Griffith à la suivre dans le parc ? L'avait-il embrassée parce qu'il était fou de joie d'avoir gagné son pari ? Ses paroles d'adieu semblaient à présent davantage destinées à se convaincre lui-même, à atténuer sa culpabilité, à se persuader qu'il ne lui avait pas causé de tort.

L'escroc ! Il avait profité d'elle et de sa bonne fortune. Peu importait qu'il soit à l'origine de cette bonne fortune. Elle qui croyait qu'il avait écrit au duc parce qu'il avait des sentiments pour elle. Comme toujours, il ne pensait qu'à ses propres intérêts. Et il avait trouvé un moyen facile et rapide de renflouer ses finances.

Il allait devoir s'expliquer.

La voiture s'arrêta devant la maison du duc de Wolfford.

— Inutile de m'accompagner à l'intérieur, dit-elle à la femme de chambre qui lui servait de chaperon. Je n'en ai pas pour longtemps.

Le valet lui ouvrit la portière, déroula le marchepied et l'aida à descendre de voiture. Elle gravit les marches du perron d'un pas décidé et frappa à la porte sans utiliser le heurtoir.

— Lady Kathryn, la salua le majordome en s'effaçant pour la laisser entrer. Je vais prévenir lady Althea.

— C'est lord Griffith que je viens voir.

— Je regrette, il est absent.

Naturellement. Sans doute dilapidait-il déjà ses gains.

— Dans ce cas, je verrai lady Althea.

Son amie serait horrifiée par la conduite de son frère. Au bout de quelques minutes, Althea apparut, les yeux rouges, le visage pâle, un mouchoir serré dans sa main crispée.

— Tu es venue ! Comment as-tu su ? Tout Londres est donc déjà au courant ?

Éberluée, Kathryn secoua la tête.

— Je suis désolée, je ne sais pas de quoi tu parles. Je suis venue parler à Griffith de cet odieux pari sur le choix de Kingsland.

— Tu n'es pas au courant ?

— De quoi ?

— Mon père et mes frères ont été arrêtés pour haute trahison.

10

20 avril 1874

Le souffle court, le cœur battant, il courait à toutes jambes avec l'impression qu'il n'allait nulle part. Tout n'était que ténèbres, mais au-delà... il devait y avoir quelque chose – si seulement il pouvait l'atteindre. Elle était là-bas, s'il y parvenait.

Soudain, il se retrouva dans une pièce, assis sur une chaise, les mains attachées dans le dos, entouré d'ombres. Une lumière forte l'éblouit. Il n'y avait pourtant ni lampe ni fenêtre. Seulement lui, la chaise et les ombres.

— Nous voulons des noms.

— De qui ?

— Qui d'autre est impliqué ?

— Impliqué dans quoi ?

— Combien sont-ils ?

— Je n'ai pas la moindre idée de ce dont vous me parlez.

— Vous voulez nous faire croire que vous n'étiez pas au courant du complot ?

— Quel complot ?

Les ténèbres revinrent et il se remit à courir. Avec Althea. Il fallait qu'il la protège. Mais elle n'avait pas besoin de lui. Elle avait d'autres projets. Il tendit la main vers elle…

Elle s'évapora.

Marcus apparut. Secrets, tromperies, danger. L'héritier qui n'en était plus un disparut, le laissant seul face aux conséquences. Toujours seul. Toujours…

Griffith se réveilla en sursaut et chassa les vestiges de son cauchemar tel un chien qui s'ébroue en émergeant d'un ruisseau. Mais la réalité le hantait encore tandis qu'il se frottait le visage pour tenter de revenir dans le présent et de fuir le passé.

Cela faisait dix mois que Marcus et lui avaient été arrêtés et emprisonnés à la Tour de Londres parce que les autorités les soupçonnaient d'être impliqués dans un complot visant à assassiner la reine. Il s'avéra que seul le duc de Wolfford l'était. Quand il sortait, le soir, ce n'était pas pour aller rejoindre sa maîtresse, mais ses complices. Si leur père n'avait pas agi seul, il était l'unique inculpé. Il avait fallu deux semaines d'interrogatoires quotidiens pour que Griffith et Marcus parviennent à convaincre le ministre de l'Intérieur de leur innocence. Ils ignoraient tout de l'entreprise de leur père.

Griffith avait encore du mal à le croire capable d'une telle machination. Apparemment, leur père possédait une face sombre dont aucun d'eux n'avait conscience. Jugé coupable de haute trahison, le duc de Wolfford avait été condamné à la pendaison. Dieu merci, les exécutions capitales n'étaient plus publiques. Ironie du sort, en 1870, le duc avait voté contre la loi mettant fin à la peine de mort par écartèlement des traîtres. Celle-ci était tout de même passée, lui permettant ainsi d'échapper à une mort atroce. Peu après son exécution, la Couronne avait confisqué son titre et ses biens, ne laissant à Griffith et sa famille que les quelques effets qu'ils avaient réunis avant d'être expulsés de leur demeure. Le cœur brisé, leur mère était morte de chagrin. Abandonnés de tous, ils s'étaient retrouvés livrés à eux-mêmes. Même Chadbourne avait tourné le dos à Althea et rompu leurs fiançailles. La malheureuse était désormais au ban de la bonne société.

Déterminé à restaurer l'honneur de la famille, Marcus cherchait à découvrir qui d'autre avait comploté pour éliminer la reine Victoria. Pendant quelques mois, Griffith l'avait aidé. Étant à bout de patience, il avait récemment décidé de dépenser son énergie à trouver de l'argent. Les activités clandestines n'étaient pas lucratives.

Il quitta le lit, l'unique meuble de la pièce, et enfila son pantalon. Grâce à ses investissements avisés, il avait assez d'argent pour s'offrir la maison qu'il convoitait, mais il en fallait davantage pour mener son projet à son terme. Et il savait où le trouver.

Ses clubs l'avaient exclu. Heureusement, une pièce placée dans la paume d'un employé lui procura ce dont il avait besoin.

Il sortit de la poche de son manteau la liste de tous les lords ayant parié contre lui lorsqu'il avait prédit que le duc de Kingsland choisirait lady Kathryn Lambert pour épouse. Si le remboursement d'une dette de jeu était une question d'honneur, certains gentlemen s'en croyaient dispensés quand ils devaient de l'argent au fils d'un traître.

Cet argent leur aurait pourtant été utile quand ils s'étaient retrouvés dans le plus grand dénuement.

Ces lords qui lui avaient tourné le dos, qui avaient refusé de régler leurs dettes, allaient apprendre que le diable récupérait toujours son dû... avec des intérêts.

Le lendemain soir

Kathryn avait toujours aimé le théâtre. Depuis le mois de juin, elle fréquentait assidûment la loge de Kingsland. Ces sorties étaient l'une de leurs rares activités régulières. En cet instant, elle était assise à côté de lui, sa femme de chambre qui lui servait de chaperon derrière elle, et se demandait s'il l'emmenait au théâtre parce que cela le dispensait de lui parler. Absorbée par le spectacle, elle se murait dans ce silence qu'il appréciait tant chez une femme. Quand, de temps à autre, elle lui jetait un coup d'œil, elle voyait un homme distant qui semblait plongé dans des calculs mentaux.

Ils s'étaient rendus à plusieurs dîners ensemble. Le duc conversait avec aisance mais, après leur mariage, quand ils seraient deux à table, il serait absorbé par ses ruminations et ne se soucierait guère de connaître ses centres d'intérêt ou ses activités de la journée. Non qu'elle souhaite être au centre de son univers ou de son attention. Elle avait accepté que leur union ne soit pas un mariage d'amour, l'amour n'étant en rien nécessaire dans l'aristocratie.

— Quelque chose ne va pas ? Vous semblez distraite.

Elle sursauta et tourna la tête vers l'homme qu'elle allait épouser – s'il lui demandait sa main. Depuis qu'il avait annoncé son choix, lors de ce bal, ils n'avaient passé que très peu de temps ensemble. Le duc était allé en France, en Belgique et même en Amérique. Il était rentré d'Écosse la veille. Durant ses absences, Kathryn recevait de petits présents lui indiquant qu'il pensait à elle : des fleurs, des chocolats, une invitation à utiliser sa loge au théâtre. Ses cadeaux étaient toujours parfaitement appropriés, cependant, elle aurait préféré une lettre où il racontait ses voyages. À défaut de lettres, elle espérait qu'ils auraient des conversations intéressantes à son retour. Mais elle commençait à être lasse de lui demander comment son séjour s'était passé, d'autant qu'il lui répondait invariablement :

— Rien que des affaires ennuyeuses.

La trouvait-il ennuyeuse, elle aussi ?

En fait, plus qu'une épouse silencieuse, il voulait surtout une épouse absente. Il n'avait besoin que d'un héritier. Elle aurait pu s'en offusquer, mais elle n'était pas hypocrite. Elle aussi se servait de lui pour parvenir à ses fins. Jamais ils ne sentiraient la passion ne les réunirait. Elle devrait la trouver ailleurs, dans d'autres projets. Elle s'impliquait déjà dans plusieurs associations caritatives, notamment auprès des femmes défavorisées.

— Je suis juste pensive, répondit-elle. Et vous semblez préoccupé, vous aussi.

— Pardonnez-moi. J'ai l'occasion d'acquérir une mine de charbon dans le Yorkshire. Je pesais le pour et le contre.

— Et quelle est votre conclusion ?

— Pour l'heure, je n'ai rien décidé, répondit-il avec un sourire bref. Il faudra que je me rende sur place sous peu pour m'assurer que je possède toutes les informations nécessaires.

— Quand vous serez marié, votre épouse sera-t-elle invitée à vous accompagner dans vos déplacements ?

— Je ne vous empêcherai pas de venir avec moi, Vous risquez toutefois de vous sentir très seule car je serai accaparé par mes affaires.

Cette allusion à leur mariage lui noua l'estomac. Il sous-entendait régulièrement qu'elle serait sa duchesse, mais il n'avait encore conclu aucun accord officiel et ne s'était pas entretenu avec son père.

— Vous ne voulez pas vraiment d'une épouse qui fasse partie de votre vie, n'est-ce pas ?

— Je ne vous considérerai pas comme toute ma vie, mais vous en ferez à coup sûr partie. Lors de notre rencontre au parc, je n'ai pas eu l'impression que vous aviez besoin d'être dorlotée.

— Néanmoins, une femme aime se sentir appréciée.

— Je ne daignerais pas épouser une femme qui ne le serait pas.

Ces paroles ne la réconfortèrent en rien. Elle ne s'imaginait pas s'abandonner à ses baisers dans un jardin, ou être blessée par un pari qu'il ferait à son sujet.

Elle n'avait pas revu Griffith depuis le bal chez Kingsland et n'avait fait que croiser Althea. Certes, elle avait soutenu son amie en ce matin funeste où elle s'était rendue chez elle pour parler à son frère. Elle l'avait consolée, lui avait assuré qu'il ne pouvait s'agir que d'un horrible malentendu, que les choses rentreraient vite dans l'ordre.

Malheureusement, le temps qu'elle rentre chez elle, les méfaits du duc et les soupçons pesant sur ses fils s'étaient répandus comme une traînée de poudre. Son père lui avait interdit tout contact avec lady Althea Stanwick. Vivant sous le même toit que ses parents, elle n'avait eu d'autre choix que d'obéir.

Elle avait réussi à se rendre chez Althea en secret à plusieurs reprises. Mais après que le duc eut été pendu, ses frères et elle avaient disparu. N'avoir plus aucune nouvelle, ne pas savoir comment ils allaient était perturbant. Quelques semaines plus tôt, Althea était revenue dans sa vie. Elle venait d'épouser Benedict Trewlove, depuis peu comte de Tewksbury, et ils étaient en Écosse. Ni Marcus ni Griffith n'avaient assisté au mariage et Althea rechignait à lui parler d'eux, sinon pour dire qu'ils allaient bien, même s'ils n'étaient pas accessibles.

— Vous êtes en droit d'être contrariée par mes absences répétées, déclara Kingsland.

C'était là le problème : cela ne la dérangeait en rien. Il ne lui manquait pas, elle ne se demandait pas ce qu'il faisait. Ses pensées dérivaient souvent vers Griffith. Elle s'interrogeait sur sa santé, ses activités. En dépit de sa colère, elle ne pouvait s'empêcher de s'inquiéter pour lui. Sans doute avait-il payé le prix fort pour les actes de son père.

— Cependant, poursuivit le duc, je vous assure que rien ne saura me détourner…

— King ?

Il se tourna aussitôt vers le jeune homme qui venait d'entrer dans la loge.

— Lawrence, j'ignorais que tu souhaitais te joindre à nous ce soir.

— Ce n'est pas le cas, mais j'ai un petit problème et Pettypeace m'a dit que je te trouverais ici.

— Combien ?

Au ton du duc, Kathryn devina que cette conversation était récurrente entre son frère et lui, celui qui, selon ses propres dires, avait plus d'importance que lui-même.

Lord Lawrence se pencha vers Kingsland.

— Mille.

— Tu as perdu mille livres en seulement quelques heures dans un tripot ? Bon sang, c'est inacceptable !

— Je n'ai même pas encore mis les pieds dans une salle de jeu. Il s'agit de ce fichu pari contre Griffith Stanwick, la saison dernière.

À la mention de Griffith, le cœur de Kathryn s'emballa. Le pari de la saison dernière... Était-ce celui à son sujet ? Pourquoi Griffith n'empochait-il son gain que maintenant ?

— Il est sorti du bois ?

— Pour réclamer son dû, en effet.

— Tu ne l'avais pas encore payé ? Régler un pari perdu est une question d'honneur.

— Personne ne l'a payé. Son père était un traître, et nous sommes tous tomber d'accord pour déclarer que ce crime annule la dette.

Durant tout ce temps, Griffith n'avait pas touché un penny de ses gains ? Si elle était toujours vexée, elle en voulait terriblement à ces messieurs. Althea lui avait avoué qu'ils connaissaient les pires difficultés financières depuis leur exil de Mayfair. Ils en étaient réduits à loger dans un taudis et à travailler pour survivre.

— Et qu'est-ce qui te pousse à le payer maintenant ? s'étonna Kingsland.

— Il nous menace de violences physiques ou de divulguer des secrets compromettants.

Ce chantage ne ressemblait en rien au Griffith qu'elle connaissait.

— Tu es concerné ?

— Est-ce important ? rétorqua Lawrence.

Kingsland dévisagea son frère. Encore un cadet qui ne cessait de réclamer de l'argent à son aîné. Pas étonnant que sa grand-mère lui ait conseillé de les éviter comme la peste.

— Dis à Pettypeace de te donner ce dont tu as besoin, soupira le duc.

— Ton secrétaire ne me donnera rien si je ne connais pas le code secret ou si je n'ai pas un message signé de ta main.

Kingsland sortit un calepin de sa poche et griffonna quelques mots.

— Merci, souffla Lawrence avant de se redresser. Lady Kathryn, je suis désolé d'avoir perturbé votre soirée. Bon spectacle.

Sur ces mots, le jeune lord prit congé sans lui laisser le temps de s'enquérir de Griffith. De toute façon, elle n'aurait jamais trahi son inquiétude, de peur que le duc ne doute de sa loyauté. À juste titre.

Dans la salle, l'éclairage se tamisa pour le lever de rideau. Sur scène, les artistes apparurent dans un décor de forêt.

— Avez-vous eu des nouvelles de Griffith Stanwick ?

Elle tressaillit.

— Non. Il n'a aucune raison de me rendre visite ou de m'écrire. Je n'ai pas parié avec lui.

— Étant une amie de sa sœur, vous savez peut-être comment il a enduré la trahison de son père.

— Je ne suis pas sûre qu'elle sache ce qu'il devient. J'ai du mal à croire qu'il ait menacé votre frère.

— Nous prenons nos paris très au sérieux. Certains se sont battus en duel pour un tel manquement à l'honneur.

— Vous auriez pu informer votre frère de votre choix pour lui éviter de perdre ce pari ridicule.

En songeant aux motivations de Griffith, elle sentit son cœur se serrer.

— Vous connaissez les détails du pari auquel il faisait référence ? s'enquit-il en se penchant vers elle.

Il parlait à voix basse non pour créer une intimité entre eux, mais pour ne pas déranger les autres spectateurs.

— Celui qui prévoyait que vous me choisiriez ? Mon père m'en a parlé. Avez-vous parié, vous aussi ?

— L'éthique me l'interdisait puisque c'était de moi que dépendait l'issue. Que j'en parle à mon frère aurait été injuste. En voyant le registre des paris au White's, j'ai gardé ma décision secrète. Je n'ai même rien dit à mes meilleurs amis.

— Bien sûr, fit-elle en croisant les mains sur ses genoux. J'ignorais qu'il n'avait pas touché ses gains. Auriez-vous payé même si tout le monde a refusé ?

— J'honore toujours mes dettes. Je me demande où il est.

Elle se posait la même question, à son corps défendant. Elle passait la soirée avec un homme qui n'avait pas tiré profit de ce qu'il savait sur elle. Griffith n'aurait pas dû occuper ses pensées, pourtant, elle ne parvenait pas à le chasser de son esprit.

Ils regardèrent la pièce sans mot dire, puis rentrèrent chez eux sans échanger une parole.

En arrivant au manoir, il lui demanda de s'attarder un instant car il avait deux mots à lui dire pendant que sa femme de chambre s'éloignait. Au lieu de lui parler, il l'embrassa. Un simple effleurement des lèvres, mais c'était la première fois qu'il prenait une telle liberté. Certes, le cœur de Kathryn s'était un peu emballé, mais elle n'avait ressenti aucun trouble, aucun désir, pas de papillons dans le ventre. Aucune de ces sensations magiques que Griffith avait suscitées en elle avec son baiser de vaurien – le duc, lui, embrassait comme un gentleman.

Il fallait qu'elle efface tout souvenir de Griffith, qu'elle évite la moindre comparaison entre les deux hommes.

11

1er juin 1874

Six semaines plus tard, Kathryn n'avait rien de prévu pour la soirée. Kingsland étant en déplacement dans le Yorkshire et ses parents en voyage à Paris, elle s'aventura à l'Elysium Club, un cercle de jeu pour les dames – du moins des dames qui aimaient à croire qu'il rivalisait avec ceux que fréquentaient les hommes de leur entourage. Kathryn trouva les lieux assez élégants, plus sans doute que leur équivalent masculin. Aiden Trewlove avait certes fait très attention à ce que son établissement corresponde aux goûts féminins.

L'éclairage de la salle de jeu était tamisé. D'élégants messieurs en tenue de soirée déambulaient pour prodiguer aux dames leurs conseils stratégiques, leur effleurer l'épaule, leur sourire. D'autres salles proposaient différents divertissements : repas, danse, massages des pieds… Kathryn préférait la salle de jeu car les messieurs, s'ils flirtaient parfois, n'étaient jamais insistants. Le roulement des dés, la roulette, le bruissement des cartes se mêlaient au brouhaha feutré des conversations.

Son jeu favori était le vingt-et-un ou black jack, dont les règles étaient simples. Il suffisait d'accumuler des cartes pour obtenir une valeur de vingt et un sans la dépasser. Kathryn était devenue membre peu après le bal de Kingsland. Elle avait entendu parler de ce club et, dans la perspective de son mariage, elle s'était mis en tête de faire tout ce qu'elle rêvait de faire avant que son mari lui interdise des activités aussi scandaleuses. Elle était à présent persuadée de pouvoir venir au club sans que Kingsland s'en soucie le moins du monde. Sa vie de couple ressemblerait sans doute à celle de ses parents avant qu'ils tombent amoureux. Kingsland ne semblait pas homme à perdre la tête et à la plaquer contre un mur.

— Lady Kathryn ?

Elle leva les yeux vers le croupier.

— Une carte, dit-elle.

Elle sourit en découvrant qu'elle en était à dix-neuf.

— Je m'arrête là.

Il passa à sa voisine de table, qui portait un masque. Si certaines préféraient garder l'anonymat, Kathryn, elle, n'avait que faire d'être reconnue. Elle n'avait pas honte de son comportement. Dans ses relations avec le duc, il y avait une honnêteté qui lui permettait d'être elle-même.

— Avez-vous trouvé quelqu'un pour vous parrainer ? murmura lady Prudence à lady Caroline, assise près d'elle.

— Oui.

— Pourrait-elle me recommander également ?

— Si je deviens membre, je le ferai.

— De quoi parlez-vous ? intervint Kathryn, consciente d'être indiscrète.

Les deux dames sursautèrent, l'air un peu coupable, et échangèrent un regard hésitant avant de hocher la tête.

— Un nouveau club vient d'ouvrir, chuchota lady Prudence.

Le cœur de Kathryn fit un bond. Griffith avait eu des rentrées d'argent... Peut-être avait-il pu acquérir le bâtiment qu'il convoitait.

— Quel genre de club ?

Lady Prudence jeta un coup d'œil alentour comme si elle craignait d'être espionnée.

— C'est un lieu où les hommes et les femmes se retrouvent pour... faire connaissance. L'adhésion est très sélective. Il faut être parrainé. Et s'engager à ne pas raconter ce qui se passe entre ses murs, ni le nom des autres membres ou des couples qui s'y forment. J'ai entendu dire qu'une femme n'avait pas respecté le pacte et a révélé avoir vu un gentleman en compagnie de la fiancée d'un autre. Le propriétaire du club est entré dans la chambre de cette femme et a menacé de ruiner sa réputation si elle ne cessait pas de répandre des ragots.

Pétrifiée, Kathryn fut incapable de donner le change. Tout cela lui semblait par trop familier. Pour autant, elle ne voyait pas Griffith s'imposer dans la chambre d'une femme pour la menacer de représailles. Non seulement il n'était pas capable de s'introduire dans une demeure fermée à clé, mais il n'était pas du genre à menacer quelqu'un. Sérieusement du moins.

— L'existence d'un tel établissement est un scandale en soi, murmura lady Prudence. Sans parler de cette intrusion.

Kathryn savait que Griffith rêvait de diriger un tel établissement, et dans quel bâtiment il comptait l'installer. La dernière fois qu'elle était passée devant, il semblait encore à vendre, mais cela remontait à plusieurs mois.

— Qui en est le propriétaire ?

Lady Prudence afficha un air espiègle plein de jubilation.

— Justement ! Seuls les membres le savent. C'est si délicieusement mystérieux ! Et teinté de scandale.

— Mesdames, allez-vous poursuivre cette partie ?

Kathryn se tourna vers le croupier. Il avait révélé ses cartes, qui dépassaient la valeur de vingt et un. Ses gains étaient déjà posés devant elle.

— Je crois que je vais m'en tenir là.

Juste avant de s'éloigner avec ses jetons, elle se pencha vers lady Prudence et demanda :

— Quel est le nom de cet établissement ?

— Les Belles et Seconds. Vous ne pourrez entrer que si vous figurez sur la liste et c'est tellement difficile de trouver un parrainage.

— Ce ne sera pas nécessaire.

Alors qu'elle se dirigeait vers la sortie, elle sut que rien ne l'empêcherait de franchir le seuil de ce club.

Debout au sommet de l'escalier, Griffith observait la foule réunie dans le hall, attendant que son employée cherche le nom de chacun sur sa liste pour s'assurer qu'ils étaient bien membres du club. Belles et Seconds avait été inauguré quinze jours plus tôt et la nouvelle s'était répandue bien plus vite que prévu. Tous les invités à l'avant-première étaient venus. Si l'invitation ne précisait pas son nom, il s'était tenu à l'entrée pour accueillir les nouveaux venus. À vrai dire, il avait éprouvé un plaisir un peu pervers à voir leur stupeur en découvrant qu'ils avaient répondu à l'invitation du fils d'un traître. Au début, il avait songé à œuvrer dans l'ombre, puis s'était ravisé. Il refusait de se laisser définir par les actes de son père.

Quand bien même ce lourd héritage avait fait de lui l'homme qu'il était devenu et qu'il ne restait pas grand-chose du Griffith de naguère.

De plus, il aimait être visible, déambuler dans les salles. Sa présence incitait les membres à se conduire correctement. Ses mains qui avaient saigné et arboraient des cicatrices étaient un signal fort : il n'était plus un gentleman. Aussi ne portait-il plus de gants. Lorsqu'il entrait dans une pièce, les occupants s'écartaient sur son passage. Il ne s'en offusquait pas car leurs cotisations remplissaient ses coffres. Il ne cherchait pas à s'en faire des amis. Mieux valait qu'ils le craignent un peu.

Il ne faisait plus partie de leur monde et ne ferait pas semblant d'être des leurs.

Il commençait à s'ennuyer et décida d'aller inspecter les différents salons. Alors qu'il pivotait, il *la* vit. Elle marchait avec l'assurance et le port d'une reine, comme si elle avait le monde à ses pieds. Aussitôt, le corps de Griffith réagit. Son cœur se mit à battre follement et son ventre se noua. Il n'aurait pas dû se réjouir de son arrivée.

Il se doutait pourtant qu'elle viendrait dès qu'elle entendrait parler de son établissement. La voir fut comme un baume pour son âme en lambeaux.

Elle portait une robe vert émeraude qu'il ne connaissait pas, mais qui devait mettre en valeur son regard envoûtant.

Comme si elle en avait le droit, elle passa devant tout le monde et remonta le couloir jusqu'à ce que le colosse que Griffith avait engagé pour maintenir l'ordre lui barre le chemin. Si Billy avait le don de calmer les fauteurs de troubles d'un simple regard, Kathryn, elle, ne parut pas intimidée par ce géant capable de la casser en deux. Ce n'était d'ailleurs pas la seule chose qu'il admirait chez elle, mais il était trop tard.

Alors qu'il aurait été plus raisonnable d'aller s'enfermer dans son bureau, il descendit lentement l'escalier.

Kathryn avait l'impression de se trouver face à un véritable géant. Venue directement de l'Elysium Club, elle avait hâte de découvrir si ses soupçons étaient justifiés et nul ne pourrait l'en empêcher, pas même un colosse.

— Laissez-moi passer.

— Il faut d'abord que votre adhésion soit vérifiée à l'entrée.

— Je ne suis pas membre et je n'ai pas besoin de parrainage pour être admise ici.

L'homme parut déconcerté. Peut-être n'avait-il pas compris ce qu'elle disait… à moins qu'il ne soit pas habitué à ce qu'on le défie. Elle nota que certains messieurs longeaient les murs en le croisant pour se rendre à n'en pas douter dans les salons les plus intéressants du club.

— L'adhésion est obligatoire, déclara Billy sans grande conviction. C'est la règle.

— Pas pour moi. Écartez-vous.

— Impossible. Je perdrais mon boulot.

— Je vous promets que non. Laissez-moi passer !

— Attendez, madem…

— C'est bon, Billy ! Laisse-la passer.

Kathryn se figea, le souffle court. Le géant obéit, s'écarta et elle découvrit Griffith. Sa tenue de soirée lui allait à la perfection. Il semblait avoir les épaules plus larges, les bras plus puissants que lors de leur dernière entrevue, lorsqu'il l'avait embrassée. Elle avait alors palpé son torse à loisir, et mourait d'envie de recommencer, ce qui était fâcheux. Elle n'était pas venue pour cela, mais pour lui dire ses quatre vérités.

Tel un roi en son royaume, il inclina la tête comme pour l'autoriser à s'approcher, une autorisation dont elle n'avait nullement besoin car elle faisait ce qu'elle voulait. Elle avait fait à peine quelques pas que son parfum troublant envahit ses narines. Elle eut l'impression que son cœur allait exploser.

Il avait les cheveux plus clairs et plus longs. Un chaume de barbe ombrait ses mâchoires. Elle se demanda si c'était à dessein, car il le faisait paraître plus dur, plus dangereux. Il en allait de même de son regard, qui avait perdu cette étincelle enjouée et désinvolte. Elle eut l'impression qu'il ne riait plus désormais. Elle le connaissait mieux qu'elle ne le soupçonnait et avait gardé en mémoire chaque détail de sa personne, ce qui était à la fois gratifiant et irritant.

— Cet établissement est réservé aux personnes sans attaches, sans fiancé, déclara-t-il froidement.

— Cela tombe bien, je le suis.

— Vous avez refusé de l'épouser ? s'enquit Griffith, une lueur de colère dans ses prunelles d'ardoise.

— Il ne me l'a pas encore proposé.

— Dans ce cas, vous feriez mieux de filer. Il risque de ne pas apprécier votre présence dans un lieu qui encourage les comportements scandaleux.

— Pourquoi vous en souciez-vous ? rétorqua-t-elle en faisant un pas vers lui. Vous avez récolté les fruits du choix du duc. Il paraît que vous avez empoché une fortune grâce à ce maudit pari.

Griffith se crispa visiblement. À la bonne heure ! Elle voulait qu'il soit en colère car elle avait accumulé des jours, des semaines et des mois de frustration et se sentait sur le point d'exploser. Elle lui en voulait de ce pari, mais aussi parce qu'elle s'inquiétait pour lui en permanence, parce qu'il n'avait sans doute pas pensé à elle, qu'il n'avait pas jugé bon de lui donner de ses nouvelles. Il semblait capable d'entrer discrètement dans la chambre à coucher d'une dame, pourtant, il n'avait pas pris la peine de se glisser dans la sienne pour la rassurer.

— Je me sens en droit de voir ce que vous avez fait de ces gains mal acquis. De voir si le résultat vaut le prix que ce pari m'a coûté.

Il la fixa, abasourdi, comme s'il avait reçu un coup en pleine poitrine.

— Quel prix cela vous a-t-il coûté, lady Kathryn ?

— Vous voulez en discuter ici, *monsieur* Stanwick ?

Ce coup-là était encore plus violent. Il n'était plus lord et c'était la première fois qu'elle le revoyait depuis qu'il avait perdu son titre.

— Suivez-moi. Nous parlerons de votre adhésion dans un endroit plus tranquille.

Sans doute avait-il ajouté cette précision pour donner le change, à cause des oreilles indiscrètes, ou pour justifier sa présence à l'étage. C'était stupide, mais elle le suivit, ne serait-ce que pour constater les changements apportés à la maison abandonnée qu'il lui avait fait visiter. Elle semblait toutefois incapable de se concentrer sur autre chose que ses épaules, son dos, sa taille. Il était mince et élancé, pourtant sa force transparaissait dans sa façon de se mouvoir.

Elle ignorait ce que son expression disait de lui, quoi qu'il en soit, les gens qui descendaient l'escalier s'écartaient sur son passage. Sans doute était-ce sa démarche déterminée qui incitait ceux qui le précédaient à hâter le pas.

Sur le palier, il attendit qu'elle le rejoigne avant de s'engager dans un couloir. Kathryn reconnut quelques membres du club et les salua d'un signe de tête. À coup sûr, Kingsland aurait vent de sa venue dans ce club dès son retour. Même si les membres étaient censés ne rien dire de ce qui se passait ici, certains ne résisteraient pas à la tentation de diffuser des ragots. Pour être honnête, une manifestation de jalousie du duc ne serait pas pour lui déplaire.

Au bout du couloir, Griffith ouvrit une porte et s'effaça pour la laisser entrer dans une petite pièce meublée de deux divans invitant à la séduction. Une femme et un homme pouvaient commencer à discuter face à face et se retrouver sur le même siège en peu de temps. Il y avait aussi une méridienne qui semblait plus confortable et une table sur laquelle étaient disposés diverses carafes et des verres. Un doigt d'alcool lui aurait été d'un grand secours en cet instant.

Elle pivota et découvrit Griffith adossé au mur, près de la porte ouverte, les bras croisés.

— Je croyais que votre club se targuerait de procurer une intimité bienvenue.

— Pas pour une lady soucieuse de sauvegarder sa réputation. Pourquoi êtes-vous venue ?

Elle fit le tour de la pièce, même s'il n'y avait pas grand-chose à voir à part quelques tableaux représentant des femmes alanguies.

— Pourquoi n'y a-t-il aucune toile représentant un homme ?

— Pardon ?

— Sur les tableaux. Je ne vois que des femmes dévêtues. Vous pensez que les dames n'aimeraient pas admirer des fesses masculines ici ou là ?

Griffith ferma les yeux et pinça les lèvres. Peut-être trouvait-il cette observation grotesque et se retenait-il de rire.

— Que voulez-vous ? reprit-il sans cacher son irritation.

— Je voulais voir le fruit de votre trahison.

— Quelle trahison ? Je vous ai au contraire permis d'obtenir ce que vous vouliez.

— En empochant une coquette somme au passage. Je croyais…

Elle s'interrompit pour ne pas révéler sa naïveté. Elle croyait qu'il avait agi par affection pour elle, parce qu'elle lui plaisait et qu'il voulait la voir heureuse. Sauf que ses manigances n'avaient pas grand-chose à voir avec elle.

— Vous avez écrit cette lettre pour être certain de remporter votre pari.

— En effet.

— Je n'en connais que des extraits. Que lui avez-vous écrit, au juste ?

— Quelle importance ? répliqua-t-il en haussant les épaules. Ma prose a rempli son objectif.

— Et vous a enrichi.

— Très récemment, car mes créanciers ont d'abord refusé de me payer. Ils ne jugeaient pas nécessaire d'honorer une dette envers le fils d'un traître. J'imagine que vous partagez ce point de vue.

Ce n'était pas le cas. Ce pari avait eu beau la blesser, il méritait cet argent.

— Vous avez terrifié lord Lawrence pour le contraindre à payer.

Il n'en avait visiblement que faire.

— Il n'avait rien à craindre du moment qu'il me versait ce qu'il me devait. Ils ont tous payé.

— Pourquoi récolter vos créances maintenant et pas à l'époque ?

S'il s'était senti coupable d'avoir profité d'elle, sa colère en aurait peut-être été atténuée, mais elle aurait préféré qu'il ne lance jamais ce pari.

— J'étais persuadé que la honte qui frappait mon père était aussi la mienne. Je me trompais. Je n'étais pas non plus assez... téméraire pour menacer mes créanciers de représailles physiques.

— Et maintenant vous l'êtes ?

— Lady Kathryn, savez-vous ce que l'on ressent quand on n'a plus rien ? Quand on n'a plus ni amis, ni famille, ni refuge ? En quittant Mayfair, nous n'avions que quelques livres en poche. Nous avons eu faim. Althea et moi partagions un taudis. L'hiver venu, il faisait froid. Si ces ordures avaient réglé leurs dettes en temps voulu, notre situation aurait été différente, plus tolérable. À force d'avoir froid, de saigner, de souffrir, d'avoir faim, j'en suis venu à les haïr. Voilà pourquoi je n'ai pas hésité à les menacer pour obtenir mon dû.

Kathryn serra les poings et fit quelques pas vers lui.

— Ne devrais-je pas être furieuse, moi aussi ? Vous avez profité de ce que vous saviez de moi pour vous enrichir. Vous m'avez aidée uniquement pour cette raison.

— Vous alliez vous saborder en parlant de vos talents aux cartes, nom de Dieu ! Je ne comprends pas votre colère. Vous avez obtenu ce que vous vouliez, non ? Pourquoi pas moi ?

— Je me suis sentie utilisée. Vous avez exploité des confidences que je n'avais faites à personne d'autre. Je me suis retrouvée... vulnérable, exposée aux yeux du monde.

Comment lui expliquer qu'elle avait eu confiance en lui et qu'il s'était servi d'elle avant de s'en débarrasser ?

— Vous aviez besoin d'argent et vous l'avez gagné grâce à moi. Vous auriez au moins pu m'envoyer une invitation. Sans moi, vous n'auriez pas ouvert ce club.

— Je vous le répète, vous ne répondez pas aux critères de sélection. Même si le duc ne vous a pas encore demandé votre main, tout le monde sait que vous lui êtes promise.

— Vous auriez pu me proposer une visite privée. Comme l'autre fois.

Lorsqu'il lui avait pris la main et lui avait confié ses projets, ses ambitions. Lorsqu'elle s'était sentie tellement privilégiée d'avoir accès à cet aspect plus secret de lui-même.

— Je n'en voyais pas l'utilité.

Elle avait envie de le gifler. De toute évidence, il tolérait à peine sa présence et n'attendait qu'une chose : qu'elle parte.

Elle se rendit soudain compte qu'il avait les mains crispées, comme s'il luttait pour garder ses distances. Sa posture n'était pas détendue, non. Raide, le visage de marbre, il semblait déterminé à apparaître stoïque, alors qu'il n'aurait sans doute pas fallu grand-chose pour qu'il s'écroule.

Kathryn s'approcha davantage. Il tressaillit imperceptiblement. Se sentait-il menacé par sa proximité ? N'était-il pas aussi indifférent qu'il voulait le faire croire ?

Elle lui en voulait d'avoir fait en sorte qu'elle gagne alors qu'elle n'était pas totalement certaine de vouloir épouser le duc. Elle n'avait pas réussi à lui plaire et n'aimait pas l'idée d'avoir besoin d'aide pour atteindre ses objectifs.

Elle avait envie de le tourmenter, de le punir, et elle pensait savoir comment s'y prendre.

Elle franchit un pas de plus. Cette fois, il appuya la tête contre le mur.

— Il ne vous est jamais venu à l'esprit que vous m'aviez peut-être jetée dans la gueule du loup pour empocher quelques livres ?

— Vous êtes assez forte pour vous en aller s'il ne vous convient pas. Or, cela fait presque un an qu'il vous courtise. Il vous a même emmenée au théâtre…

— Comment le savez-vous ?

— Je sais pas mal de choses.

Il ne lui avait jamais donné l'impression d'apprécier les ragots ni de leur accorder le moindre crédit.

— C'est le frère du duc qui vous l'a dit. Peut-être attendiez-vous devant le théâtre que lord Lawrence vous remette l'argent.

Il haussa les épaules et serra davantage les poings.

— Vous nous avez vus entrer ? insista-t-elle. Je portais une nouvelle robe d'un brun doré…

— Assorti à vos cheveux.

Il serra les dents et elle le soupçonna de regretter ce commentaire.

— Donc vous étiez là !

Elle s'approcha encore et s'arrêta devant lui.

— Lawrence m'avait donné rendez-vous là-bas afin de régler sa dette, répondit-il. Je ne vous espionnais pas.

Sauf que, pour la voir, il avait dû arriver bien avant le frère du duc.

— Vous avez aimé ce que vous avez vu ce soir-là ? Vous avez vu les efforts que j'ai déployés pour lui plaire ?

— Je crois vraiment qu'il est temps que vous partiez.

— Je n'en ai pas terminé avec vous.

Sur ce, elle tendit la main et ferma la porte.

Griffith était furieux qu'elle se soit faite belle pour Kingsland, il était furieux que cet homme ait le droit de la toucher, de l'avoir à son bras. Et surtout, il lui en voulait de le tourmenter par sa simple présence.

Ces derniers mois, il avait eu affaire aux pires malfrats et avait appris à se défendre. En revanche, faire face à une femme bafouée – non, elle n'était pas bafouée, juste vexée par son pari – était une perspective plus terrifiante. Enfin, elle l'aurait été pour un autre, qui n'avait pas bravé les dangers auxquels il avait été confronté. Cependant, si elle ne lui faisait pas peur, il s'en méfiait. Elle avait changé depuis leur dernière entrevue. Si elle devait rédiger une lettre au duc, sa teneur serait bien différente de la première. Il ne serait plus question de jouer aux cartes… Elle était persuadée qu'il lui était redevable et déterminée à obtenir réparation. Il paierait très cher ce qu'elle considérait comme une trahison, il le lisait dans son regard.

Si seulement elle savait combien il souffrait déjà. Il crispa les doigts sur ses bras croisés à s'en faire mal. Ses mains n'avaient pas été aussi douloureuses depuis l'époque où il travaillait sur les quais pour quelques pence par jour.

— Je ne serais pas aussi contrariée par votre pari si vous aviez été honnête, si j'avais été informée de ce que vous faisiez.

Il n'avait pas voulu lui donner de faux espoirs. Certes, ce n'était pas la seule raison. Il n'avait surtout pas voulu qu'elle sache qu'il profitait de la situation. Lorsqu'elle avait découvert la vérité, il avait eu des remords et n'avait pas réclamé ses gains immédiatement. Ce délai avait permis à ses créanciers de se réunir et de décider de ne pas le payer. À l'époque, il était vulnérable. Après des mois d'épreuves, il ne cédait plus de terrain à quiconque.

— Je pensais que vous ne vous offusqueriez pas puisque j'ai écrit à Kingsland sans rien vous demander en échange.

Elle soutint son regard. Ses yeux d'un vert profond. Il aurait voulu s'y noyer. Il était tellement perdu dans ce regard qu'il ne se rendit pas tout de suite compte qu'elle s'était rapprochée au point que son buste frôlait ses bras croisés. Il se raidit.

— Je devrais vous remercier comme il se doit pour avoir fait en sorte que je puisse épouser un aristocrate, semble-t-il.

— Ce n'était rien.

— Cela vous a causé du dérangement, certainement.

— Oui, bien sûr...

Avant qu'il lui avoue bêtement que jamais rien ne le dérangerait s'agissant d'elle, elle glissa la main sur sa nuque, attira son visage vers le sien et s'empara de ses lèvres.

Il n'était pas convenable d'approfondir ce baiser alors qu'elle allait épouser un autre homme, mais elle n'était pas encore mariée, pas encore duchesse. Quel mal y avait-il à accepter ce qu'elle lui offrait ?

Cédant à la tentation, il enlaça la jeune femme et la plaqua contre lui. Sa bouche ensorcelante l'invitait à faire ce qui lui était interdit. Il la prit par les hanches pour lui faire sentir l'intensité de son désir.

Comment avait-il pu confier cette source de délices à un autre homme ? Les regrets le frappèrent de plein fouet. Regret d'avoir écrit cette maudite lettre. Regret d'avoir lancé ce satané pari. Regret de tenir trop à elle pour la déshonorer ici et maintenant. Et tant pis si son sexe en demandait davantage.

Elle déposa une traînée de baisers dans son cou, insinua le bout de la langue sous le col de sa chemise, si provocante qu'il ne put réprimer un gémissement. Elle le mordilla, s'empara du lobe de son oreille.

— Vous m'êtes redevable, murmura-t-elle avant de s'écarter. Je veux être membre du club.

Sur ces mots, elle ouvrit la porte et sortit, le laissant ivre d'un désir inassouvi.

12

Kathryn avait toujours apprécié la compagnie de lady Wilhelmina March. Celle-ci avait comblé le vide laissé par la disparition d'Althea, d'autant que les visites de Jocelyn étaient un peu tendues depuis qu'elle avait épousé Chadbourne. Kathryn en voulait à ce dernier d'avoir tourné le dos à sa meilleure amie. La bonne société aurait peut-être été plus indulgente avec Althea si son fiancé avait choisi de rester à ses côtés. Qu'il s'empresse de demander Jocelyn en mariage était choquant. Et que celle-ci accepte aussitôt semblait incroyablement déloyal. Jocelyn redoutait peut-être de finir vieille fille, mais ce n'était pas une raison pour trahir Althea de la sorte.

Ainsi, lady Wilhelmina March était devenue une amie proche de Kathryn. Elles aimaient se promener ensemble dans Hyde Park à l'heure où les personnes en vue s'y pavanaient.

— Je ne t'ai vue à aucun bal cette saison, fit remarquer Kathryn.

— Oh, à quoi bon ? soupira Wilhelmina.

Elle avait deux ans de plus que Kathryn et se considérait comme une célibataire endurcie.

— Les rencontres ne te manquent pas ?

— Pas vraiment. D'autant que j'ai découvert il y a peu une nouvelle activité qui me plaît.

— Tu te fais dorloter à l'Elysium Club ?

Les deux amies s'y retrouvaient parfois.

— Il s'agit d'un autre club, auquel tu sembles t'intéresser également si j'en juge par ta présence là-bas hier soir.

Kathryn s'arrêta net et se tourna vers son amie.

— Tu étais aux Belles et Seconds ? Je ne t'ai pas vue.

— Je crois que tu n'as vu personne à part M. Griffith Stanwick. Tu n'avais d'yeux que pour lui. Et réciproquement.

Kathryn se sentit rougir et jeta un regard autour d'elle. Dieu merci, personne n'avait entendu Wilhelmina. Depuis son retour du club, elle se sentait coupable. Elle n'avait pas prévu d'embrasser Griffith. Elle comptait simplement obtenir des explications mais, en se rendant compte qu'il luttait pour ne pas la toucher, elle n'avait pu se retenir. Elle avait l'impression d'avoir sur lui un pouvoir qu'elle n'avait pas sur Kingsland. Avec Griffith, elle se sentait désirée. Leur premier baiser la hantait et elle voulait vérifier si l'embrasser de nouveau produirait le même effet.

Ç'avait été encore plus enivrant. Avide, ardent, fébrile. Elle aurait voulu que cela ne s'arrête jamais et brûlait déjà de renouveler l'expérience.

— C'est le frère de ma chère amie Althea. Je voulais voir comment il allait. Que faisais-tu là-bas ?

Wilhelmina afficha un sourire entendu.

— Des bêtises. J'ai vingt-sept ans et je ne me marierai pas. Quitte à baisser dans ton estime, je t'avoue que je ne vois pas quel mal il y a à prendre un amant à mon âge. J'avais entendu des rumeurs à propos de ce nouveau club qui permettait aux laissés-pour-compte de trouver un peu de compagnie. Ma situation ne me rend pas triste, tu sais. Au contraire. Je peux aller où je veux, faire ce que bon me semble sans demander la permission à un mari. Mon père a placé de l'argent pour moi en fidéicommis. Je reçois une rente annuelle de deux mille livres, si bien que je n'ai pas à me préoccuper des questions financières. Je n'ai pas besoin d'un homme, même si j'ai envie, de temps en temps, qu'un gentleman me regarde comme M. Griffith Stanwick te regardait hier soir.

— Avec colère ? Il était furieux que je me présente à l'entrée de son royaume.

— Si tu avais vu son expression lorsqu'il a remarqué ta présence. Plus rien d'autre n'existait.

— Tu te trompes.

Pour ne pas croiser le regard de son amie et y lire son scepticisme, Kathryn lui prit le bras et se remit en marche.

— Cela n'a duré qu'une seconde ou deux, puis son visage s'est fermé. Mais je sais ce que j'ai vu.

— Tu as toujours été une incorrigible romantique.

Il était plus facile de croire que Wilhelmina se faisait des idées que d'envisager que Griffith ait des sentiments pour elle. Ou d'admettre qu'elle s'était attachée à lui lors de la saison précédente, quand sa vie semblait si simple.

— Je m'étonne qu'il t'ait permis d'entrer. Seules les femmes de vingt-cinq ans sont admises.

Kathryn ne les aurait qu'au mois d'août.

— Je me demande à quoi rime cette règle.

Voulait-il éviter une rencontre ?

— J'imagine qu'il ne veut pas qu'une jeune fille qui a encore des perspectives de mariage soit déshonorée. Car c'est bien un lieu de perdition. C'est pourquoi les membres sont tenus à la discrétion et triés sur le volet. Les gens n'apprennent l'existence de ce club que grâce au bouche-à-oreille.

« Ou presque », songea Kathryn. Elle-même en avait entendu parler en surprenant une conversation. Devait-elle signaler cette faille du système si elle y retournait ? *Quand* elle y retournerait.

— Quelles autres règles a-t-il mises en place ?

— Seuls les célibataires hommes et femmes sont admis. Le club est aussi interdit aux fils aînés destinés à hériter d'un titre. En revanche, les fils aînés de roturiers sont les bienvenus. Le brassage est intéressant. Des personnes de toutes les origines sociales se côtoient. J'ai ainsi passé du temps en compagnie de messieurs fascinants. Ils ont réussi en affaires, sinon, ils ne pourraient régler leur cotisation, qui n'est pas bon marché.

Griffith lui demanderait-il de régler la sienne ? Il pouvait toujours essayer, mais elle n'avait pas l'intention de dépenser un penny.

— Un homme en particulier aurait-il attiré ton attention ?

— Non. Je suis toujours en quête. Et je trouve cela très plaisant.

— Tu comptes aller là-bas ce soir ?

— Et comment ! Je te proposerais bien de t'emmener dans ma voiture, mais cela risque d'être gênant si l'une d'entre nous a envie de s'attarder. Retrouvons-nous au club et je te ferai faire le tour. Hier soir, tu n'as pas dû voir grand-chose des divertissements proposés.

— Je ne devrais pas.

— Tu as rendez-vous avec Kingsland ?

— Non. Il ne rentre du Yorkshire que la semaine prochaine.

Quant à ses parents, ils étaient toujours à Paris.

— Je n'ai aucune envie de régler mon existence sur la sienne, ou sur celle de n'importe quel homme, d'ailleurs, admit-elle.

Elle s'impliquait dans des activités caritatives ou assistait à des événements même si le duc n'était pas là pour l'escorter. Sans oublier l'Elysium Club.

— Nous nous verrons peut-être ce soir, conclut-elle.

— Convenons d'un code. Si je tiens un verre de vin blanc, cela signifiera que je suis libre de t'accompagner. Un verre de vin rouge t'indiquera que je suis occupée et que je ne souhaite pas être interrompue.

— Wilhelmina ! Un code ? Tu caches bien ton jeu. Sous-entendrais-tu que tu as l'intention de te livrer à quelques fantaisies ?

— Contrairement à toi, Kathryn, je suis prête à aller plus loin si un gentleman m'attire et s'intéresse à moi en retour. Je n'ai rien à perdre.

Kathryn, elle, avait tout à perdre. Un duc, la respectabilité, un héritage.

Elle aurait dû se contenter de broder au salon ou se rendre à l'Elysium Club pour jouer aux cartes, danser ou dîner. Elle aurait dû rester dans sa chambre et écrire à Althea pour lui demander comment se passait sa vie en Écosse, auprès de son mari.

Elle aurait dû faire n'importe quoi plutôt que d'enfiler la robe qu'elle portait au théâtre lorsque

Griffith l'avait vue en compagnie du duc. Elle voyait toutefois ce choix comme un rappel que son avenir était avec Kingsland alors qu'elle était en route pour voir un homme qui aurait dû rester dans son passé.

Peut-être ne lui accorderait-il aucune attention, ce soir, ce qui serait préférable, quand bien même elle savait qu'elle ne tolérerait pas son indifférence. Si Wilhelmina tenait un verre de vin rouge, comme elle l'espérait, elle insisterait pour que Griffith lui fasse faire le tour du propriétaire.

Elle voulait découvrir les moindres recoins de l'établissement. Depuis qu'elle avait visité la bâtisse vide, elle l'avait souvent imaginée décorée. Wilhelmina avait vu juste : elle n'avait eu d'yeux que pour Griffith, la veille. Cette fois, elle visiterait les lieux et l'affaire serait réglée. Elle en aurait terminé avec lui.

Jusqu'à ce que le duc ait vent de rumeurs.

Pas de portes fermées, de murmures, de baisers, de caresses, de gémissements.

Griffith savait qu'elle viendrait. C'était pour cela qu'il se tenait au milieu de l'escalier, dans la courbe d'où il avait une vue plongeante sur l'entrée. Depuis l'ouverture de son établissement, il se réjouissait de l'affluence – des curieux, des délaissés, des timides. Ici, les dames n'étaient pas éclipsées par des filles de dix-sept ou dix-huit ans ayant été présentées à la reine. Quant aux hommes, ils ne subissaient pas la concurrence des ducs, marquis et autres comtes.

Tout le monde était sur un pied d'égalité, en quête d'un peu de plaisir. En consommant de l'alcool, en dînant, ils remplissaient les caisses du club, sans oublier les jeux, et la cotisation qu'ils versaient pour avoir le privilège de faire tout cela.

En cet instant cependant, contrairement aux soirs précédents, il n'était pas occupé à estimer ses bénéfices potentiels. Il était concentré sur Kathryn, dans sa robe cuivrée, à l'image de sa chevelure, qui se frayait un chemin dans la file d'attente, saluant quelques connaissances d'un signe de tête. Des fils puînés, deux veuves et un veuf, des cœurs solitaires en quête de compagnie, pas toujours d'un partenaire sexuel. Il avait vite découvert que les pièces réservées aux relations intimes, à l'étage supérieur, étaient rarement utilisées. À sa grande surprise, même quand l'occasion se présentait, les membres de son club n'étaient pas aussi libres que ceux des clubs de rencontres où il s'était rendu. Les gens tenaient à leur réputation malgré tout. Ici, il voyait bien plus de sourires et entendait bien plus de rires que lors des bals guindés de la bonne société. Son club se transformerait peut-être en autre chose que ce qu'il avait prévu, mais il y réfléchirait plus tard.

Il descendit l'escalier et croisa Kathryn avant qu'elle puisse disparaître dans un salon.

— Lady Kathryn.

— Monsieur Stanwick.

La veille, déjà, elle avait veillé à l'appeler « monsieur », soulignant ainsi sa déchéance, et il avait détesté cela. Néanmoins, cela le distinguait de son géniteur, ce qui était une bonne chose.

— Nous demandons aux membres de s'inscrire à la réception et leur adhésion doit être vérifiée.

— Cette méthode est inefficace et je n'ai pas une telle patience. Vous devriez remettre à vos membres une carte ou un médaillon qu'ils pourraient montrer à votre colosse avant d'entrer.

— Pour qu'ils le prêtent à des amis n'ayant pas réglé de cotisation ?

— Engagez un dessinateur qui esquissera leur portrait sur la carte.

Il la dévisagea, abasourdi.

— C'est une bonne idée, admit-il.

Les membres entreraient plus vite et passeraient davantage de temps à consommer et à dépenser leur argent.

— Très bonne, même, reprit-il. Quels autres changements proposeriez-vous ?

— Je ne sais pas. Je n'ai pas encore tout vu.

Il réprima un sourire. Pas question qu'elle pense qu'il était heureux de la revoir.

— Vous aimeriez visiter les lieux ?

— Cela me semble légitime.

— Vous m'en voulez toujours.

— Un peu moins.

Visiblement, elle aussi réprimait un sourire, ce qui ne manqua pas de le troubler.

— Dans ce cas, permettez-moi de vous escorter.

Il ne lui offrit pas son bras et ne fit rien pour lui donner l'impression qu'elle comptait davantage à ses yeux que n'importe quel autre membre. En fait, après lui avoir indiqué le couloir d'un geste, il croisa les mains derrière son dos pour s'empêcher de lui toucher le bras, l'épaule ou le dos.

Combien de fois s'était-il imaginé qu'il lui faisait faire le tour du propriétaire lorsqu'il dormait dans des asiles de nuit, avant d'acquérir la bâtisse et de s'installer dans une pièce de l'étage supérieur ? Il avait financé les travaux grâce aux gains issus de son pari. Il avait travaillé des heures durant aux côtés des ouvriers, maçons ou menuisiers, transporté des meubles, engagé du personnel, fait imprimer des invitations. Allait-elle remarquer que les couleurs de chaque pièce étaient inspirées de sa personne, le ton cuivré de ses cheveux, le vert de ses yeux, le brun de ses taches de rousseur d'autrefois ?

Il la fit entrer dans un salon meublé de quelques divans bleu foncé. La plupart des gens étaient debout, à discuter, à faire connaissance, à se retrouver. Sur un comptoir en acajou étaient disposés des boissons et de petits sandwichs au concombre.

Une femme en grande conversation avec un homme brun de haute taille leur jeta un coup d'œil et leva son verre de vin rouge en guise de salut. Kathryn hocha discrètement la tête.

— Vous connaissez lady Wilhelmina March ? s'enquit Griffith.

— C'est une amie.

— C'est elle qui vous a parlé du club ?

— Non. J'ai entendu deux dames discuter pendant une partie de cartes à l'Elysium Club. Je ne suis pas persuadée que vos membres soient aussi discrets que vous le voudriez.

Et pourtant, elle prenait le risque que Kingsland ait vent de cette escapade.

— Cela ne m'ennuie pas qu'ils parlent du club. En fait, je compte sur eux pour en faire la promotion. C'est la vie privée des membres qui ne doit pas être divulguée. Vous le sauriez si vous aviez accepté le processus d'inscription normal et l'entretien d'évaluation.

Il appréciait bien trop l'air triomphant de la jeune femme.

— Donc c'est officiel : je suis membre du club.

— Jusqu'à ce que le duc mette un genou en terre et vous demande en mariage, jusqu'à ce que je lise l'annonce de vos fiançailles dans le *Times*. Cela dit, quand vous aurez satisfait votre curiosité, ce soir, vous n'aurez aucune raison de revenir. Ici, les gens annoncent qu'ils cherchent de la compagnie... ou quelque chose de plus intime.

L'expression victorieuse de Kathryn céda la place à la tristesse.

— C'est aussi ce que vous annoncez lorsque vous vous tenez au sommet de l'escalier ou sur les marches ?

Elle l'avait donc vu. Se doutait-elle qu'il l'attendait, qu'il serait resté là toute la nuit, jusqu'à l'heure de la fermeture ?

Il aurait dû répondre par l'affirmative, histoire de voir comment elle réagissait. Il opta plutôt pour la vérité.

— Je ne fréquente pas les membres.

Puisque la femme qu'il convoitait lui était interdite, il ne voulait pas assouvir ses besoins auprès d'une autre.

Kathryn parut soulagée, peut-être un peu coupable, et même gênée. Elle rougit et balaya la pièce du regard.

— Que proposez-vous d'autre ?

— Venez, je vais vous montrer.

Elle n'aurait pas dû se réjouir à ce point de la réponse de Griffith. Elle se l'était imaginé entraînant des femmes dans le salon où il l'avait emmenée la veille et fermant la porte.

Il voulait peut-être qu'elle s'intéresse aux murs tapissés de soie, au lustre en cristal ou au comptoir en acajou. Mais elle avait surtout remarqué que les femmes le dévoraient des yeux, pleines d'espoir et de désir.

Depuis la déchéance de sa famille, il avait changé. Il avait acquis une force et une assurance nouvelles qui lui seyaient à merveille. Il semblait inviter ses membres à faire bon usage de ce qu'il leur offrait.

Il la fascinait toujours, quoique différemment. Sous son regard concentré, elle était envahie d'une douce chaleur et avait envie de se retrouver seule avec lui, porte close. Contrairement à la veille, il la suivait et elle était d'autant plus consciente de sa présence dans son dos. Pourquoi diable se souciait-elle plus de l'impression qu'elle faisait à Griffith que de celle qu'elle faisait au duc ?

En dépit de ce qu'elle avait affirmé, elle ne cherchait pas à éblouir Kingsland par ses tenues. Ce soir, en revanche, elle voulait être parfaite.

Sur le palier, il la précéda pour la guider sans jamais la toucher. Il n'était pas aussi détendu que le soir où ils avaient visité la maison vide, avant l'annonce du duc, avant qu'elle apprenne l'existence du pari, avant que les Stanwick soient déchus.

Le premier salon était consacré aux cartes, avec seulement deux chaises par table. Une petite dizaine de couples jouaient. Les dames étaient rougissantes et les messieurs souriants.

— Rien de très original, commenta Kathryn.

— Regardez de plus près.

Il s'était penché vers son oreille et son souffle tiède lui arracha un délicieux frisson.

— Que voyez-vous ? Et que ne voyez-vous *pas* ?

Elle connaissait ce jeu qu'elle pratiquait à l'Elysium Club.

— Il n'y a pas de jetons ni de pièces. Les joueurs ne parient pas.

— Si, mais pas pour quelque chose qui tient dans une poche.

Levant les yeux vers lui, elle se rendit compte qu'il était plus proche qu'elle ne le croyait. Le bleu de ses yeux était plus vif, le blond de ses cils plus foncé que dans son souvenir. Ils étaient aussi plus longs et devaient lui frôler les joues quand il dormait ou quand il fermait les paupières lorsque leurs lèvres se trouvaient.

— Que parient-ils ?

— Une caresse… un murmure… un baiser. Peut-être plus. Quelque chose qui ne peut se donner dans cette pièce, devant tout le monde.

Sa voix était rauque et sensuelle. Que lui murmurerait-il à l'oreille, contre sa peau ?

— Regardez discrètement le couple dans l'angle. Il a dû parier son foulard et elle ses épingles à cheveux.

Kathryn vit le gentleman ôter sa veste sous le regard triomphant de sa partenaire de jeu.

— Jusqu'où iront-ils ?

— Ils continueront tant qu'ils seront à l'aise. Ensuite, ils passeront peut-être dans un salon privé pour achever le jeu.

— C'est un jeu ?

— Eux seuls le savent.

— Et s'il se méprenait sur les intentions de cette femme ? Et s'il profitait de la situation ? Ou lui faisait du mal ?

— Alors il aurait affaire à moi – et le regretterait amèrement.

— Vous l'avez prévenu lors de votre entretien ?

— Je le lui ai montré. J'affronte mes candidats de sexe masculin à la lutte.

Sans doute cherchait-il à se vanter subtilement.

— Et vous gagnez ?

— Toujours.

Kathryn ressentit une fierté inexplicable.

— J'ignorais que vous pratiquiez la lutte.

— C'est assez récent, dit-il en s'éloignant. Il y a d'autres salons à visiter.

Dans la petite salle de bal, elle faillit lui proposer de valser, mais se ravisa. Il semblait déterminé à éviter tout contact physique.

La salle à manger était éclairée uniquement par des chandelles pour créer une atmosphère intime. Les joueurs de cartes pariaient peut-être un dîner en tête à tête.

Il y avait aussi une salle de billard, une autre pour les fléchettes.

Le fumoir était fréquenté par des hommes et des femmes. Dans les grandes maisons, les dames n'étaient pas admises dans cette pièce. Le père de Kathryn s'y retranchait avec ses invités masculins à la fin d'un dîner pour fumer le cigare entre hommes pendant que les dames prenaient le thé au salon.

— Vous placez les femmes à égalité avec les hommes en leur ouvrant une pièce dont elles sont généralement exclues.

— Ne m'accordez pas trop de mérite. J'ai dû choisir entre le cigare et la broderie.

Elle laissa échapper un petit rire.

— Vous pensiez que les messieurs pourraient ne pas apprécier nos activités ?

— Il y a une bibliothèque au bout du couloir et, à l'étage inférieur, un salon de musique. Je vous l'aurais volontiers montré, mais la porte est fermée, ce qui indique une représentation privée.

— Vous avez adopté ma proposition de prévoir un pianoforte, constata-t-elle, ravie.

— Je trouve qu'une femme doit pouvoir faire ce qu'elle veut de ses doigts.

— Vous encouragez décidément la luxure.

— Personne n'est obligé de venir ici. Et ceux qui osent sont assez grands pour connaître les risques et prendre leurs responsabilités.

— Les femmes doivent avoir vingt-cinq ans. Ce n'est pas mon cas.

— Je sais. Vous les aurez le 15 août. Je fais une exception pour vous.

— Vous connaissez la date de mon anniversaire ?

Il ne répondit pas, se contentant de la gratifier de ce regard appuyé qu'elle ne lui connaissait pas, et qui semblait s'insinuer au plus profond de son âme. Quel chemin avait-il parcouru depuis que sa famille avait volé en éclats ?

L'endroit était mal choisi pour l'interroger, même si elle brûlait de tout savoir de sa vie depuis leur dernière entrevue, et devinait qu'il ne lui dirait sans doute rien.

— Puis-je essayer un cigare ? demanda-t-elle.

— Vous êtes vraiment scandaleuse, lady Kathryn, commenta-t-il avec un sourire narquois.

Elle se sentait bel et bien scandaleuse. Parce qu'elle n'aurait pas dû être là. Et parce qu'elle n'aurait pas dû apprécier la compagnie de Griffith.

Il la guida, toujours sans la toucher, vers une table sur laquelle était posé un coffret en bois sculpté. Il en sortit un cigare.

— Je vais vous le préparer.

— Un cigare se prépare ?

— Vous pensiez qu'il suffisait de l'allumer et de le fumer ?

Il saisit un petit ustensile en métal et s'en servit pour couper l'extrémité du cigare.

— Oui.

Il croisa et soutint son regard.

— Les meilleures choses dans la vie requièrent de la préparation.

Elle eut le sentiment qu'il faisait allusion à une activité plus personnelle, qui se pratiquait derrière des portes closes.

Il alluma une tige en papier à une chandelle et l'approcha de l'autre extrémité du cigare pour la chauffer. Fascinée, Kathryn le regarda glisser le cigare entre ses lèvres et le faire tourner tandis qu'il l'enflammait. Apparemment, satisfait, il inhala, puis ôta le cigare de sa bouche et souffla la fumée.

Il éteignit la flamme et examina le bout du cigare.

— N'avalez pas la fumée, lui conseilla-t-il.

— C'est pourtant ce que vous avez fait.

— Non. Je l'ai gardé dans la bouche. Ne la laissez pas entrer dans vos poumons. Contentez-vous de goûter sa saveur, de la déguster. Ensuite, vous me ferez part de vos impressions.

Lorsqu'il lui tendit le cigare, elle frissonna à l'idée de poser les lèvres là où s'étaient trouvées les siennes. Des pensées scandaleuses l'envahirent. Elle n'aurait pas dû être troublée par l'intensité de son regard. Même s'il ne cherchait qu'à jauger sa réaction, elle ne pouvait s'empêcher de vouloir un mari qui la regarderait ainsi, qui attendait plus de son épouse que le silence.

Elle glissa le cigare entre ses lèvres, aspira la fumée et...

Trop fort, trop vite. Elle crut qu'elle allait être malade. Elle eut un haut-le-cœur et se mit à tousser. La fumée était plus chaude, plus dense qu'elle ne s'y attendait.

— Doucement. Expirer à fond, puis respirez...

Il avait posé la main dans son dos à la base de sa nuque, et la massait. Ses doigts lui parurent calleux sur sa peau. Ravalant ses larmes, elle croisa son regard plein de sollicitude.

— Ce n'était pas une réussite, croassa-t-elle. J'ai été surprise.

— Ce n'est rien. Il faut un peu d'expérience. Avez-vous senti une saveur particulière ?

Elle porta la main à sa bouche pour étouffer une nouvelle quinte de toux.

— Un goût chocolaté, peut-être.

— C'est la dominante, mais on décèle d'autres nuances. Vous voulez renouveler l'expérience ?

— Je ne crois pas. J'ai un peu perdu mes moyens, je le crains.

— Rien qu'un peu. Je suis quand même impressionné. Ma première bouffée de cigare m'a donné la nausée. J'ai vomi tripes et boyaux. Cela dit, je n'avais que douze ans et je l'avais chipé dans le bureau de... du duc. Je m'étais caché derrière les écuries et le cocher m'a surpris. Il m'a montré comment m'y prendre.

Il ne faisait référence à son père que de manière formelle, avait-elle remarqué. Elle se demandait ce qu'il ressentait lorsqu'il pensait à lui. Sa main reposait encore au bas de sa nuque, et il semblait aussi troublé qu'elle.

— Qu'est-il arrivé à vos mains ?

La veille, elle avait remarqué des cicatrices sur le dos de ses mains – coupures et égratignures, sans doute –, mais c'étaient ses paumes qui l'inquiétaient le plus, car elles étaient couvertes de calles. C'était étrange qu'il ne porte pas de gants pour les dissimuler. Peut-être les exhibait-il volontairement, pour transmettre un message, auquel cas, elle aimerait savoir lequel. Kathryn regretta sa question car il avait laissé retomber sa main. Il lui reprit le cigare, tira dessus, puis examina l'extrémité rougeoyante.

— Après que la Couronne a saisi les titres et les biens de ma famille, j'ai travaillé sur les quais comme docker. Je portais des caisses et des sacs de marchandises. Le bois et les cordes provoquent des ampoules et raclent la chair. J'ai eu les mains à vif pendant un moment, puis j'ai gardé des cicatrices et des callosités.

Kathryn ne pouvait qu'imaginer ce qu'il avait enduré.

— Vous vous êtes endurci dans la foulée.

— Ça a commencé dès notre emprisonnement, mais ne me demandez pas de détails, car je ne vous dirai rien.

Il porta le regard derrière elle et hocha la tête.

— Gertie.

Une femme qui devait avoir dix ans de plus que Kathryn lui tendit un papier plié.

— On vient de livrer ceci.

— Lady Kathryn Lambert, permettez-moi de vous présenter Mme Ward, qui dirige cet établissement.

— Enchantée, madame Ward.

— Vous êtes l'exception à la règle, répondit celle-ci d'un air un peu hautain.

Kathryn jeta un coup d'œil à Griffith, qui affichait un demi-sourire tout en dépliant la missive.

— Oui, sans doute, répondit-elle.

Elle vit son expression changer, la tension s'emparer de lui. Il déposa le cigare dans un cendrier.

— J'ai un problème urgent à régler, annonça-t-il. Gertie, si je ne suis pas de retour à la fermeture, veillez à ce que tout soit bouclé. Lady Kathryn, sentez-vous libre de poursuivre votre exploration. Bonsoir, mesdames.

Il quitta la pièce d'un pas résolu, quoique sans précipitation. Étonnée par ce départ abrupt, Kathryn le suivit dans le couloir. Elle le vit gravir un escalier tout au bout. Mme Ward demeura à proximité comme si elle redoutait qu'elle ne file avec l'argenterie.

— Où va-t-il ?

— Dans ses appartements, sans doute. Puis-je faire quelque chose pour vous avant de reprendre mes tâches ?

— Non, merci.

Il aurait été plus sage de prendre congé, elle le savait, mais elle pressentait que quelque chose de grave s'était produit. Elle se dirigea nonchalamment vers l'escalier. Si elle mourait d'envie de monter à l'étage supérieur, elle ne voulait pas s'imposer alors qu'il semblait si désireux de se débarrasser d'elle.

Griffith apparut soudain, son chapeau et sa canne de marche à la main, et descendit les marches. Elle l'intercepta au pied de l'escalier.

— Lady Kathryn, dit-il avec impatience, je n'ai pas le temps de…

— Que se passe-t-il ? Il s'agit d'Althea ?

Pour autant qu'elle sache, celle-ci vivait en Écosse, mais s'il lui était arrivé malheur, son frère en aurait été informé.

Il posa sur elle un regard empreint de compassion et de compréhension.

— Non, répondit-il. Je dois voir Marcus. Si vous voulez bien m'excuser…

— C'est urgent, avez-vous dit. Ma voiture attend dans les écuries. Permettez-moi de vous emmener là où vous le souhaitez. Cela vous évitera d'attendre que votre voiture soit prête.

— Je prendrai un fiacre.

— Mon véhicule sera plus rapide. J'ai vu ce que je voulais voir de toute façon.

En vérité, c'était lui qu'elle voulait voir.

— Mon cocher vous déposera avant de me ramener à la maison, insista-t-elle.

— Très bien, concéda-t-il. Je vous remercie.

Cette fois, tandis qu'il l'escortait vers la sortie, il posa la main au creux de son dos. Elle sentit sa chaleur à travers la soie de sa robe. Il semblait l'avoir touchée spontanément, sans réfléchir, comme si c'était le geste le plus naturel du monde. Comme s'ils étaient complices et solidaires, même si elle ignorait ce qu'il se passait.

Elle devinait cependant qu'il y avait un danger et avait terriblement envie d'ordonner à son cocher de prendre la direction opposée à celle qu'indiquerait Griffith pour le protéger.

Si elle lui avait offert sa voiture, ce n'était pas par pure bienveillance. C'était pour passer davantage de temps en sa compagnie, pour découvrir ce qui avait fait de lui l'homme qu'il était devenu et qui n'avait plus grand-chose à voir avec celui qui l'avait embrassée dans le parc du duc.

Il aurait dû décliner sa proposition et prendre un fiacre. Et pourtant il était là, dans l'espace confiné de sa voiture, enveloppé par son parfum d'agrumes, alors qu'il devrait garder ses distances.

— Pourquoi avez-vous laissé votre cigare se consumer comme si vous aviez l'intention de revenir pour le terminer ? C'est du gâchis.

— L'arôme est plus plaisant ainsi, expliqua-t-il. De toute façon, il sera gâché car un jeune homme viendra et le jettera dans la poubelle.

— Il y a tant de choses à prendre en compte, murmura-t-elle. Avant son départ pour l'Écosse, j'ai vu Althea à plusieurs reprises, mais elle n'a pas pu me renseigner sur ce que vous deveniez, Marcus et vous.

Elle voulait en savoir plus à présent. Cela ne devrait pas lui plaire qu'elle ait demandé de ses nouvelles, et sans doute se méprenait-il sur ses raisons. Après tout, la plupart des gens prenaient des nouvelles par politesse, et c'était probablement son cas. À moins qu'elle n'ait eu envie de le trouver pour exprimer son mécontentement à propos du pari.

— Marcus s'efforce de déterminer qui a fomenté le complot qui a valu à notre père d'être pendu. Au début, je l'ai aidé, puis je me suis lassé.

— Il est en danger ?

« Probablement », songea-t-il.

— Son message disait juste qu'il avait besoin de me voir.

— Et vous n'avez pas hésité.

— C'est mon frère. Je serai toujours là pour lui.

— Et pour Althea ? Vous n'avez pas assisté à son mariage.

Il détecta une certaine réprobation dans son ton.

— Il ne serait pas bon que les relations de Marcus aient vent de ses liens avec l'aristocratie et il est surveillé discrètement. À l'époque, j'ai jugé préférable de rester à l'écart, moi aussi.

— Compte tenu du nombre de membres de la noblesse ayant tourné le dos à votre famille, j'ai été surprise d'en croiser autant dans votre club.

— Au début, je suis resté dans l'ombre, dit-il avec un sourire. Quand ils ont compris que j'étais le propriétaire, ils ont décidé de rester car ils appréciaient trop le club pour y renoncer.

Les aristocrates l'ignoraient néanmoins, se contentaient de tolérer sa présence. Il s'en moquait, car ils dépensaient beaucoup d'argent chez lui.

— Nous y sommes presque, annonça-t-il en regardant par la fenêtre.

Il frappa deux fois au plafond avec sa canne. La voiture ralentit, puis s'arrêta.

— Merci de m'avoir permis de profiter de votre voiture, dit-il en ouvrant la portière avant de sauter à terre. Rentrez bien !

La cabine était plongée dans la pénombre mais il imaginait les traits de la jeune femme. Soudain, elle agrippa les revers de sa veste.

— Soyez prudent.

Il eut envie d'encadrer son visage de ses mains et de s'emparer de sa bouche pour un dernier baiser. Si Marcus l'avait fait venir, il courait certainement un grand danger. Griffith était sur le point de rencontrer un homme pour qui il avait commis l'impardonnable et il refusait de souiller la jeune femme.

— Toujours.

— Je vous attends.

— Non. Rentrez chez vous, lady Kathryn. Je regagnerai le club par mes propres moyens.

Elle le lâcha. Il recula et ferma la portière.

— En route ! lança-t-il au cocher.

Sans attendre, il courut vers l'un des ponts enjambant la Tamise, le cœur battant. Le message de Marcus disait simplement : *Vie ou mort*.

13

À l'approche du fleuve, il ralentit l'allure. Les eaux de la Tamise scintillaient au clair de lune, malheureusement, il n'aurait pas le loisir d'admirer le spectacle. Son frère et lui s'étaient souvent rencontrés secrètement à cet endroit pour échanger des informations, aussi avait-il su où se rendre.

— Marcus ? dit-il d'une voix posée qui résonna dans le silence.

Une silhouette familière surgit de derrière un pilier. Griffith se réjouit de constater que son frère se mouvait sans entrave. Il avait redouté de le trouver à l'agonie. Regrettant de ne pas s'être muni d'une lanterne, il le rejoignit.

— Tout va bien ?

— Est-ce qu'aucun d'entre nous va bien depuis la pendaison de notre père ? ricana Marcus.

— Sans doute pas.

Néanmoins, le succès de son club mettait du baume au cœur de Griffith qui était un peu moins hanté par le passé. Il avait toujours considéré Marcus comme le plus chanceux, celui qui hériterait du titre et du patrimoine. Lui-même n'avait jamais cru devenir riche à moins d'y travailler. Althea avait trouvé l'amour et une place au sein de la société, et il s'épanouissait grâce à son entreprise. Mais que faisait un homme formé dès sa naissance pour devenir duc et qui se trouvait brusquement privé de ce titre ?

— Tu es blessé ?

— Non, mais j'ai été démasqué. Ils ont découvert ma véritable identité et ils pensent que j'ai l'intention de les trahir, de les faire arrêter et condamner à la pendaison.

Marcus avait adopté le pseudonyme de Wolf inspiré du titre qui lui serait revenu de droit si les choses n'avaient pas mal tourné. Les hommes qu'il fréquentait ne le connaissaient que sous ce nom.

— Comment ont-ils su ?

— Telle est la question ! Je n'en ai aucune idée. Il faut que je disparaisse un moment, le temps que les choses se tassent.

Griffith avait prévu que son frère aurait besoin d'argent. Il sortit une enveloppe de sa poche et la lui tendit.

— Je t'ai apporté de l'argent.

— Je ne le prendrai pas. Je voulais simplement t'informer que j'allais m'absenter et que tu ne devais pas te lancer à ma recherche. Ce serait trop dangereux.

— Prends cet argent. Il ne me fera pas défaut. Si j'ai ouvert ce club, c'est aussi pour que nous ayons des réserves en cas de besoin.

— Ainsi, tu avais raison, admit Marcus avec un sourire. Un club réservé aux célibataires peu convoités présente un intérêt.

— Et comment ! Les affaires vont de mieux en mieux. Franchement, je suis abasourdi par le nombre de candidatures que je reçois.

— À la bonne heure. Dommage que père ne soit plus là pour assister à ton succès.

— Il s'en serait moqué.

Aux yeux du défunt duc, Griffith n'était qu'un héritier de rechange.

— Et je n'ai jamais cherché à l'impressionner.

— À raison. Finalement, il était indigne de nous, conclut Marcus en acceptant l'enveloppe. J'en ferai bon usage. Merci.

— Tu sais où aller ?

— Non. Je veux simplement...

— Tiens, tiens, ce ne serait pas le fils d'un duc en quête de vengeance ? Et qui est avec toi, Wolf ? Ton tueur, peut-être ?

Dès qu'il avait entendu la voix, Griffith avait fait volte-face.

Ils étaient quatre, mais un seul avait retenu son attention : celui qui tenait Kathryn contre lui, un couteau sous sa gorge.

Ce malfrat l'ignorait encore, mais il était déjà mort.

— Si tu touches à un seul de ses cheveux, tu m'imploreras de t'achever quand j'en aurai fini avec toi !

Griffith était si calme que Kathryn en eut des frissons. L'homme qui la retenait également, devina-t-elle à son tressaillement. Il semblait mourir d'envie de détaler.

Elle ne reconnaissait pas ce Griffith qui semblait capable de mettre sa menace à exécution sans l'ombre d'un remords. Il lui avait ordonné de rentrer chez elle et elle aurait dû l'écouter, mais en le voyant courir, elle avait fait arrêter la voiture.

Elle s'était demandé si elle devait envoyer le cocher et le valet à la rescousse, car elle doutait qu'il se montre prudent et devinait que l'enjeu était d'une importance qu'elle ne soupçonnait pas. Si travailler sur les quais lui avait laissé des cicatrices sur les mains, elle commençait à penser qu'il avait d'autres cicatrices qui n'étaient pas visibles. Ce n'était plus le jeune homme insouciant qui se réveillait au pied d'une haie ou la taquinait à propos de ses taches de rousseur.

Alors qu'elle s'interrogeait, elle avait entendu des grommellements et des jurons étouffés. La portière s'était ouverte à la volée et un malfrat l'avait tirée dehors tandis que ses complices ligotaient son cocher et son valet.

Elle se retrouvait à présent captive, sans échappatoire possible.

— On ne lui fera aucun mal si vous vous mettez à genoux et ne résistez pas au massacre à venir.

— Non ! cria-t-elle, horrifiée par ces menaces.

— Calmez-vous, Kathryn. Les lâches qui se cachent derrière une femme ne gagnent jamais.

Comment Griffith pouvait-il garder un tel sang-froid alors qu'elle-même avait l'impression que son cœur allait jaillir de sa poitrine tant il battait fort.

Dieu du ciel ! Griffith s'agenouilla sans l'ombre d'une hésitation. Marcus l'imita. La jeune femme sentit la panique monter mais elle la ravala et s'efforça d'évaluer la situation.

— Quoi que vous fassiez, Kathryn, reprit Griffith, ne lui marchez pas sur le pied.

— Bon sang ! Pourquoi veux-tu qu'elle…

Avant que Marcus puisse finir sa phrase, elle fit précisément ce que Griffith lui avait conseillé de ne pas faire parce que c'était ce qu'il attendait d'elle. Il avait fait diversion. En parlant, son ravisseur avait relâché son étreinte. Elle frappa avec force, enfonçant son talon dans son pied. Tandis que l'homme hurlait de douleur, elle en profita pour se libérer.

Un grondement féroce retentit dans la nuit. Griffith s'était relevé d'un bond et chargeait en brandissant une épée – d'où diable sortait-elle ? Le malfrat glapit de peur et s'enfuit sans demander son reste.

L'un de ses complices tenta de se jeter sur elle. Elle esquiva, mais déjà Griffith l'interceptait. Un autre entra dans la bagarre. Du coin de l'œil, Kathryn vit Marcus régler son compte au quatrième larron. Griffith luttait seul contre deux adversaires. Il n'avait pas eu le temps de ramasser son épée, mais un couteau avait jailli dans sa main, comme dans celles de ses adversaires. Le métal scintillait de temps à autre au clair de lune. La jeune femme l'aurait volontiers aidé, mais elle demeura en retrait, admirant ses feintes et ses parades habiles. Si elle avait peur pour lui, elle se souvenait de son assurance lorsqu'il avait parlé de récolter son dû. Il était maître dans l'art de menacer, d'attaquer et de remporter la victoire. Kathryn s'efforçait de ne pas faire le moindre bruit ou mouvement qui risquerait de le déconcentrer.

Il abattit un malfrat d'un coup de pied bien placé et projeta le second à terre. Ils roulèrent dans l'herbe. Elle entendit les coups qui s'échangeaient, une plainte, un cri, puis ce fut le silence.

Griffith se releva d'un bond et se tourna vers l'autre brigand qui s'était redressé. Tous deux brandissaient un couteau.

— Lâche ton arme et file, ordonna Griffith d'un ton détaché, comme s'il chassait tout sentiment qui l'empêcherait de faire le nécessaire pour survivre. Je ne te pourchasserai pas. Tu as ma parole.

Kathryn sentit le malfrat hésiter. Comment pouvait-il douter de la sincérité de Griffith ? Celui-ci avait déjà neutralisé deux de ses complices pendant que Marcus s'occupait du troisième. Cet homme croyait-il avoir la moindre chance de le battre ?

Griffith s'était mis à genoux sans avoir la moindre intention de se soumettre. Il savait se battre, et plus encore. Il était doué pour survivre. Dieu seul savait ce qu'il avait enduré ces derniers mois.

— Tu me planteras pas un couteau dans le dos ? fit l'homme d'une voix tendue.

— Non, assura Griffith, qui se savait supérieur à cet adversaire, mais faisait preuve de mansuétude.

Le malfaiteur lâcha son couteau et tourna les talons avant de détaler comme s'il avait le diable aux trousses.

C'était fini. Les jambes de Kathryn se mirent à trembler. Elle n'aurait su dire comment elle parvint à ne pas s'effondrer.

— Kathryn ?

Peut-être tenait-elle debout uniquement parce que Griffith avait enroulé le bras autour d'elle et l'avait plaquée contre son flanc. Il avait baissé la tête vers elle, de sorte que ses lèvres lui effleurèrent la tempe lorsqu'il murmura d'une voix tendue et douce à la fois :

— Brave petite. Êtes-vous blessée ?

Soudain, elle se rendit compte que sa vision périphérique s'était assombrie et qu'elle était sur le point de s'évanouir. Sauf qu'il était là, qu'il l'avait rattrapée de justesse. Les larmes menaçaient, mais elle les ravala.

— Non, non, je n'ai rien.

Elle sentit un frisson secouer Griffith.

— Je regrette de vous avoir mise en danger, souffla-t-il.

— J'ai eu peur qu'il ne vous tue.

— Je ne l'aurais pas laissé faire, assura-t-il avec une conviction qui la rassura d'autant plus qu'elle l'avait vu à l'œuvre.

— Vous... vous aviez une épée ?

— Elle est dissimulée dans ma canne.

Quant à son couteau, elle sentait l'étui sous son manteau. En entendant des pas lourds, il se tourna légèrement sans la lâcher.

— Marcus, ça va ?

— Oui, et toi ?

— Ça va.

— Tant mieux. Lady Kathryn, j'aurais préféré vous revoir dans des conditions plus favorables. Comment vous êtes-vous retrouvée ici ?

— Elle m'a conduit dans sa voiture, expliqua Griffith. Elle était au club. J'ai été très imprudent d'accepter sa proposition.

— Vous n'avez aucun reproche à vous faire, intervint Kathryn. C'est plutôt moi qui ai fait preuve d'imprudence en ne partant pas immédiatement.

— Qu'est-il arrivé au cocher et au valet ?

— Ils ont été ligotés, mais je ne pense pas qu'ils soient blessés.

— Je vais aller les détacher et veiller à ce que vous rentriez chez vous en toute sécurité. Marcus, veux-tu que nous te déposions quelque part ?

— Un bateau m'attend en amont. Partez vite. Je me charge de ces trois lascars.

— Préviens-moi si tu as besoin de quoi que ce soit.

— Promis. Ils ne te traqueront pas. C'est moi qu'ils veulent. Ils ignorent même qui tu es et ils ne sauront pas où te trouver. Tu étais juste au mauvais endroit au mauvais moment, et je le déplore. J'étais certain de ne pas avoir été suivi.

— Tu penses pouvoir les éviter à l'avenir ?

— Je ferai de mon mieux. Une fois que j'aurai quitté Londres, ils ne me chercheront plus. Ils croiront que j'ai fui.

— Espérons-le.

— Ce n'est plus ton problème, Griffith. Tu t'es retiré de l'enquête. Reste en dehors de cela.

— Si tu as besoin de moi...

— Je sais, mais je n'en ferai rien.

— Excusez-moi un instant, dit Griffith.

Il s'approcha de l'homme qu'il avait transpercé de son épée et récupéra celle-ci.

— Il n'avait pas le choix, vous savez.

Kathryn dévisagea Marcus.

— Vous non plus, non ?

— C'étaient de sales types. Ils auraient fini à la potence. Personnellement, je n'aurais pas laissé filer le dernier, mais chacun agit selon sa conscience.

Elle trouvait honorable de la part de Griffith d'avoir laissé le choix à cet homme. Lorsqu'elle le rejoignit, l'épée avait déjà disparu dans sa canne. Il se déplaçait armé. Elle avait du mal à le croire, mais peut-être n'aurait-elle pas dû en être étonnée. La vie l'avait profondément transformé.

Les deux frères prirent congé, puis Griffith et elle retournèrent vers la voiture.

— Pourquoi ces hommes voulaient-ils tuer Marcus ?

— Parce qu'il s'est mis en tête de dénoncer les comparses de mon père dès qu'il connaîtra le nom de celui qui était à la tête de ce complot.

— Vous vous attendiez à en découdre.

— Toujours, quand Marcus est impliqué. Je me réjouis que vous ayez compris ma consigne.

Ce compliment lui alla droit au cœur.

— Je m'en suis mieux sortie qu'avec le cigare.

— Certes, s'esclaffa Griffith.

Il sortit son couteau pour couper les liens du cocher et du valet en leur présentant ses excuses pour ce désagrément. À l'entendre, leur mésaventure était presque banale. Kathryn était soulagée qu'il n'évolue plus dans ce milieu. Elle espérait vraiment que Marcus avait vu juste et que Griffith ne risquait plus rien.

Il insista pour la raccompagner et s'assit en face d'elle dans la voiture. Elle aurait préféré qu'il ne la lâche pas, qu'il s'installe à côté d'elle sur la banquette, un bras autour de sa taille, serré contre son flanc. Sur la rive de la Tamise, un couteau sous la gorge, elle avait pensé à des choses insignifiantes, à ce qui lui manquerait, à ses regrets. À ce qu'elle aurait voulu faire avec lui. L'embrasser encore, bavarder, rire, sourire, le taquiner... Seigneur, même une taquinerie aurait été la bienvenue.

Étonnamment, il n'avait été question que de Griffith. Le pauvre Kingsland aurait été obligé de trouver une autre candidate au mariage. Pas une seconde elle n'avait pensé à lui. Peut-être parce que Griffith était là, et pas lui.

— Il serait préférable que vous ne disiez rien à quiconque de cette mésaventure, dit-il calmement.

— Les gens ne me croiraient pas.

Elle y croyait à peine elle-même.

Elle regarda par la fenêtre pour tenter d'oublier, mais ce qu'il s'était passé lui collait à la peau comme ses vêtements lors d'une baignade en mer, chez sa grand-mère, quand elle sortait de l'eau.

— Hier soir, quand je vous ai embrassé, j'étais en colère.

C'était même l'un de ses regrets, tandis qu'elle attendait la mort de la main de ce malfrat.

— Je sais.

Elle avait voulu le tourmenter, le punir, mais elle n'avait réussi qu'à se punir elle-même en ternissant le souvenir de ce baiser échangé dans le jardin, autrefois. Elle ne voulait plus que leur dernier baiser soit empreint de colère. Dès qu'elle serait mariée avec Kingsland, les lèvres de Griffith lui seraient interdites. Ce soir, elle avait l'occasion de remplacer ce baiser de colère par un autre.

Elle se leva et, en prenant garde de ne pas tomber, s'installa à califourchon sur ses genoux. Il gronda et la saisit par la taille tandis qu'elle prenait son visage entre ses mains. Immobile, il attendit. Comment pouvait-il rester aussi calme alors qu'elle avait déjà le souffle court ? Mille sensations la parcouraient, d'autant plus aiguës que s'y mêlait le goût de l'interdit. Elle était dans ses bras parce qu'elle en avait envie, parce qu'ils avaient frôlé la mort et qu'ils avaient survécu. Ils méritaient de célébrer la vie par un baiser.

— Je veux vous embrasser, sans colère, cette fois. Par gratitude, parce que j'ai encore le choix.

Il entrouvrit les lèvres avant même qu'elle s'en empare, avant qu'elle incline la tête pour trouver l'angle qu'elle souhaitait. Se rappelant ce qu'il avait déclaré quant à l'importance de la préparation, elle lécha la commissure de ses lèvres, puis suivit de la langue sa lèvre inférieure si pleine et si sensuelle.

Avec un grognement, il la prit par la nuque et insinua sa langue dans sa bouche avec une impatience qui la ravit. Elle n'était pas la seule à éprouver le besoin d'affirmer que la vie était précieuse et ne devait pas être gaspillée à ressasser des regrets. Ils devaient profiter de l'instant présent sans retenue, comme si c'était le dernier.

Quel mal y avait-il à s'affronter sensuellement, sans volonté d'anéantir l'autre, en accueillant chaque caresse, chaque mouvement des lèvres, chaque succion ? Elle décela une trace de chocolat et d'épices, imagina que c'étaient des vestiges du cigare. Avait-elle le même goût que lui ?

Elle espérait juste que le goût métallique de la peur – par pour elle-même mais pour lui – avait disparu. En le voyant se mettre à genoux…

Elle chassa délibérément ce souvenir. Elle voulait que l'instant présent efface tous les autres. Elle le garderait précieusement pour en rêver la nuit, et ne se réveillerait que parce que son corps vibrait de désir.

Elle posa la main sur son foulard, eut envie de le dénouer. Y verrait-il une objection ? Ou accueillerait-il volontiers ses baisers sensuels dans son cou ? Elle eut envie de déboutonner son gilet pour supprimer un obstacle entre eux, y glissa la main.

Elle se figea : c'était chaud et humide. Il se raidit et lui agrippa le poignet.

— Qu'est-ce que c'est que ça ? demanda-t-elle.

Il ne lui répondit pas. Il haletait un peu et elle songea que ce n'était peut-être pas leur baiser qui en était la cause. Libérant son poignet, elle examina ses doigts.

— Vous saignez. Vous avez dit à Marcus que vous n'étiez pas blessé.

— Il ne serait jamais parti s'il l'avait su.

Et il avait l'intention de la raccompagner chez elle avant de regagner le club ? Pour voir un médecin ? Pour souffrir seul ? Et s'il mourait ? Horrifiée, elle se leva et s'assit à côté de lui. Elle n'osait plus le toucher de crainte de lui faire mal.

— C'est grave ?

— Pas vraiment.

Il avait menti à Marcus, pourquoi ne lui mentirait-il pas à elle ? Kathryn voyait les choses sous un nouveau jour. Griffith avait la voix crispée et il l'avait serrée contre son flanc droit. La blessure se trouvait du côté gauche. Dans la pénombre, il avait pu dissimuler son saignement à son frère, mais pourquoi ne lui en avait-il pas parlé ? Elle lui en voulut de ne pas lui faire confiance.

Elle prit la canne et frappa au plafond.

— Qu'est-ce que vous faites ? s'enquit Griffith.

— Je vais demander que l'on vous conduise à l'hôpital.

— Pas question.

— Chez un médecin, alors.

— Non.

Dieu qu'il était agaçant !

— Laissez-moi au moins regarder si la plaie est profonde.

— Lady Kathryn, cela ne vous regarde en rien.

Il s'efforçait à nouveau de la tenir à distance.

— Oh que si !

Il ne comprenait donc pas qu'elle tenait à lui ? Il croyait qu'elle embrassait n'importe qui ? Et quand bien même, un seul comptait, et c'était lui, cet entêté qui ne demandait jamais l'aide de personne.

Si elle admirait son indépendance, elle la trouvait contrariante. Il était seul, si seul.

Dès que la voiture s'immobilisa, elle ouvrit la portière.

— J'ai besoin d'une lanterne.

Le valet en décrocha une à l'avant du véhicule et la lui tendit.

— Attendez mes ordres.

— Bien, milady.

Elle suspendit la lanterne au-dessus de la fenêtre. Griffith semblait pâle et las, ses traits étaient tirés, ses sourcils froncés. Il souffrait visiblement et, pourtant, il l'avait embrassée comme si tout allait bien.

— Montrez-moi

— Lady Kathryn...

— Montrez-moi !

— Depuis quand êtes-vous devenue une mégère ?

— Depuis que vous vous comportez comme un imbécile. Je vais sans doute devoir remplacer les coussins de la banquette que vous avez maculés de sang.

Il esquissa un sourire.

— Ce n'est pas grave à ce point, je pense.

Gauchement, elle l'aida à sortir sa chemise de son pantalon, puis s'empara de la lanterne pour examiner la plaie.

— Seigneur, Griffith, ce n'est pas beau à voir. L'estafilade est assez longue et profonde. Il faut absolument recoudre.

— Je doute qu'elle soit profonde au point d'avoir touché un organe.

— Moi aussi.

Le malfrat l'avait bien entaillé et l'hémorragie ne cesserait pas spontanément.

— Je vous en prie, laissez-moi vous emmener voir un médecin, insista-t-elle.

— Si vous ne rentrez pas bientôt, vos parents vont s'inquiéter.

— Ils sont à Paris. Je suis seule à la maison. Personne ne saura rien.

Il la dévisagea longuement, puis se détourna et hocha la tête, comme s'il considérait comme une faiblesse d'accepter son aide. Elle maudit le père de Griffith et la bonne société qui lui avait tourné le dos, et tous ceux qui l'avaient incité à croire qu'il était seul contre tous.

14

À son réveil, un discret rayon de soleil filtrait dans la chambre à coucher et une brise marine faisait voleter les rideaux de la fenêtre ouverte. Il était sonné à cause du laudanum que lui avait administré le médecin avant de recoudre sa plaie. Depuis, il était incapable de réfléchir clairement. Ainsi, lorsque Kathryn avait décidé de se rendre au cottage de sa grand-mère pour oublier l'horreur de cette nuit, il avait accepté de l'accompagner. Il était encore secoué à l'idée d'avoir failli la perdre.

Elle lui avait tenu la main durant toute l'intervention, la serrant si fort qu'il avait craint d'avoir les phalanges broyées. Alors qu'elle détournait les yeux pour ne pas regarder les chairs meurtries et le sang qui s'en écoulait encore, une larme solitaire avait roulé sur sa joue. Il en avait plus souffert que lorsque le médecin avait suturé sa plaie. Kathryn était si courageuse, si stoïque, qu'il avait eu du mal à réaliser pleinement à quel point elle luttait pour faire face à ce qu'il s'était passé au bord de la Tamise.

Dans ces conditions, comment lui refuser ce qu'elle lui demandait ? Il avait été incapable de la laisser partir seule, de ne pas être à ses côtés alors qu'elle s'était occupée de lui, de sa blessure. Ç'aurait pourtant été tellement plus facile pour elle de l'abandonner à son sort et de rentrer chez elle.

Il se retrouvait donc là où il n'aurait pas dû se trouver, avec une femme qui lui était interdite. Une femme promise à un autre homme, même s'ils n'étaient pas officiellement fiancés. Une femme qu'il avait lui-même offerte à cet autre homme.

Il refusait de penser à cet affreux regret qui le taraudait.

Il se leva en réprimant un gémissement de douleur et balaya la chambre du regard. Celle de sa grand-mère, lui avait dit Kathryn. Une pile de vêtements pliés avec soin était posée sur un fauteuil. Ce n'étaient pas les siens car ils avaient besoin d'être lavés et raccommodés. Il se rappela vaguement que Kathryn avait évoqué une domestique qui s'occupait du cottage.

Kathryn l'avait aidé à se déshabiller. Entièrement. Bien qu'il n'ait jamais été particulièrement pudique, il se demandait si ce qu'elle avait vu lui avait plu. Il grimaça en chassant des pensées inconvenantes. Elle méritait son respect. Sans elle, il n'aurait peut-être pas vu de médecin et aurait tenté de se soigner lui-même.

Il s'empara du pantalon et de la chemise, des vêtements simples en toile un peu grossière. Peut-être appartenaient-ils au grand-père de Kathryn, à moins qu'elle n'ait envoyé le valet emprunter des effets à un villageois. Peu importait. Les vêtements étaient propres. Ils seraient sans doute un peu serrés, mais ils conviendraient le temps de son séjour. Il s'approcha de la cuvette et s'aspergea le visage d'eau froide. Soudain, une image lui revint en mémoire.

Elle l'avait lavé... Ses gestes étaient doux et tendres. Il avait dû agripper le bord du lit pour ne pas l'attirer sur le lit.

Le courage dont elle avait fait preuve au bord de la Tamise l'avait stupéfié. Jamais il n'avait ressenti un tel désir. Lorsqu'elle s'était assise sur ses genoux pour l'embrasser, il avait perdu pied au point d'oublier sa blessure et sa décision de la lui cacher. Seule comptait Kathryn et il voulait lui donner ce qu'elle désirait.

Après s'être occupée de lui, elle avait remonté drap et couvertures, et s'était allongée près de lui.

— Juste quelques instants, avait-elle murmuré.

Il avait glissé le bras autour de ses épaules et l'avait gardée serrée contre son flanc tandis que le laudanum achevait son œuvre. Combien de temps était-elle restée ? Où était-elle passée ?

Ce qui avait suivi l'intervention du médecin demeurait flou dans son esprit : le trajet, son installation au cottage. Il se sécha le visage et enfila les vêtements. Effectivement, ils appartenaient à un homme plus petit que lui.

Il alla regarder par la fenêtre. Il n'y avait pas une maison alentour, rien que des arbres, des champs, des fleurs, et du bleu à l'horizon, ciel et mer confondus.

La veille, il avait entendu le fracas des vagues sur les rochers. Il se souvenait d'avoir vu Kathryn devant la fenêtre, regardant dehors. S'était-il réveillé ? Était-ce un rêve ?

Ils étaient dans le Kent, à quelques heures de route de Londres. Il leur serait facile de retourner dans la capitale dans la journée si elle le souhaitait. Ce serait à elle de décider. En attendant, il voulait la voir.

Il longea un petit couloir, dépassa un escalier et gagna l'avant de la maison. D'un côté, une salle à manger. De l'autre, un salon confortable.

— Ah ! Bonjour, monsieur.

Il sourit poliment à la domestique vêtue d'une robe noire, d'un tablier blanc et d'une coiffe assortie.

— Bonjour.

— Le petit déjeuner sera servi dès que lady Kathryn rentrera de sa promenade.

— Parfait. Je crois que je vais me dégourdir les jambes également.

Il sortit dans la fraîcheur matinale, respira à pleins poumons, revigoré par l'air marin. Au loin, des mouettes tournoyaient, leur cri se mêlant au fracas des vagues. Dans quelle direction Kathryn était-elle partie ?

Il se dirigea vers ce qui semblait être le bord d'une falaise. Il était pieds nus dans l'herbe tendre car il n'avait pas eu la force d'enfiler ses bottes. Quand il était enfant, il aimait courir pieds nus dans les champs dès qu'il échappait à la surveillance de sa nurse. Un jour, son père l'avait surpris et l'avait fessé à l'aide d'une badine, le sermonnant sur l'importance de se comporter en gentleman en toutes circonstances. Quelle ironie de la part d'un traître !

Au bord de la falaise, il baissa les yeux et en eut le souffle coupé. Non pas à cause du précipice, mais parce que Kathryn était là, la robe relevée au-dessus des genoux, à patauger dans l'eau. Elle laissa soudain échapper un petit cri strident et recula d'un bond, avant d'éclater d'un rire cristallin. Quelque créature marine lui aurait-elle pincé un orteil ?

Il s'assit gauchement dans l'herbe et contempla la mer. Cela faisait des mois qu'il ne s'était pas senti aussi apaisé. Il comprenait pourquoi elle tenait tant à son cottage.

Elle s'éloigna du bord de l'eau en dansant. Ce n'était plus la jeune lady guindée des quartiers huppés de la capitale. Il avait l'impression de voir la fillette qu'elle avait été lorsqu'elle séjournait chez sa grand-mère, détendue, insouciante, enfin elle-même.

Une femme que le duc de Kingsland ne verrait jamais, ne comprendrait jamais.

Abruptement, elle s'immobilisa, s'assit dans le sable et entoura ses genoux repliés de ses bras. Même à distance, il voyait qu'elle pleurait. Étouffant un juron, il se releva d'un bond. La douleur dans son flanc lui arracha un autre juron. Il scruta les alentours et découvrit des traces de pas dans l'herbe. Elles menaient à un sentier qui descendait jusqu'à la plage. Il l'emprunta. Arrivé en bas, il rejoignit la jeune femme, qui avait appuyé le front sur ses genoux.

— Kathryn ? dit-il en s'accroupissant près d'elle.

Elle renifla, détourna la tête. Lorsqu'elle se décida à le regarder, elle avait essuyé ses larmes, mais il en restait encore, accrochées à ses cils.

— Comment va votre blessure ce matin ? s'enquit-elle avec un sourire tremblant.

— Elle me fait un mal de chien.

Le laudanum avait cessé d'agir et les points de suture étaient nombreux. Du pouce, il chassa une larme qui perlait au coin d'un œil.

— Et vous, comment allez-vous, ce matin ?

— Je croyais aller bien, et puis, soudain toutes les émotions d'hier soir sont remontées à la surface.

Griffith s'assit sur le sable et attira la tête de la jeune femme sur son épaule.

— Il n'y a pas de honte à pleurer.

— J'ai l'impression d'être faible.

— Vous êtes loin de l'être, Kathryn. Vous avez fait preuve d'une grande force, au contraire.

— Vous aussi.

Elle s'écarta et le dévisagea comme si elle ne le connaissait pas depuis des années, comme si elle ne l'avait jamais vu.

— Où avez-vous appris à vous battre ainsi ?

— Sur les quais, quand j'y travaillais.

— Il y a beaucoup de rixes parmi les dockers ?

— Non. En revanche, les bagarreurs sont légion, comme Billy, qui vous a barré le passage le premier soir. Althea et moi avons vécu un certain temps à Whitechapel et je voulais être capable de la protéger. Le quartier est si mal famé. J'ai donc engagé Billy et quelques autres types afin qu'ils m'apprennent à me battre comme aucun gentleman ne le ferait.

— Althea le savait ?

Il secoua la tête.

— Je ne voulais pas qu'elle s'inquiète pour moi. Quand les leçons s'éternisaient, et qu'elle me demandait où j'étais allé, je lui racontais que j'étais avec une femme. Elle acceptait cette version sans ciller.

Sans réfléchir, il prit la tresse de Kathryn et se mit à en caresser l'extrémité tout en observant son visage où se succédaient quantité d'émotions.

— Allez-y, posez-moi la question.

Elle déglutit et se mordilla la lèvre.

— Il vous a traité de tueur.

Sa voix tremblait, et elle n'osa pas ajouter : « L'êtes-vous ? »

— Les hommes que Marcus fréquentait sont impitoyables, comme vous vous en êtes rendu compte. Ils ne lui faisaient pas confiance et l'ont fait surveiller. Moi, j'espionnais les espions. Un soir, l'un d'entre eux, pour une raison inconnue, a tenté de le tuer. Je l'en ai empêché. Définitivement.

Il regarda en direction du large. S'il entrait dans la mer, le laverait-elle de ses péchés et de ses regrets ?

— Je n'en suis pas fier, Kathryn. Franchement, je n'avais pas l'intention de le tuer, uniquement de le neutraliser, histoire de faire savoir à ces hommes que Marcus était protégé. Alors que je visais la cuisse, il s'est penché plus vite que prévu et le couteau s'est enfoncé dans son ventre. Ça n'a pas été une belle mort, mais le message avait été envoyé.

Il coula un regard à Kathryn, qui avait pâli.

— En réalité, il s'est tué lui-même.

Il invoquait cet argument, la nuit, quand il cherchait désespérément le sommeil. Mais il ne se berçait pas d'illusions. C'était lui qui tenait le couteau. Et lui qui s'en était servi.

— Peu après, j'ai décidé de ne plus participer aux recherches de Marcus. J'en avais assez que mon père, même mort, détermine mon destin. Il était coupable de trahison, peu m'importe avec qui et pourquoi. Cela dit, j'ai moins perdu que Marcus.

— Je pense que vous avez tous perdu la même chose. Vous avez bien fait de prendre votre destin en main. Vous avez à présent une entreprise promise à un joli succès.

Sa voix tremblait encore. Elle était disposée à ne pas obtenir toutes les réponses à ses questions, sans doute par peur de la vérité. Il avait été trop concentré sur sa propre souffrance pour se soucier de celle de la jeune femme.

— Je n'ai pas tué ces hommes, hier soir.

Elle porta la main à sa bouche.

— Non ?

— Je mourais d'envie d'éliminer le premier, mais je ne voulais pas que vous ayez cette mort sur la conscience. Je l'ai blessé gravement, mais il devrait se remettre. Sa guérison sera toutefois longue et douloureuse.

Griffith avait acheté cette canne dissimulant une épée chez un prêteur sur gages, puis il avait demandé à son médecin où frapper pour provoquer des blessures sans tuer.

— L'autre type, je l'ai juste assommé après qu'il m'a blessé.

Kathryn se mit à pleurer.

— Je ne cesse de les voir morts. Marcus a affirmé qu'ils l'étaient.

— Il faisait trop sombre pour qu'il le sache. Ce n'était qu'une supposition.

Peut-être parce qu'il avait tué son propre adversaire.

— Tant mieux. Je suis contente que vous ne les ayez pas tués.

Ce n'était pas facile de vivre avec un homicide, même involontaire, sur la conscience. Ces malfrats finiraient sans doute pendus, mais il n'avait pas vu l'utilité d'abréger leur existence.

Il chassa une larme de la joue de Kathryn.

— À présent, vous pouvez danser sur la plage en toute insouciance, sans culpabilité.

— Vous m'avez vue ?

Il hocha la tête.

— Je ne fais cela que quand personne ne me regarde, s'esclaffa-t-elle.

— Vous dansez toujours avant le petit déjeuner ?

— Ma grand-mère m'a appris que c'était la meilleure façon de commencer la journée, ainsi quels que soient les ennuis, les épreuves ou les déceptions qui suivront, cette joie du matin m'aidera à les surmonter. Elle avait coutume de sautiller avec moi dans le sable, si bien que j'ai l'impression qu'elle est toujours avec moi.

— Vous aviez l'air tellement insouciante.

— J'ai passé les meilleurs moments de ma vie ici. Merci d'être venu.

— J'étais à la merci du laudanum. Kingsland ne sera pas content s'il apprend que nous sommes ici.

— Il ne l'apprendra pas. Mes domestiques sont d'une loyauté sans faille.

— Le problème est de savoir si nous le sommes, lady Kathryn. La proximité crée parfois une certaine familiarité, voire de l'intimité. Après tout, vous m'avez embrassé hier soir, dans la voiture.

— Vous croyez qu'il est loyal, lui ? Vous croyez qu'il n'a pas de maîtresse ? Qu'il mène une vie chaste, dénuée de plaisir ?

— C'est ce qu'il attend de vous.

— Dans ce cas, il aurait dû me demander en mariage avant de partir pour le Yorkshire.

— Il n'est pas à Londres ?

— Pas avant mercredi prochain. Il voyage beaucoup. C'est en partie pour cela qu'il n'a pas encore fait sa demande, je crois. Je pense toutefois qu'il m'apprécie. Il ne devrait plus tarder à me demander ma main.

— Et vous direz oui.

Elle regarda au loin.

— Si ces gros nuages noirs à l'horizon viennent vers nous, nous devrions prendre le petit déjeuner et nous mettre en route pour Londres. Nous risquons de nous embourber en cas de pluie. Je devrais aussi changer votre pansement, ajouta-t-elle en tournant les yeux vers lui. Une fois par jour, a dit le médecin.

Griffith n'en gardait aucun souvenir, mais il était concentré sur la main qui tenait la sienne.

— Dans ce cas, rentrons.

Une fois debout, il se retint de prendre la jeune femme dans ses bras pour s'emparer de sa bouche. Parce qu'elle ne serait jamais à lui. Jamais.

Et maintenant qu'elle connaissait la vérité à son sujet, elle ne souhaiterait peut-être plus qu'il prenne des libertés avec elle.

L'orage éclata alors qu'ils prenaient leur petit déjeuner. Alors que Kathryn aurait dû déplorer que des trombes d'eau retardent leur départ, elle ne put s'empêcher de s'en réjouir. Le tonnerre retentissait et des éclairs zébraient le ciel.

Elle adorait ce temps. Dans le cottage, elle se sentait à l'abri. Les autres résidences de son père étaient trop vastes à son goût. Elle pouvait se trouver dans l'une d'elles et ne pas se rendre compte qu'il pleuvait. Ici en revanche, lorsque les éléments se déchaînaient, on ne pouvait l'ignorer.

Elle monta un broc d'eau chaude dans la chambre qu'occupait Griffith. Il se tenait devant la fenêtre, torse nu. Son dos n'était que muscles saillants, sculptés par la vie qu'il avait menée ces derniers mois.

Il dut sentir sa présence car il déclara posément

— Nous avons trop tardé. Nous ne pouvons plus partir.

— En effet. Je viens de parler au cocher. Il est certain que nous risquons de nous embourber, et avec votre blessure, vous ne pourriez pas l'aider.

Griffith poussa un long soupir déçu. Elle ne s'offusquerait pas qu'il ne veuille pas rester plus longtemps avec elle, qu'il soit pressé de retrouver sa vie dans la capitale.

— Votre club devrait survivre sans vous une journée de plus. Mme Ward semble très compétente. Du reste, vous ne l'auriez pas engagée si ce n'était pas le cas.

— Ce n'est pas le club qui m'inquiète.

— Quoi, alors ?

Il pivota pour lui faire face.

— Posez cela sur la table de chevet. Je changerai mon pansement moi-même.

— Je risque moins d'arracher des points de suture.

Elle versa de l'eau chaude dans la cuvette.

— Le médecin m'a donné de la pommade pour aider à la cicatrisation. Il vaut mieux que ce soit moi qui l'applique.

Les lèvres pincées, les yeux étrécis, il semblait en plein dilemme. Redoutait-il de l'embrasser alors qu'il ne le fallait pas ? Se doutait-il que cet interdit ne l'empêcherait pas nécessairement d'agir ?

— Je serai sage, promit-elle.

Il laissa échapper un rire bref. Ainsi, elle avait deviné juste. Jamais Kingsland ne lui avait donné l'impression de lutter pour ne pas l'embrasser, ou la toucher. Après leur soirée au théâtre, il l'avait embrassée plusieurs fois, en gentleman. Or elle savait désormais qu'elle préférait les baisers d'un vaurien.

Le sourire aux lèvres, il s'approcha.

— Où voulez-vous que je me mette ? Dans le fauteuil ?

— Sur le lit.

Les yeux de Griffith s'embrasèrent d'une telle passion qu'elle crut bon d'expliquer :

— Le fauteuil est trop petit. Ce ne sera pas pratique.

Il s'assit au bord du matelas.

— Faites vite, recommanda-t-il.

Il crispa les mains sur ses cuisses, aussi tendu que lors de la première visite de Kathryn au club. Elle aurait dû se sentir flattée par ce désir manifeste. À moins qu'elle ne se méprenne et qu'il ne se prépare juste à la douleur qui allait suivre. Elle comptait pourtant procéder avec douceur tant l'idée de le faire souffrir lui était insupportable.

S'emparant des ciseaux, elle coupa d'abord le nœud, puis déroula le bandage qui lui entourait le torse. Il retint son souffle. De temps à autre, Kathryn frôlait la peau qu'elle avait nettoyée la veille. Quand il s'était endormi, elle avait effleuré ses côtes et ses bras, puis, profitant des effets du laudanum, elle s'était enhardie à caresser ce corps que les mois d'exil avaient endurci.

Le drap qui le couvrait jusqu'à la taille avait servi de barrière et elle n'avait pas cherché à connaître ce dont elle avait détourné les yeux en l'aidant à se dévêtir. Pourtant, redoutant d'affronter seule les démons qui ne manqueraient pas de revenir la hanter, elle s'était allongée près de lui. Griffith avait réussi à les maintenir à distance par sa simple présence rassurante.

Elle mit de côté le pansement souillé et examina la vilaine balafre rouge. Il garderait une cicatrice, c'était certain. Lorsqu'elle palpa les bords de la plaie, Griffith serra les dents.

— Je suis désolée. Je sais que c'est douloureux, mais je dois vérifier qu'il n'y a pas d'infection ou de putréfaction des tissus. Le docteur m'a montré comment procéder.

— Heureusement que vous étiez là, je n'en ai gardé aucun souvenir.

Elle nettoya la plaie à l'eau chaude, puis badigeonna les points de suture de pommade. Il prit une courte inspiration et son abdomen se crispa – pas à cause de la douleur, devina-t-elle. Elle mourait d'envie de le toucher encore.

— Je peux vous poser une question ? dit-elle pour les distraire l'un et l'autre.

— Voilà qui n'augure rien de bon. Vous pouvez me demander tout ce que vous voulez. Je ne vous promets pas de répondre.

— Que s'est-il passé quand vous avez été arrêté ?

Il serra les dents et regarda droit devant lui, comme si les souvenirs se déroulaient sous ses yeux.

— Au début, nous étions abasourdis, désorientés, effrayés. Je dormais quand ils sont arrivés. Ils m'ont tiré du lit. Marcus a insisté pour que nous puissions au moins nous habiller. Avec son titre de comte, ses paroles avaient davantage de poids que mes protestations. Nous avons pu nous rendre présentables. Après quoi, ils nous ont emmenés sans la moindre explication. Nous nous sommes retrouvés dans une cellule de la Tour de Londres. Ils sont venus me chercher le premier et j'ai pensé qu'ils allaient me couper la tête. C'était ridicule, bien sûr. En longeant le couloir, j'étais terrorisé. Je parvenais à peine à poser un pied devant l'autre. J'avais envie de hurler et de m'enfuir. Je me demande comment Anne Boleyn, la femme de Henri VIII, a réussi à marcher vers la mort. Peut-être a-t-elle fait comme si elle allait se promener, qui sait ? J'ai cessé de réfléchir à ce que j'endurais, à l'avenir qui m'était réservé, pour me concentrer sur le passé, sur mes souvenirs précieux : la tresse d'une femme que je dénouais, une valse, mon dernier baiser.

Kathryn s'interrompit dans ses soins. Il soutint son regard.

— Vous étiez présente dans mes pensées, vous m'avez aidé à garder ma dignité.

Les yeux de la jeune femme s'embuèrent. Il n'aurait pas dû se laisser aller à des confidences aussi personnelles, réalisa-t-il. Durant ces deux semaines passées en cellule et les mois d'enfer qui avaient suivi, il n'avait tenu bon que grâce aux souvenirs qu'il avait d'elle.

— Donnez-moi un linge. Je peux terminer moi-même, dit-il si brusquement qu'elle se remit au travail.

— Je m'en charge.

Quelle torture ! Chaque fois qu'elle glissait la bande dans son dos, elle devait se pencher vers lui au point qu'il aurait aisément pu s'emparer de ses lèvres ou l'embrasser dans le cou. Lorsque la tentation était trop forte, il se rappelait qu'il était le fils d'un traître, qu'il avait fréquenté les bas-fonds et avait tué un homme. Il dirigeait en outre un club qui encourageait le péché. Il n'était pas vraiment le genre d'homme dont une femme pourrait être fière. Et à coup sûr pas le genre pour qui une femme renoncerait à son héritage.

— Dieu merci, ils ne vous ont pas conduit à la potence, déclara-t-elle quand elle eut fini d'enrouler la bande autour de son torse.

— Non, ils se sont contentés de m'interroger sur mon père. C'est là que j'ai compris que mon arrestation avait un lien avec quelque chose qu'il avait fait. Je n'ai guère pu les renseigner sur ses activités. En apprenant la nature de ses projets, j'étais sidéré.

Il jeta un coup d'œil dehors.

— D'après vous, quand pourrons-nous nous mettre en route ?

— Cela dépendra de la durée de l'orage. Pas avant demain, sans doute.

Il ravala un juron. Résister à son envie de l'embrasser était de plus en plus difficile. Quand elle posait sur lui ce regard sensuel, quand elle était au bord des larmes, quand elle le touchait…

La veille au soir, elle l'avait touché. Il se le rappelait, à présent. Il était en train de sombrer dans le sommeil et il avait savouré ses caresses. Dans ses rêves, il la caressait en retour avec audace et il n'avait plus qu'une idée en tête, assouvir ces fantasmes.

Sauf que Kathryn n'était pas pour lui et qu'il ne prendrait pas le risque de lui faire perdre ce qu'elle convoitait, surtout après l'avoir vue ici. Ici, elle était libre de danser sur le sable dans un monde à des lieux de celui dans lequel il vivait désormais. La veille, la laideur de son passé était arrivée jusqu'à elle et il comptait bien faire en sorte que cela n'arrive plus jamais. Lui-même ne pouvait jurer que ce passé était derrière lui. Si Marcus l'appelait à la rescousse, il serait au rendez-vous.

— Je suis fatigué. Je crois que je vais dormir un peu.

— Bien sûr, dit-elle en se levant. Vous êtes convalescent. Profitez d'être ici pour vous reposer.

Vous n'en aurez guère l'occasion quand vous serez de retour au club.

Elle rassembla les linges souillés et se dirigea vers la porte.

— Lady Kathryn ?

Elle s'immobilisa, se retourna, l'air déconcertée qu'il s'adresse à elle si solennellement. C'était toutefois indispensable qu'il se souvienne qu'elle était hors de portée.

— Merci de me soigner.

— Je préférerais que ce ne soit pas nécessaire, mais je le fais avec plaisir.

Dès qu'elle fut sortie, Griffith ferma les yeux, l'esprit peuplé d'images sensuelles de leurs corps enlacés, fébriles, moites. S'allongeant sur le lit, il maudit Kingsland de ne pas l'avoir déjà épousée, lui évitant ainsi ces tentations permanentes.

15

Il pleuvait toujours lorsqu'il se réveilla. Il se leva, se dirigea vers la fenêtre. Le paysage morose le réconforta étrangement. Il comprenait l'attachement de Kathryn à cette maison et pourquoi elle avait accepté de se soumettre aux critères imposés par sa grand-mère. Ici, elle était plus détendue, plus heureuse, apaisée.

Pourquoi diable Kingsland ne lui avait-il pas encore demandé sa main ? Cela faisait des mois qu'il la courtisait. Était-il aveugle ? Elle avait tout pour faire une duchesse idéale, une épouse, une mère pour son héritier. Il imaginait des enfants blonds, ce qui était un peu incongru, car le duc était brun et elle rousse. Ils couraient dans les hautes herbes et sur le chemin menant à la plage et criaient de joie comme l'eau leur frôlait les pieds.

Griffith posa la main sur la vitre, la main d'une brute.

Si son club continuait à prospérer, si ses investissements demeuraient lucratifs, il pourrait acheter un cottage au bord de la mer. Mais ce ne serait pas celui-ci, si chargé de souvenirs précieux. S'il avouait ses sentiments à Kathryn, s'il la demandait en mariage, elle ne deviendrait pas l'épouse d'un gentleman mais celle d'un vaurien – pire, un homme prêt à tout pour survivre.

Il maudit la pluie qui les contraignait à passer une nuit supplémentaire ici, dans une proximité dangereuse. Dans son club, les témoins, certains méfiants, d'autres ouvertement hostiles, lui rappelaient qu'il était surveillé, ce qui l'avait aidé à résister à la tentation. Il avait réussi à garder ses distances, à lui cacher qu'un seul de ses sourires suffisait à le rendre heureux.

Pour se protéger d'elle – et la protéger de lui –, il avait édifié un mur en cessant d'être un gentleman. Il avait porté des caisses, tiré des cordes, il s'était battu à coups de poing, il avait espionné, intimidé, menacé, n'hésitant pas à user de la force.

Son passé aurait dû suffire à l'empêcher de toucher Kathryn. Mais quand elle l'avait embrassé, au club et dans la voiture, ce mur s'était effondré et il avait dû le reconstruire.

Jamais il n'aurait dû venir dans ce cottage, goûter à ce que pourrait être la vie avec elle, l'insouciance, les rires partagés… et la paix.

Il rêvait de paix ! Peut-être était-ce pour cette raison que Marcus voulait à tout prix découvrir la vérité sur son père. Sans elle, il ne trouverait pas la paix. Mais Griffith était en train d'apprendre que la vérité n'apportait pas la paix. Elle n'apportait que du malheur.

Car la vérité, c'était qu'il était amoureux de Kathryn, et depuis bien plus longtemps qu'il ne l'avait réalisé. Il l'aimait avec une force et une passion qui le terrifiait. Cet amour l'avait poussé à écrire au duc pour s'assurer qu'elle aurait ce cottage qu'elle désirait plus que tout.

Quant au pari, c'était une idée qui lui était venue après coup, en guise de consolation. S'il ne pouvait avoir Kathryn, il aurait ce fichu club. Mais les rires que l'on entendait entre ces quatre murs n'étaient pas ceux de Kathryn, les sourires n'étaient pas les siens, ni les chuchotements. Jusqu'à ce qu'elle apparaisse un soir. Désormais, il ne pourrait franchir le seuil du club sans que des souvenirs d'elle surgissent dans chaque pièce.

En serait-il de même pour elle ? Pourrait-elle revenir dans ce cottage sans sentir les vestiges de sa présence ?

On frappa doucement à la porte.

— Griffith ? Le dîner est prêt. Voulez-vous vous joindre à moi ?

Non. Mieux valait qu'il mange seul dans cette chambre.

Mais il se préparait à mener une vie solitaire. Quand bien même son club serait bondé, il serait seul… et le resterait.

Il reconstruisit donc son mur, le renforça, et alla ouvrir la porte.

— Je vais me joindre à vous.

Après le repas, il lui apprit à jouer au poker, un jeu apparemment très prisé par le duc de Kingsland. Ils parièrent des allumettes et elle en gagna une grande partie. S'il s'en plaignit, il appréciait visiblement la compétition.

Vers 22 heures, il lui souhaita une bonne nuit et se retira dans sa chambre. Kathryn regagna la sienne.

À présent, allongée dans son lit, elle ne trouvait pas le sommeil. Elle était assaillie d'images de lui, de son regard qui soutenait le sien ou s'attardait sur ses lèvres. De sa main qui lui touchait le coude ou l'épaule de manière tellement naturelle. Elle-même s'était surprise à en faire autant, ne s'en rendant compte qu'en sentant sa chaleur sous ses doigts.

Plus jamais elle ne viendrait au cottage sans penser à Griffith, sans le revoir attablé, un verre de vin à la main, ou sur le divan en train de siroter un porto, ou devant la fenêtre à regarder la pluie.

Ce séjour n'était pas la seule chose qu'elle n'oublierait jamais. C'était toute sa personne. Elle aurait dû penser à Kingsland, souhaiter son retour, or c'était Griffith et lui seul qui s'était insinué dans les moindres recoins de son esprit et, craignait-elle, de son cœur.

Connaissait-elle vraiment Kingsland ? Savait-elle quel genre de sourire il affichait quand il la taquinait ? Ou si ses yeux s'assombrissaient juste avant qu'il l'embrasse ? Une lueur s'y était-elle allumée lorsqu'elle était apparue dans sa robe vert émeraude ? Griffith n'avait pas dit qu'il préférait cette couleur mais elle l'avait lu dans son regard.

Elle connaissait tant de petits détails sur lui, tous essentiels. Elle n'ignorait rien de ses rêves, de ses ambitions, de sa rage de survivre malgré l'adversité. Il avait veillé sur Althea jusqu'à ce que Benedict Trewlove endosse cette responsabilité en l'épousant. Il s'était occupé de son frère et avait failli se sacrifier pour le sauver.

Son parcours avait été jalonné de défis qu'il avait relevés avec courage et détermination. Il en avait fini avec les retours au petit matin, après une nuit passée à boire, à jouer ou dans les bras d'une femme. S'il avait eu une femme dans sa vie, lui aurait-il rendu ses baisers, au club ou dans la voiture ?

Elle écoutait la pluie marteler le toit et les vitres. Elle avait toujours adoré cette chambre au sommet de l'escalier, quand les éléments étaient déchaînés. Ils lui donnaient de la force. Si elle était capable de survivre à une tempête, alors elle survivrait à tout.

Y compris à un mariage sans amour.

Pour l'heure cependant, elle se demandait si elle pouvait renoncer à l'amour pour un tel mariage.

Il fut réveillé par un cri strident. Le hurlement de terreur d'une victime d'agression ou en danger de mort. Il se leva d'un bond et enfila son pantalon à la hâte, ignorant la douleur dans son flanc. Il remonta le couloir en courant, gravit les marches deux à deux.

Il n'y avait personne d'autre dans le cottage que Kathryn et lui. La domestique vivait au village avec son mari et rentrait chez elle chaque soir. Quant au cocher et au valet, il supposait qu'ils dormaient au village, là où se trouvaient les écuries qui abritaient la voiture et les chevaux.

Un autre cri retentit. C'était son prénom qu'elle hurlait.

Le cœur de Griffith battait à tout rompre lorsqu'il atteignit le palier. Des trois portes, une seule était fermée. Sans se soucier de vérifier si elle était verrouillée, il l'ouvrit d'un coup de pied.

Il parcourut la chambre du regard. Le clair de lune entrait par la fenêtre, mais il ne décela aucune silhouette menaçante dans la pénombre.

Et pourtant, elle cria de nouveau face à un danger qui n'était réel que pour elle, et s'agita dans son lit.

Ces derniers mois, Griffith avait enduré suffisamment de cauchemars pour savoir à quel point cela pouvait être terrifiant. Il se rua vers le lit, s'assit sur le bord et attrapa les poignets de la jeune femme.

— Kathryn, mon ange, je suis là. Tout va bien, il ne vous arrivera rien de mal. Réveillez-vous !

Il la secoua doucement.

— Mon ange…

Elle ouvrit les yeux, désorientée, puis elle le vit.

— Que faites-vous ici ? demanda-t-elle, le souffle court.

« Vous hurliez comme si vous aviez le diable à vos trousses » n'était sans doute pas ce qu'elle avait envie d'entendre en cet instant.

— Je vous ai entendue crier.

— Oh, Seigneur, je suis désolée !

Il se rendit soudain compte qu'il la maintenait par les poignets. Lorsqu'il la lâcha, le premier geste de la jeune femme fut de lui caresser la joue.

— J'étais de nouveau au bord de la Tamise. Vous étiez victime d'une attaque… dont vous n'êtes pas sorti vainqueur.

Il posa la main sur la sienne, puis tourna la tête et déposa un baiser au creux de sa paume.

— Je gagnerai toujours, Kathryn.

Avec la trahison de son père, il avait découvert le goût de la défaite. Plus jamais il ne voulait vivre une telle expérience. S'agissant de Kathryn, c'était un choix, car il ne voulait pas la priver de ce qu'il ne pourrait jamais lui offrir.

Elle réprima un sourire.

— Je vous trouverais arrogant si je ne vous avais pas vu vous battre.

Sauf que c'était cette expérience qui avait provoqué ce cauchemar. Et s'il revenait la hanter, il ne serait pas là pour la réveiller. Il devait lui offrir un souvenir marquant qui annulerait les images douloureuses qui la tourmentaient.

Il se leva, écarta les couvertures, et lui prit la main.

— Venez avec moi.

Elle n'hésita pas, ne lui posa aucune question. Telle une créature éthérée au clair de lune, elle se leva et se lova dans ses bras. Il s'empara de sa bouche avec une fougue qui ne parut pas l'effrayer.

Au contraire, elle plongea les doigts dans ses cheveux et lui rendit son baiser avec ardeur.

Peut-être n'était-ce pas sa lettre qui avait incité le duc à la choisir finalement. Si elle avait écrit à cet arrogant qu'elle embrassait avec abandon, si elle avait décrit son enthousiasme, avait admis qu'elle était dénuée de toute pudibonderie, le duc l'aurait choisie sans prendre la peine de lire les lettres des autres candidates. Griffith refusait de penser au fait que cet homme finirait par découvrir ces délices.

Il s'écarta et entremêla ses doigts aux siens, un geste aussi intime à ses yeux que deux corps nus enlacés. Après l'avoir entraînée vers la fenêtre, il reprit sa bouche. Mais cela ne lui suffisait pas. Il en voulait davantage et brûlait d'envie de lui en donner davantage.

Il dévora son cou de baisers tout en déboutonnant sa chemise de nuit. Pour son plus grand plaisir, elle haussa légèrement les épaules pour s'en débarrasser. Son corps superbe apparut, baignant dans la lueur argentée de la lune.

— Dieu que tu es belle…

Elle fit courir ses doigts sur son torse, suivit de l'index le bord du disque sombre d'un mamelon et il se félicita de ne pas avoir enfilé sa chemise avant de venir à la rescousse.

— Toi aussi, tu es beau, souffla-t-elle.

Avant d'atteindre le point de non-retour, il la fit pivoter afin qu'elle contemple les étoiles qui scintillaient maintenant que la pluie avait cessé. Il fit passer sa tresse devant son épaule et pressa la bouche au creux de sa nuque.

— Regarde la mer, Kathryn.

Et plus tard, chaque fois que tu la contempleras, pense à moi.

Elle n'aurait pas dû l'amener ici, mais ce cottage était son refuge depuis toujours. Après l'horreur de leur mésaventure au bord de la Tamise, elle avait besoin d'un sanctuaire et s'était dit que Griffith aussi. Un lieu où soigner une blessure qui n'était pas seulement physique. La trahison du duc, cette déchéance soudaine et brutale qui s'était abattue sur leur famille avait coûté cher à Althea. Il ne pouvait qu'en être de même pour son frère.

Mais désormais, chaque fois qu'elle viendrait se réfugier dans son petit paradis, elle penserait à Griffith. Elle entendrait son rire porté par le vent sur la falaise, sa voix grave lui confiant ses secrets, dans le salon. Elle verrait ses yeux gris-bleu au soleil, son sourire sous la lune.

Et chaque fois qu'elle contemplerait la mer, elle se rappellerait ses mains sur ses seins, ses lèvres traçant un chemin brûlant le long de sa colonne vertébrale, les sensations uniques qu'il faisait naître en elle. Elle aimait le sentir plaqué contre son dos, des hanches aux épaules, sa bouche sur sa nuque tandis que ses doigts s'aventuraient lentement sur son ventre, de plus en plus bas, lui donnant la possibilité de refuser. Loin de résister, elle posa ses mains sur les siennes pour partager ce trajet sensuel avec lui.

Proche du but, elle referma les mains sur les avant-bras musclés de Griffith tandis qu'il écartait doucement les pétales de sa féminité. Ses doigts encerclèrent délicatement la petite crête sensible. Une sensation exquise l'envahit et elle comprit pourquoi des femmes d'expérience fréquentaient le club de Griffith en quête d'aventures.

Rien de ce qu'elle avait partagé avec le duc de Kingsland n'était comparable à ces caresses. Et n'était-elle pas en droit de savourer ces plaisirs puisqu'elle n'était pas fiancée ? D'autant qu'elle éprouvait des sentiments pour celui qui les lui prodiguait. Lorsqu'il avait failli mourir, elle s'était demandé comment elle pourrait survivre dans un monde où il ne serait pas. Quand bien même il ne fréquentait plus la bonne société, elle savait qu'il était en vie.

Pour l'heure, il était pantelant.

— Tu es déjà toute moite, dit-il d'une voix rauque.

Avait-il autant de mal qu'elle à tenir debout ?

— J'aime que tu réagisses aussi vite, ajouta-t-il.

— N'est-ce pas le résultat de ton habileté ?

— C'est plutôt la preuve que tu es terriblement sensuelle. Ton corps ne se comporterait pas ainsi si tu ne voulais pas cela.

Cela ? C'était *lui* qu'elle voulait et rien d'autre. Elle était heureuse qu'il ne se vante pas et admette qu'ils étaient tous deux à l'origine de ce feu qui brûlait entre eux.

Elle fit mine de pivoter entre ses bras. Il l'en empêcha.

— Regarde plutôt cette mer que tu aimes tant, mon ange.

Kathryn obéit, mais elle leva la main pour enfouir les doigts dans les cheveux de Griffith tandis qu'il lui pétrissait un sein d'une main et caressait son sexe de l'autre. Lorsqu'il insinua un doigt en elle, elle ne put réprimer un gémissement et tous ses muscles se tendirent.

— Tu es si brûlante… si étroite…, gronda-t-il en entamant un lent mouvement de va-et-vient.

Un second doigt rejoignit le premier tandis que son pouce titillait sans répit le petit bourgeon gonflé entre les replis intimes.

— J'en veux davantage, Kathryn… Je veux goûter ta saveur.

— Alors embrasse-moi.

Griffith la contourna et prit possession de sa bouche, de son cœur et de son âme, ce qu'elle aurait dû réserver au duc de Kingsland. Elle savait désormais que ce dernier ne posséderait jamais ni l'une ni l'autre. Sa grand-mère ne lui avait de toute façon pas demandé d'y renoncer pour obtenir son héritage.

Kathryn l'avait toujours admirée et respectée, mais il lui était de plus en plus difficile de se fier à sa décision quant à son avenir alors que son présent était si merveilleux.

— Tu es belle, répéta-t-il. J'ai envie de te dévorer…

Il prit un sein en coupe et se pencha pour déposer une pluie de baisers sur la peau laiteuse. Une vague chaude monta en elle et elle se cramponna à ses épaules. Lorsqu'il aspira la pointe dressée de son sein entre ses lèvres et se mit à la sucer avec ardeur, elle gémit de bonheur. Il alternait coups de langue et succions, créant des sensations enivrantes. Elle haletait, à présent, et tremblait de la tête aux pieds.

L'empoignant par la taille, il déposa un chapelet de baisers le long de son buste, s'agenouilla pour poursuivre son exploration. Il embrassa une hanche, puis l'autre, se pencha pour un autre baiser sur un genou. Le temps qu'il remonte le long de sa cuisse, elle avait oublié toute pudeur et s'était ouverte à lui. Griffith gronda, et elle se raidit, ivre de désir, quand bien même elle ne savait pas ce qui allait suivre.

Il pencha la tête en arrière pour croiser son regard.

— J'étais jaloux du soleil qui caressait ta peau, mais je vais à présent t'embrasser là où il n'a pas accès.

Sur ce, il se glissa entre ses cuisses et embrassa sa féminité comme il embrassait sa bouche. Kathryn étouffa un cri. Ses ongles s'enfoncèrent dans les épaules de Griffith tandis qu'elle laissait ces sensations inouïes la submerger, les yeux rivés sur la mer. Un éclair zébra le ciel, illuminant brièvement le dos puissant emperlé de sueur de Griffith. Il était si beau qu'elle appela d'autres éclairs de ses vœux. Il suçait, taquinait, léchait, sa langue faisant naître des sensations d'une volupté presque insupportable.

— Griffith...

— Laisse-toi aller, laisse-toi porter par la vague.

Ce qu'il décrivait, c'était la promesse de ce qui se propageait en elle à mesure qu'elle montait vers l'extase.

— Je vais tomber...

— Je te tiens.

Elle sut que c'était vrai. Qu'il ne l'avait peut-être jamais lâchée.

Le cataclysme fondit sur elle, d'une violence inouïe, la laissant sans force, comme échouée sur une plage. Griffith l'accompagna jusqu'au bout tandis que les spasmes de plaisir la secouaient. Puis il se redressa et l'entoura de ses bras. Elle déposa un baiser sur sa peau brûlante.

— Je ne verrai plus jamais la mer comme avant, chuchota-t-elle, émerveillée.

Le rire de Griffith emplit le silence et elle eut soudain peur de ne plus jamais rien vivre de tel, de ne plus jamais se sentir à ce point aimée ni d'aimer autant en retour.

16

Lorsqu'elle ouvrit les yeux, le soleil filtrait par la fenêtre. Elle était seule et en fut déçue. La trace en creux sur l'oreiller près d'elle lui rappela toutefois que Griffith avait dormi là.

Après l'avoir entraînée vers le lit, il s'était glissé sous les couvertures avec elle. S'il avait gardé son pantalon, elle put au moins se blottir contre son torse nu et le caresser à loisir. Repue, elle s'était contentée de savourer sa présence. Elle s'était réveillée dans la nuit, le dos plaqué contre lui, une de ses mains sur son sein, son souffle régulier lui résonnant à l'oreille. Elle en avait ressenti un bonheur infini.

Sauf que cela finirait dès qu'ils retourneraient à Londres. Peut-être pourraient-ils rester au cottage un jour de plus. Une nuit. Et cette fois, elle lui donnerait du plaisir comme il lui en avait donné.

À cette perspective, une onde de chaleur se propagea entre ses cuisses. Si elle se sentait un peu coupable de lui avoir laissé prendre autant de libertés avec elle, elle n'éprouvait pas le moindre regret. Comment en éprouver alors qu'elle l'aimait de tout son cœur ?

Peut-être depuis toujours. Ses reparties bien senties n'étaient qu'une forme de défense, une façon de protéger son cœur car elle se savait destinée à un mari titré si elle voulait le cottage. Si elle voulait entendre le vent dans les arbres, les grincements du vieux parquet et les vagues déferlant sur les rochers.

Le simple fait de penser à Griffith intensifia son désir naissant. Ce qu'il s'était passé entre eux ne ressemblait en rien à ce à quoi elle s'attendait.

Après son mariage avec Chadbourne, Jocelyn lui avait raconté sa nuit de noces.

— Il suffit de s'allonger sur le dos pendant qu'il s'active sur toi. Ensuite, quand il a terminé, tu te laves car c'est un peu répugnant, et c'est tout.

Cela semblait aussi terriblement froid.

La veille, cela n'avait été ni répugnant ni froid, même si Griffith ne l'avait pas pénétrée – elle avait vu des étalons saillir une jument dans la maison de campagne de ses parents, et savait donc ce qu'il en était. Cela étant, elle n'imaginait pas Griffith autrement que passionné. Cette simple perspective... Il avait toujours eu le don de provoquer en elle des réactions inattendues, que ce soit de la colère, de l'agacement, de la joie, de la passion... du désir.

Griffith possédait la clé de ses émotions.

Elle regrettait qu'il ne soit pas là pour qu'elle puisse reprendre son exploration. Mais sans doute était-il parti pour sauvegarder sa réputation. Mme McHenry arrivait à l'aube pour préparer le petit déjeuner, accompagnée du cocher et du valet qui vaquaient à diverses occupations. Elle entendait déjà du mouvement au rez-de-chaussée.

Elle pensait être gênée à l'idée de revoir Griffith, qui la connaissait désormais intimement, et cependant, elle n'imaginait pas être autre chose qu'heureuse de le retrouver. Peut-être le persuaderait-elle de venir danser avec elle sur la plage avant le petit déjeuner. Elle était d'humeur à batifoler sur le sable et dans les vagues.

Elle se leva et alla ramasser sa chemise de nuit près de la fenêtre. Alors qu'elle retraversait la chambre, elle aperçut son reflet dans le miroir. Elle s'en approcha. Une femme comblée ne devrait-elle pas être différente le lendemain matin ? Apparemment pas. Rien ne trahissait ses activités nocturnes. La nature était décidément bien faite.

Seuls Griffith et elle le sauraient. Ils échangeraient des sourires complices à l'insu de tous.

Elle enfila une robe toute simple qu'elle laissait ici et sortit. La porte de la chambre de Griffith était ouverte, nota-t-elle en bas de l'escalier. Elle s'en approcha sur la pointe des pieds, et fut déçue de la trouver vide.

De même que le salon et la salle à manger.

— Bonjour, milady, la salua la domestique sur le seuil de la cuisine.

— Bonjour, madame McHenry. Avez-vous vu M. Stanwick ?

— Non, mademoiselle. Vous partez faire votre promenade matinale ?

— Oui.

Griffith était peut-être sorti.

— Le petit déjeuner sera prêt à votre retour.

— Merci.

Kathryn ne trouva pas Griffith sur la falaise. Soudain inquiète, elle se précipita au bord. Il n'était ni sur la plage ni dans l'eau.

Elle fit volte-face, vit le cocher et le valet au loin. Elle se hâta de les rejoindre.

— Auriez-vous vu M. Stanwick ce matin ?

— Oui, milady, répondit le cocher. Aux écuries. Il voulait acheter un cheval.

— Pourquoi aurait-il besoin d'un cheval ? demanda-t-elle.

Mais elle connaissait déjà la réponse.

— Aucune idée, milady. Je lui ai pas posé la question. Mais il a demandé au gars qui lui a vendu un hongre de lui indiquer la route de Londres.

Kathryn eut l'impression de recevoir un coup de poignard en plein cœur. Il était parti ! Après ce qu'ils avaient partagé, il s'en était allé sans un mot.

— On inspecte la route, milady. Il a beaucoup plu. On devra probablement attendre une journée de plus avant de rentrer.

— Un cavalier seul passerait ?

— Oui, en faisant attention et en restant dans l'herbe.

— Donc il est parti, murmura-t-elle pour elle-même.

Après lui avoir offert un plaisir indicible, il la rejetait. Elle aurait dû s'y attendre. C'était bien plus facile de partir que de le lui annoncer en face. Au moins, sa colère lui évitait-elle d'être triste. De toute façon, c'était mieux ainsi puisqu'elle allait épouser le duc.

17

Il avait engagé un garçon pour surveiller la maison de Whitechapel où sa sœur vivait avant son mariage, et un autre pour la demeure de Mayfair où elle résiderait sans doute puisqu'elle était désormais l'épouse du comte de Tewksbury. À peine une heure après l'arrivée de sa sœur à Londres, il sut donc où la trouver.

Il attendit toutefois le lendemain après-midi pour lui rendre visite.

Durant le trajet en fiacre, il ne put s'empêcher de songer à Kathryn, qui ne quittait jamais vraiment ses pensées. Il était convaincu que Kingsland lui donnerait du plaisir, mais ce serait purement physique, presque mécanique. Il avait couché avec de nombreuses femmes et savait ce qu'il fallait faire.

Griffith aussi connaissait les gestes. Il avait voulu que Kathryn sache ce qu'on ressentait lorsque l'amour s'y ajoutait. Elle ne s'en rendrait pas compte immédiatement. Peut-être même jamais. Il l'espérait en tout cas.

Il avait aussi voulu savoir ce que lui-même ressentirait car il n'avait jamais aimé aucune des femmes avec qui il avait couché. Certes, il aimait beaucoup ses maîtresses, mais ses sentiments pour

Kathryn étaient tellement plus profonds. Peu lui importait qu'il n'ait pas assouvi son propre désir avec elle. Il avait éprouvé une intense satisfaction à lui donner du plaisir. Il connaissait désormais ses plaintes, ses gémissements, se souvenait de ses cuisses frémissantes juste avant l'extase, du parfum musqué de son désir, de la saveur de son sexe.

Il avait découvert qu'elle ronflait légèrement quand elle dormait. Durant les quelques heures où il l'avait tenue dans ses bras, il l'avait contemplée, émerveillé. Elle avait toujours détesté ses taches de rousseur, que lui trouvait ravissantes.

Il l'avait taquinée longtemps, jusqu'à ce qu'il en perde toute envie. Il avait donc relégué son surnom de Taches de son dans un recoin de son cœur, avec ses autres souvenirs d'elle.

Un peu plus d'une semaine s'était écoulé depuis qu'il l'avait quittée, endormie, belle et paisible, juste avant l'aube. Au village, il avait acheté un cheval moyennant une coquette somme pour regagner Londres. Après les pluies torrentielles, il redoutait d'être retenu au cottage un jour de plus, voire deux. Encore que s'il ne tenait qu'à lui, il y serait resté à jamais.

Depuis son retour à Londres, il se postait chaque soir au sommet de l'escalier de son club à guetter son arrivée, superbe et furieuse d'avoir été abandonnée sans un mot d'explication.

Sauf qu'il n'était pas parti comme un voleur. Il avait pris le temps de mémoriser chacun de ses traits, il lui avait caressé les cheveux pour en graver la texture soyeuse dans sa mémoire. Il avait humé son parfum et avait même songé à se recoucher pour la posséder corps, cœur et âme. La faire sienne à jamais.

L'enfant gâté qu'il était autrefois l'aurait fait. Il aurait placé son propre plaisir avant l'intérêt de

Kathryn et son avenir. Il n'était plus cet homme-là. Son arrogance liée à ses privilèges avait disparu à force de dur labeur et de privations. En faisant l'amour à Kathryn, il l'aurait privée de ce qu'elle voulait plus que tout au monde. Il n'avait pas le droit d'être à ce point égoïste.

En revanche, si elle était venue à lui, dans son club, si elle l'avait choisi…

Elle ne l'avait pas fait. Il avait songé à aller la voir, mais il n'avait que quelques nuits à lui offrir, pas une vie entière. Et puis, pourquoi voudrait-elle d'un homme brisé ?

Il était donc parti, laissant le cocher et le valet veiller sur elle. Il savait qu'ils avaient rempli leur mission car le garçon qu'il avait engagé l'avait informé du retour de la jeune femme.

Depuis, il montait la garde comme un imbécile au sommet de l'escalier, les yeux rivés sur la porte du club. Chaque fois que quelqu'un entrait, son cœur s'emballait. Mais il était toujours déçu. Il fallait qu'il accepte qu'elle ne viendrait pas.

Il trouvait le club plus triste, moins animé sans elle. Ce soir, il cesserait d'attendre en vain et reprendrait ses déambulations dans les différents salons, quitte à être assailli par les souvenirs de Kathryn et par son propre sentiment de solitude.

Le fiacre s'engagea dans l'allée de l'imposant manoir de Mayfair. Il régla la course, puis balaya du regard la pelouse impeccable tandis que le véhicule s'éloignait. C'était étrange d'être de retour à Mayfair après tout ce temps, d'être sur le point d'entrer dans une demeure huppée où il n'était plus chez lui. Et où peut-être il ne l'avait jamais été.

Il gravit les marches du perron et actionna le heurtoir. La porte s'ouvrit sur un majordome qui le salua avec respect, sans doute impressionné par son costume élégant. Griffith savait que pour réussir, il fallait donner l'impression d'avoir du succès avant même que ce soit le cas.

— M. Griffith Stanwick, je viens voir ma sœur, lady Tewksbury.

Le majordome ouvrit la porte en grand.

— Donnez-vous la peine d'entrer, monsieur. Je vais voir si milady est là.

Griffith aurait été surpris qu'elle ne soit pas là. Elle avait retrouvé le genre de demeure qu'elle méritait, ses hauts plafonds et ses lustres en cristal. Les armes exposées sur les murs attestaient d'une longue lignée.

— Griffith !

Il pivota. Althea se dirigeait vers lui d'un pas rapide, son mari sur ses talons. Il n'eut pas le temps de la saluer qu'elle se jetait à son cou et l'étreignait.

— Je me suis tellement inquiétée pour toi ! Tu as bonne mine. Tu sembles même prospère. La dernière fois que je t'ai vu, tu étais… effrayant, en vérité.

C'était un peu avant le mariage d'Althea, avant son départ pour l'Écosse. Il était encore impliqué dans les recherches de Marcus.

— Je me suis engagé sur une nouvelle voie.

— Je veux tout savoir !

Elle s'écarta et tendit la main à son mari.

— *Nous* voulons tout savoir, reprit-elle.

Trewlove s'avança et l'enlaça spontanément.

— Stanwick, dit-il en lui serrant la main.

— Milord.

Le jeune comte de Tewksbury fit la grimace.

— Pas de cérémonies entre nous. Appelez-moi Benedict.

— J'ai demandé du thé, annonça Althea. Passons au salon. Mets-toi à l'aise, Griffith.

— Un whisky serait peut-être préférable, ma chérie, suggéra son mari.

Que savait son beau-frère ? Griffith avait fréquenté les bas-fonds et fait la loi à Whitechapel. Il ne serait pas surpris que le comte en sache plus qu'il ne l'admettrait jamais.

— J'apprécierais un whisky, en effet.

Dans la bibliothèque, les deux hommes savourèrent un whisky tandis qu'Althea sirotait un xérès en racontant leur mariage à son frère. Ce dernier regrettait amèrement de ne pas y avoir assisté. Elle évoqua aussi leur séjour en Écosse, dont elle était tombée amoureuse, et Griffith se réjouit de la voir aussi heureuse et épanouie. De toute évidence, son mari l'adorait – bien plus que Chadbourne ne l'aurait jamais aimée, suspectait-il. En dépit du drame qui les avait frappés, elle s'en sortait finalement bien mieux que si elle avait suivi le chemin tout tracé qui l'attendait. Elle était plus forte et plus sûre d'elle, prête à relever tous les défis de la vie.

Un peu comme Kathryn, qui s'était bien battue au bord de la Tamise, qui n'avait pas tourné de l'œil devant sa plaie, qui l'avait soigné. Elle pourrait reprendre le cours de son existence comme s'il n'en avait jamais fait partie.

Quand sa sœur eut terminé son récit, il lui parla de son club.

— Je veux le visiter, déclara-t-elle.

— Tu es mariée. Le club est réservé aux personnes célibataires.

— Je ne veux pas devenir membre, je veux juste jeter un coup d'œil à l'intérieur, faire un petit tour.

Griffith secoua la tête.

— Tu ne pourrais venir qu'en dehors des heures d'ouverture, et ne verrais alors qu'un bâtiment et une suite de salons.

C'étaient la présence des membres qui créait cette atmosphère qui faisait le succès du club.

— Ton refus m'incite à penser qu'il s'y passe des choses un peu coquines.

Griffith se contenta de boire une gorgée d'alcool.

— Quel vaurien ! s'esclaffa-t-elle. C'est le genre d'établissement qui aurait fait défaillir notre mère, n'est-ce pas ?

— Elle m'aurait renié si elle en avait entendu parler.

— Elle me manque, avoua Althea en tournant les yeux vers la fenêtre. Notre père aussi, parfois, ce qui n'est pas bien, j'en suis consciente. Et Marcus ? Quelles sont les nouvelles ?

Il s'attendait à cette question et ne voulait pas l'alarmer, mais elle méritait de connaître une partie de la vérité.

— Je crois qu'il approche du but. Il a dû quitter Londres pour un moment.

Elle hocha la tête, à peine surprise.

— Si seulement il laissait tomber cette maudite enquête ! Oui, il m'arrive de jurer. C'est lié au fait que je n'ai pas été une lady pendant un certain temps.

— Tu seras de nouveau reçue dans la bonne société.

— À contrecœur, mais cela aide d'être entrée dans une famille puissante. À propos, ma belle-famille vient dîner demain soir. J'aimerais que tu sois des nôtres. Tu connais les nobles, en revanche, tu n'as pas encore rencontré les frères et sœurs de Benedict. Cela me ferait très plaisir.

— Je ne suis pas sûr que ce soit sage.

— Ma famille ne juge pas, intervint le comte. Vous seriez le bienvenu.

— Je t'en prie, implora Althea. J'aimerais tant retrouver un semblant de normalité ! Ce dîner y contribuerait. Et tu as raté notre mariage.

Son sentiment de culpabilité prit le dessus. Les épreuves l'avaient rapproché de sa sœur qui s'était occupée de lui et avait soigné ses mains meurtries par le travail.

— Dans ce cas, ce sera avec joie, déclara-t-il.

— C'est merveilleux ! Tu vas les adorer et ce sera réciproque, tu verras.

Griffith n'en était pas convaincu, mais il ne pouvait que se réjouir de voir sa sœur si optimiste, elle qui avait tant souffert.

— Dis-moi, tu n'es pas revenue aux Belles et Seconds depuis ce deuxième soir, fit remarquer Wilhelmina tandis qu'elles prenaient le thé dans le jardin de Kathryn.

Elle avait invité son amie parce qu'elle espérait lui soutirer quelques ragots et des nouvelles de Griffith. Elle refusait de le poursuivre. En partant sans lui dire au revoir, sans la remercier de s'être occupée de lui, il avait exprimé clairement sa position. Cela n'empêchait pas la jeune femme de vouloir glaner quelques informations.

— J'avais satisfait ma curiosité, répondit-elle.

— J'en doute, rétorqua Wilhelmina.

Pour ne pas poser de questions directes, Kathryn changea de stratégie.

— Parle-moi de l'homme avec qui tu buvais du vin rouge.

Son amie rougit.

— Ce n'est qu'un gentleman que j'ai rencontré là-bas.

— C'est tout ?

— Il me fait rire, avoua Wilhelmina en s'empourprant de plus belle.

Kathryn refusa de s'interroger sur le fait que Kingsland ne l'avait jamais fait rire, lui. Elle ignorait même à quoi ressemblait son rire. Il était toujours si sérieux. Il n'était pas du genre à danser sur le sable ou à contempler la mer.

Griffith veillait à la prospérité de son établissement, qui n'en était qu'à ses débuts, pourtant il avait trouvé un moment pour le lui faire visiter sans lui donner l'impression qu'il avait mieux à faire. Chaque fois que le souvenir de la bagarre au bord de la Tamise menaçait de ressurgir, elle repensait au plaisir qu'il lui avait donné pour effacer les sombres pensées de son esprit. Cela s'était révélé efficace. Même absent, il avait le pouvoir de la réconforter.

C'était pourtant le rôle du duc de Kingsland. Quand ils seraient mariés, intimes, quand il aurait posé les mains sur elle… Sauf qu'elle ne voulait pas oublier celles de Griffith, des mains meurtries, abîmées par le travail. Pourquoi s'était-elle entichée d'un homme qui n'était pas pour elle ?

— Il te cherche, tu sais.

Émergeant de ses pensées, elle fronça les sourcils.

— Pourquoi ton gentleman me chercherait-il ?

Wilhelmina éclata de rire.

— Pas mon gentleman. Le tien. M. Stanwick !

— Ce n'est pas mon gentleman ! s'insurgea Kathryn.

— Ah non ?
— Non ! Je te l'ai dit, c'est le frère d'une amie.
— Intéressant.
— Quoi ?
— Je pensais que tu clamerais haut et fort que ton gentleman était le duc de Kingsland.
— Naturellement ! Cela va de soi.
— L'est-il vraiment ? insista Wilhelmina.
— Je t'en prie, ne sois pas obtuse. Tu sais très bien qu'il l'est.
— Sais-tu pourquoi je suis célibataire ?
— Parce qu'aucun gentleman ne t'a demandé ta main.
— Parce que le *bon* gentleman ne m'a pas demandé ma main.
— Kingsland est le bon gentleman, déclara Kathryn sans conviction. Je ne suis pas avec lui pour éviter de devenir vieille fille, mais parce que nous en tirons tous deux des avantages. C'est ainsi que fonctionnent la plupart des mariages dans notre milieu.
L'amour n'y jouait pas un grand rôle. Et même pas de rôle du tout.
Wilhelmina but une gorgée de thé, puis :
— Je ne trouve certes aucun défaut à Kingsland.
— Il est parfait, répondit Kathryn.
Dommage qu'elle trouve la perfection ennuyeuse.
— L'homme parfait n'existe pas, ma chère. Si tu penses cela de lui, c'est que tu ne le connais pas assez.
Ma foi, elle connaissait un homme suffisamment pour savoir qu'il était loin d'être parfait, et c'était justement ces défauts qui l'attiraient, qui la faisaient vibrer. Qu'elle soit en colère, triste ou heureuse, la force des sentiments qu'il faisait naître en elle

l'effrayait. Avec Griffith, tout était plus intense, plus immédiat. Il la poussait à se montrer aventureuse.

— Kathryn, tes choix ne me regardent en rien. Les gens se marient pour une multitude de raisons aussi valables les unes que les autres. Mais s'il y a une chose dont je suis sûre, c'est que, parfois, la vie nous offre l'occasion de connaître autre chose, ne serait-ce que pour une nuit ou pour une heure. Si on ne saisit pas cette chance, on risque d'avoir des regrets à jamais.

— Tu as passé une nuit avec ton gentleman ?

C'était indiscret, pourtant Wilhelmina ne parut pas s'en offusquer.

— Pas encore, mais j'en ai l'intention.

— Et si, après, il ne veut plus de toi, tu le supporteras ?

— Je pleurerai un moment, je suppose, et puis je partirai vite en quête d'une autre aventure. Une nuit avec un homme avec qui j'ai l'impression d'être une reine est préférable à pas de nuit du tout.

— Et si, ce faisant, tu te montrais injuste avec un autre homme ?

— Tu crois vraiment que Kingsland n'a couché avec aucune femme depuis qu'il te courtise ?

La franchise de son amie fit rougir Kathryn.

— Une femme est censée offrir sa virginité à son mari.

— Qui en a décidé ? Un homme ? Tu n'es pas encore mariée avec Kingsland. Vous n'êtes même pas officiellement fiancés. Si tu as besoin de cette nuit avec un autre, prends-la avant d'être fiancée. Après, ce sera trop tard.

18

Griffith appréciait la belle-famille d'Althea. Quand on connaissait des débuts difficiles dans la vie – et naître hors mariage l'était –, on développait des liens étroits avec quiconque était un soutien fidèle.

Debout près de la cheminée, il regardait la fratrie, la camaraderie entre eux, et ne pouvait s'empêcher de regretter de ne pas avoir été plus proche de son frère et de sa sœur pendant toutes ces années. Il aurait donné sa vie pour eux, mais ne l'avait réalisé que lorsque leur famille avait volé en éclats. Avant cela, il gardait ses sentiments, ses craintes et ses rêves pour lui, de même que ses déceptions. Jamais il n'avait avoué avoir souffert de l'indifférence de leur père.

Mais en observant les Trewlove, il semblait évident qu'ils se disaient tout sans crainte d'être jugés. Griffith se réjouit de les voir embrasser Althea, qu'ils avaient accueillie sans réserve en leur sein.

— Au début, ils peuvent paraître un peu envahissants.

Griffith se tourna vers le duc de Thornley, qui avait épousé Gillian Trewlove, une aubergiste.

À l'époque, l'affaire avait fait scandale, mais Thornley était puissant, ce qui lui avait permis de traverser la tempête et de faire accepter sa femme par ceux qui auraient préféré la rejeter.

— Ils sont tous tellement à l'aise les uns avec les autres.

— Ce n'est pas ainsi que nous avons été éduqués, n'est-ce pas ?

— Malheureusement. Et c'est bien dommage.

Griffith avait été présenté à chacun des membres de la famille. Aucun ne s'était offusqué de sa présence. Ils étaient tous mariés, de sorte qu'une vingtaine de convives, dont une demi-douzaine de lords, étaient réunis dans la pièce.

— Je suis heureux qu'ils aient si bien accueilli Althea.

— C'est une de leurs forces. Ils acceptent les gens pour ce qu'ils sont et non à cause du prestige de leurs origines ou des actes d'un parent.

— Ne pas s'occuper d'un bâtard est une transgression bien moins grave qu'un complot visant à assassiner la reine.

— Pas si l'on est le bâtard en question.

Griffith grimaça.

— Vous avez raison. Des mois plus tard, j'ai encore du mal à encaisser ce qu'il a fait et je vois toujours cela comme un crime grave.

— Ça l'était. Je ne vous contredirai pas sur ce point. Mais vous n'avez pas à payer pour ce crime. Malheureusement, les nobles ne raisonnent pas ainsi. J'aurais pensé de même avant que Gillian entre dans ma vie. Quand on connaît ces personnes, il n'est pas difficile de réviser son point de vue. Bien qu'ils n'aient pas été épargnés par les épreuves et les injustices, ils ont tous réussi dans la vie. Il paraît que vous possédez un club. Une sorte de lieu de rencontres.

Griffith ne put réprimer un sourire.

— J'en avais assez d'être négligé lors des bals. Je me suis dit que je n'étais pas le seul.

— Je vous souhaite beaucoup de succès.

— Merc…

— Nous sommes désolés d'être en retard.

Cette voix qui hantait ses rêves. Soudain, sa plaie le fit souffrir, comme si la peau avait de la mémoire. Il sentit ses doigts palper sa blessure. Que diable fabriquait-elle ici ? Elle ne faisait pas partie de la famille.

— Ce n'est pas grave ! assura Althea en étreignant son amie.

Kathryn était plus belle qu'une femme n'avait le droit de l'être. Elle portait une robe dont le vert soulignait l'éclat de ses yeux.

— Nous bavardions, poursuivit Althea. Votre Grâce, je suis ravie que vous ayez pu vous joindre à nous.

Griffith réalisa alors que Kingsland était présent. Il ne voulait pas les voir ensemble, mais il savait que cela valait mieux. Ces derniers temps, il imaginait des histoires dans lesquelles son passé n'était pas un obstacle à son mariage avec Kathryn, pas plus que son présent.

En hôtesse irréprochable, Althea se chargea des présentations. Thornley s'en alla saluer les nouveaux arrivants. Griffith savait qu'il devrait en faire autant – à moins qu'il ne s'éclipse discrètement. Hélas, Althea venait déjà dans sa direction, les nouveaux venus dans son sillage.

— Tu te souviens de mon frère Griffith.

— Bien sûr, répondit Kathryn, le visage indéchiffrable. Je me réjouis de constater que vous allez bien après les épreuves que votre famille a traversées.

Il comprit qu'elle ajoutait tacitement : après m'avoir quittée sans un mot.

— C'est un plaisir, lady Kathryn, dit-il. Content de vous voir, Votre Grâce.

— Bonsoir, Stanwick. Je n'oublie pas que je vous suis redevable de m'avoir incité à choisir cette charmante personne.

— Vous ne m'êtes redevable en rien.

Althea fronça les sourcils, ne comprenant pas à quoi le duc faisait allusion.

— Puis-je vous proposer un apéritif ? Un porto, peut-être ?

— Volontiers, répondit Kathryn.

— Je vous rejoins dans un instant, dit Kingsland. J'aimerais m'entretenir avec M. Stanwick.

Griffith mettrait sa main au feu qu'Althea n'allait pas tarder à apprendre l'existence de la lettre qu'il avait écrite au duc et, si elle n'était pas déjà au courant, de ce maudit pari. Même si cela n'avait plus d'importance aujourd'hui, il regrettait amèrement l'une et l'autre. D'autant que voir Kathryn au bras de ce parangon de noblesse était pénible. Heureusement, il n'avait pas terminé son whisky. Il en but une gorgé en attendant de savoir ce que Kingsland avait à lui dire. Il s'en doutait un peu, cela étant.

— Vous avez menacé mon frère.

Le ton était neutre, et cependant teinté de menace.

Griffith soutint son regard et esquissa un sourire narquois.

— Vraiment ?

Le duc le dévisagea, puis :

— Cela dit, je ne vous en veux pas. Il vous devait cette somme. Je suis toutefois curieux : vous aviez l'intention de le frapper ou de révéler un secret ?

— Plutôt le secret.

Le duc serra les dents, visiblement contrarié.

— Auriez-vous la bonté de m'en faire part ?

— Il a payé. Je garde son secret.

— Est-il facile à découvrir ? Au point que d'autres s'en servent pour le faire chanter, par exemple ?

Un an plus tôt, Griffith ignorait qu'on puisse vouloir protéger un frère à n'importe quel prix. Il le savait désormais.

— J'ignore tout de ce secret.

— Pardon ?

— Tout le monde a des secrets, Votre Grâce. J'ai simplement suggéré que je connaissais le sien et que j'allais le révéler.

— Nom de Dieu, c'est un coup de génie. Et s'il n'avait pas payé ?

Griffith haussa les épaules.

— J'aurais pris la peine de chercher ce qu'il souhaite cacher.

— Bien joué, Stanwick. Je risque d'avoir recours à la même tactique la prochaine fois que je serai en difficulté lors d'une négociation.

— Cela ne vous arrive jamais.

— En effet. J'imagine que vous avez touché tous vos gains.

— Avec des intérêts.

— Tant mieux ! Vous vous êtes fait quelques ennemis au passage, je suppose.

— Ils se considéraient déjà comme mes ennemis.

Il avait toutefois arrondi les angles en offrant six mois d'entrée dans son club à ceux qui répondaient aux critères d'adhésion. Cela lui permettrait de le faire connaître, et la plupart, sinon tous, s'inscriraient sans doute au terme de ces six mois. Le jeu en valait la chandelle.

— Pour ce que cela vaut, sachez que je ne reproche jamais les péchés d'un père à son fils.

— J'apprécie.

Malheureusement, le duc était l'un des rares à voir les choses ainsi.

— À présent, veuillez m'excuser. Je vais chercher un verre et je dois parler travail avec Thornley.

Sur ces mots, Kingsland tourna les talons.

— Elle doit se marier avant son vingt-cinquième anniversaire, dit Griffith à mi-voix.

— Je vous demande pardon ? fit le duc en lui jetant un coup d'œil par-dessus son épaule.

— Lady Kathryn doit se marier avant son vingt-cinquième anniversaire si elle veut toucher l'héritage de sa grand-mère. Le 15 août.

— Je vois.

— Ce n'est pas une raison pour l'épouser, ni pour qu'elle vous épouse, bien sûr. Cependant, quitte à convoler, autant qu'elle puisse bénéficier de cet héritage. Pourquoi ne lui avez-vous pas encore demandé sa main ?

— J'ai mes raisons.

— Vous ne sauriez lui trouver des défauts.

— En effet. Je tiens juste à m'assurer qu'elle ne m'en trouve pas de son côté. Pour cela, il faut du temps, d'autant plus que je voyage beaucoup. Cependant, je vais prendre en compte cette information. Merci.

Le duc rejoignit Thornley pour discuter de quelque fichu projet de loi bien moins important que Kathryn. Sans doute avait-il outrepassé ses droits en évoquant l'héritage, mais s'il ne l'épousait pas en temps voulu, ce mariage n'avait plus aucun sens.

Griffith jura intérieurement. De toute façon, même si Kingsland dépassait la date du 15 août, lui-même ne pourrait épouser Kathryn. Le duc lui apporterait son influence, son prestige et sa fortune. Lui n'avait à lui proposer qu'une vie hors des sentiers battus.

Il n'était pas stupide au point de croire qu'être admis dans ce salon signifiait qu'il était de retour dans la bonne société.

En outre, Kathryn méritait mieux qu'un mari à l'âme aussi corrompu que la sienne.

Le dîner étant familial, Althea n'avait pas respecté l'étiquette. C'est ainsi que Kathryn se retrouva à côté de Kingsland et en face de Griffith. C'était la première réception d'Althea depuis son retour d'Écosse. Kathryn avait accepté son invitation avec d'autant plus de plaisir qu'elle savait que Griffith serait présent. Elle voulait savoir comment il se remettait.

Il semblait se porter comme un charme. Lorsqu'elle l'avait repéré près de la cheminée, elle avait remarqué que son bras gauche était plié comme pour protéger son flanc. Soit sa blessure le faisait encore souffrir, soit il avait pris cette habitude lors de sa convalescence, quand il déambulait dans son club. Elle était sans doute la seule à avoir remarqué sa posture. Et la seule à le dévorer des yeux.

Elle s'en voulait de réagir ainsi. Elle n'avait pas eu l'occasion de lui parler en privé, et donc de lui dire combien elle lui en avait voulu de l'avoir abandonnée au cottage sans un mot. Mais peut-être chercherait-il à éviter un tête-à-tête embarrassant.

— Je suis allé en Écosse récemment, dit Kingsland à leur hôte qui présidait en bout de table, à sa droite. Je songe à investir dans une distillerie.

— Les Écossais savent faire du bon whisky, déclara la duchesse de Thornley.

— Le serviriez-vous dans votre auberge ?

— Il faudrait que je le goûte au préalable.

— J'aimerais le goûter, moi aussi, intervint Aiden Trewlove. Je pourrais le vendre dans mes clubs.

Il détenait l'Elysium Club ainsi qu'un cercle de jeu pour messieurs.

— Et vous, monsieur Stanwick ? s'enquit Kingsland. Envisageriez-vous de le servir dans votre club ?

Kathryn se figea. Comment diable était-il au courant de l'existence de cet établissement ? Il ne pouvait en être membre car il ne répondait pas aux critères. Griffith croisa son regard avant de répondre au duc :

— Tout dépend de sa qualité et de sa saveur.

— Ma foi, si trois débouchés se profilent déjà, je vais y réfléchir sérieusement.

— J'ai trouvé l'Écosse magnifique, déclara Althea comme si elle sentait la tension monter entre les deux hommes.

Peut-être aurait-elle dû venir seule, songea Kathryn, mais Althea avait suggéré que le duc l'accompagne et il lui avait semblé impoli de ne pas le convier. Elle n'avait pas voulu avouer que sa motivation principale était la présence de Griffith, or en ayant le duc à ses côtés, elle se rappelait qu'elle n'aurait pas dû avoir une telle pensée. Elle n'était même pas certaine de pouvoir considérer Griffith comme un ami. Un ami ne se serait pas comporté avec elle comme il l'avait fait. Étonnamment, elle ne se sentait en rien coupable de lui avoir accordé de telles libertés. Pire, elle avait envie qu'il recommence. Cette fois cependant, elle se sentirait sans doute coupable, quoi qu'en dise Wilhelmina.

La conversation roula sur l'Écosse. N'y ayant jamais mis les pieds, Kathryn se contenta d'écouter. D'autres conversations avaient lieu, comme toujours avec les grandes tablées. Elle entendit Lavinia Trewlove, l'épouse de Finn, discuter avec Griffith des chevaux qu'élevait son mari et de leur orphelinat. Durant tout ce temps, Kathryn semblait accorder son attention à la benjamine des Trewlove, Fancy, épouse du comte de Rosemont. Celle-ci possédait une librairie dans laquelle elle avait rencontré son futur mari, et tout naturellement, Kathryn évoqua ses dernières lectures.

En réalité, elle brûlait de passer un moment seule avec Griffith.

Elle en eut l'occasion après le repas, dans la salle de billard où ils étaient tous réunis, les Trewlove ne respectant pas la tradition qui consistait à séparer les dames des messieurs. La pièce, très spacieuse, accueillait plusieurs groupes de fauteuils et une cheminée à chaque extrémité. La porte-fenêtre donnant sur la terrasse était ouverte.

Le duc de Thornley avait défié le duc de Kingsland au billard. Ils ôtèrent leur veste et retroussèrent les manches de leur chemise. Ils prenaient cet affrontement très au sérieux, comme si le sort de la nation était en jeu. Les conversations se tenaient donc à distance des deux hommes pour ne pas les déconcentrer.

En voyant Griffith sortir discrètement, Kathryn s'excusa auprès d'Althea et de Selena, la femme d'Aiden Trewlove, invoquant un besoin de prendre l'air. Aucune ne proposa de l'accompagner. Sans doute avaient-elles senti qu'elle avait envie d'être un peu seule. À moins qu'elles n'aient remarqué que Griffith était sorti et deviné son véritable objectif. Cela étant, elles ignoraient tout de ce qu'il s'était passé entre eux, et Althea ne verrait aucun mal à ce que son frère s'entretienne avec son amie de jeunesse.

Elle le repéra dans l'ombre, à l'extrémité de la terrasse. Appuyé sur la balustrade, il regardait le parc plongé dans le noir. À mesure qu'elle s'approchait de lui, son cœur battait plus vite.

— Tu ne devrais pas être là, dit-il doucement sans même la regarder pour s'assurer que c'était bien elle.

Il reconnaissait sa présence d'instinct, comme elle reconnaissait la sienne.

— Tu es parti sans un mot.

Elle ne prit pas la peine de préciser à quoi elle faisait allusion. Son ton était assez éloquent.

— J'avais du travail et les routes étaient impraticables en voiture.

— Tu le savais avant l'aube, n'est-ce pas ?

Il poussa un long soupir contrarié et se redressa pour lui faire face.

— Vous formez un beau couple.

S'il espérait changer de sujet, il se mettait le doigt dans l'œil.

— Tu aurais pu au moins me dire au revoir.

— Si j'étais resté, tu ne serais pas rentrée à Londres intacte.

Elle savait ce que cela signifiait. Elle aurait perdu sa virginité, il l'aurait déshonorée. Pour autant, elle n'imaginait pas une seconde qu'elle se serait sentie déshonorée.

Elle n'était pas non plus certaine que Kingsland s'en serait soucié. Il ne semblait pas du genre possessif. Jamais elle n'avait ressenti le moindre soupçon de jalousie chez lui. Leur vie conjugale serait paisible.

Griffith, en revanche, avait le pouvoir de l'embraser de passion. Et de colère.

— J'ai trouvé ton départ grossier et méprisant. Sans les soins que je t'ai prodigués, tu aurais pu mourir.

— Ma blessure n'était pas mortelle.

Avec une vivacité qui le prit visiblement de court, elle bondit en avant et esquissa un geste en direction de son flanc. Il recula et se protégea de son bras, avant de se rendre compte que ce n'était qu'une feinte. Dans la pénombre, Kathryn devina sa mine réprobatrice.

— Pour une blessure sans gravité, elle semble encore sensible, à peine cicatrisée, peut-être.

— Ce geste n'était pas très fair-play.

Elle n'était pas d'humeur à se montrer fair-play.

— Cela m'a blessée, Griffith. Quand je me suis réveillée et que j'ai découvert que tu étais parti.

Sans parler de sa déception et de sa tristesse.

— Kathryn…

— Je ne t'en veux pas d'avoir quitté mon lit, mais le cottage. J'aurais aimé faire une promenade matinale sur la plage.

— En restant, je t'aurais créé des problèmes.

— En partant aussi tu m'en as créé.

Il se tourna vers le parc et posa de nouveau les bras sur la balustrade.

— En partant, je t'ai aidée. Tu ne te rends pas compte à quel point.

— Alors explique-moi.

— Tu es pénible, Kathryn. Je te l'ai déjà dit.

— Tu as filé sans prendre la peine de me réveiller afin de protéger ma réputation alors que personne n'aurait su ce qui s'était passé.

— Il y a toujours des ragots, c'est inévitable. Un valet qui cherche à impressionner une femme de chambre, un cocher désireux d'être mieux payé.

— J'étais seule au cottage en compagnie d'un homme. C'est en soi suffisant pour créer un scandale. Tout le reste n'aurait été que suppositions.

— Certaines suppositions peuvent ruiner une vie.

Elle ferma les yeux. Les gens avaient supposé que Griffith et son frère avaient été mêlés au complot contre la reine. Il demeurait au ban de la société, en dépit du dîner de ce soir. Et même là, tout le monde ne semblait pas à l'aise avec son passé.

Elle le rejoignit et s'appuya sur la balustrade à son tour.

— Pourquoi les femmes doivent-elles rester pures et pas les hommes ?

Il ne répondit pas.

— Lady Wilhelmina pense que c'est parce que les hommes définissent les règles. Il me semble néanmoins que ce sont les femmes qui valorisent la virginité de peur de succomber à l'attrait des plaisirs charnels.

Griffith ne dit rien. Sans doute ne voulait-il pas se lancer dans un débat sur l'évolution d'une société prônant des règles différentes pour les hommes et les femmes. Cela étant, ce n'était pas la raison pour laquelle elle l'avait rejoint sur la terrasse.

— Je te le répète, Griffith, je me suis sentie utilisée. Quand bien même je ne vivrai plus jamais une expérience aussi intense.

— Kathryn..., soupira-t-il.

— En partant, tu m'as donné l'impression que ce qui s'était passé entre nous était sordide, comme si tu avais honte de ce que nous avions fait.

— Seigneur, pas du tout !

Il pivota, encadra son visage de ses mains avec délicatesse, comme s'il tenait un oiseau tombé du nid.

— Je savais que j'avais mal agi. Je… je n'aurais jamais dû te toucher, ajouta-t-il en la lâchant. Ces mains n'auraient pas dû s'aventurer sur ton corps.

— Balivernes !

Elle lui prit la main et déposa un baiser au creux de sa paume calleuse.

— Ces mains ont sauvé la vie de ton frère et la mienne.

Ils se dévisagèrent longuement, comme s'ils avaient tout leur temps.

— J'aurais dû te réveiller, concéda Griffith, te prévenir que je partais. Mais j'avais peur que cela ne rende la séparation plus difficile, que ce retour à Londres sans toi soit plus douloureux.

— Tu as donc opté pour la solution de facilité.

— Te quitter n'a jamais été facile, Kathryn, dit-il avec un rire amer. Rien n'est facile avec toi.

Pourquoi cet aveu mettait-il du baume au cœur de la jeune femme ?

— Kathryn ?

La voix grave dans l'ombre la fit sursauter. En se retournant, elle découvrit le duc de Kingsland. Il n'était Dieu merci pas assez proche pour avoir entendu leur conversation. Du moins l'espérait-elle.

Griffith s'était raidi, prêt à prendre sa défense s'il le fallait. Lui lâchant la main, elle pivota pour faire face à Kingsland.

— Votre Grâce.

— Il est temps que nous partions.

— Vous avez battu Thornley ?

— Naturellement. Je ne perds jamais.

— Ce n'est pas un peu lassant, à la longue ? s'enquit Griffith. De toujours gagner ? J'ai découvert qu'une défaite de temps en temps ne rendait la victoire suivante que plus douce.

— Une hypothèse intéressante, mais je n'ai aucune envie d'en faire l'expérience. Kathryn ? ajouta le duc en lui offrant son bras.

— Je me réjouis de voir que vous allez bien, dit-elle à Griffith. Je vous souhaite le meilleur pour votre club.

Sur ces mots, elle rejoignit le duc et glissa la main au creux de son coude.

Ils regagnèrent la salle de billard où ils firent leurs adieux.

— Merci de nous avoir conviés à cette réunion de famille, dit-elle à Althea.

— Tu es la sœur que je n'ai jamais eue.

Elle suivit Kingsland jusqu'à la voiture. Il ne reprit la parole qu'une fois assis en face d'elle.

— Pourquoi ne m'avez-vous pas dit que vous deviez vous marier avant votre vingt-cinquième anniversaire pour avoir droit à votre héritage ?

Ce n'était pas la question à laquelle elle s'attendait. Elle aurait pensé qu'il l'interrogerait sur le temps qu'elle avait passé avec Griffith sur la terrasse. Comment diable avait-il eu vent de cette information ? Ce soir, devina-t-elle. Griffith lui en avait parlé.

— Je ne voulais pas que vous vous sentiez acculé, contraint de m'épouser plus vite que vous ne le souhaitiez.

— Et si nous ne nous étions pas mariés avant votre anniversaire ?

— Une partie de moi y voyait une forme de libération, répondit-elle en regardant par la fenêtre. Cela semble être une raison un peu triviale de se marier.

— Je connais des lords ayant convolé pour des motifs bien plus triviaux qu'un héritage.

— Vous ne savez pas de quoi il est question.

— Peu importe. Par nature, un héritage concerne un bien de valeur, que celle-ci soit financière ou sentimentale. Il faut que vous l'obteniez. J'irai voir votre père dans les prochains jours.

L'espace d'un instant, Kathryn eut l'impression que son cœur avait cessé de battre. Après toutes ces années à rêver de posséder le cottage, elle avait du mal à concevoir que son rêve allait enfin se réaliser. Le duc avait été sa dernière chance. Si elle avait gardé le silence sur l'échéance de ses vingt-cinq ans, c'était peut-être parce qu'*elle* ne voulait pas être influencée dans sa décision de l'épouser. Elle avait fait comme si ces conditions particulières n'existaient pas. Elle voulait épouser cet homme par désir, par choix. Mais elle n'était pas certaine de jamais s'habituer à son arrogance, son autorité, sa certitude de sortir vainqueur de tous les combats.

— Cela fait presque un an que vous avez annoncé mon nom lors de votre bal, mais, en réalité, nous avons eu bien peu d'occasions d'apprendre à mieux nous connaître.

— J'en sais suffisamment pour affirmer que vous ferez une excellente duchesse. De plus, lors de cette annonce, j'ai précisé que nous convolerions avant la fin de la saison suivante. Je suis un homme de parole. Nous y gagnerons tous les deux.

— Sans doute.

Elle aurait dû ressentir de l'exaltation et non cette impression qu'un compte à rebours avait commencé, et qui impliquait M. Griffith Stanwick.

19

Griffith n'eut pas à consulter l'horloge sur la cheminée pour savoir qu'il était 2 heures passées, car le silence était retombé dans le club. Même dans son bureau, penché sur ses comptes, il entendait le brouhaha des conversations, ressentait une forme d'effervescence. Il y avait de la sensualité dans l'air quand deux âmes esseulées comprenaient que, le temps d'une soirée, elles oublieraient leur solitude. Pour quelques chanceux, elle ne serait même plus qu'un mauvais souvenir.

S'il n'avait jamais considéré son établissement comme un club de rencontres à vocation matrimoniale, il avait l'impression que l'histoire se terminerait face à l'autel pour un couple en particulier. À condition que la fille d'un comte parvienne à persuader sa famille d'accepter en son sein le fils d'un marchand prospère.

C'était la clé d'un mariage : faire accepter l'heureux élu par sa famille. Avec son passé et son métier, il avait renoncé à convoler. Cela n'avait guère d'importance. En voyant Kathryn partir au bras de Kingsland, chez Althea, il avait compris que son cœur appartenait à la jeune femme et que jamais il ne pourrait le donner à une autre.

Il entendit des pas dans le couloir. Gertie lui apportait la recette de la soirée. Puis les pas cessèrent. Intrigué, il leva les yeux. Ce n'était pas Gertie.

— Que fais-tu là ? s'exclama-t-il en se levant d'un bond. Le club est fermé.

Lady Kathryn Lambert esquissa un sourire espiègle plein de promesses, de ceux qu'une femme hésiterait à offrir le premier soir, mais afficherait volontiers le troisième ou le quatrième, une fois à l'aise avec les jeux de séduction auxquels se livraient les membres du club. Chez Kathryn, ce sourire était spontané.

— Je sais. Billy m'a permis d'entrer.

Elle brandit un objet métallique.

— Et Gertie m'a remis une clé. Je me demandais si tu pouvais m'accompagner dans la chambre rouge.

Griffith encaissa le coup. À cet étage étaient aménagées quatre chambres – verte, bleue, rouge et rose. Elles étaient destinées aux couples souhaitant un peu d'intimité. Il y avait un divan, une table avec diverses carafes, du fromage et une corbeille de fruits. Un lit. Les couples pouvaient ainsi tester leur compatibilité ou partager une aventure d'un soir. Ces chambres servaient moins souvent que Griffith ne l'avait prévu, les besoins et les échanges pouvant prendre les formes les plus diverses.

— Que faites-vous ici, lady Kathryn ?

Elle sortit de son réticule un jeu de cartes entouré d'un ruban.

— J'aimerais jouer aux cartes avec toi.

— Le salon réservé aux cartes se trouve à l'étage inférieur.

— Pour le jeu que j'ai en tête, une porte close s'impose.

Griffith imaginait déjà une partie consistant à se dévêtir peu à peu.

— Tu joues avec le feu, la prévint-il, la voix rauque.

— J'en suis consciente, assura-t-elle avec un regard enjôleur. Je suis prête à trouver la chambre toute seule.

Elle se retourna sans le quitter des yeux, le défiant de lui emboîter le pas.

Enfer et damnation ! Il la suivit avec une telle hâte qu'il se cogna la cuisse en contournant le bureau. Sans doute aurait-il une ecchymose le lendemain, mais ce qui allait se passer avec Kathryn lui laisserait des traces indélébiles.

Dans le couloir, il s'arrêta net et la regarda insérer la clé dans la serrure. Il tendit l'oreille : en bas, pas un son ne trahissait la moindre activité. Le personnel avait fini son travail et s'était retiré pour la nuit. Gertie n'était pas montée avec la recette, mais l'argent était en sécurité. Billy avait verrouillé la maison en partant. Ils étaient donc seuls. Les conditions d'un désastre étaient réunies.

— Pas celle-ci, dit-il.

Lorsqu'elle se tourna vers lui, il regretta de ne pas avoir le courage de lui refuser ce qu'elle lui demandait.

— Par ici.

Il partit dans la direction opposée, vers la pièce attenante à son bureau. Elle n'était pas fermée à clé car elle n'avait pas vocation à protéger des regards. Jusqu'à ce soir. Lorsqu'il s'effaça pour la laisser entrer, sa robe lui effleura les jambes. Il aurait juré qu'elle était passée si près à dessein, afin de l'enivrer avec son parfum d'agrumes et de cannelle.

Après avoir réglé l'éclairage de la lampe à gaz afin de mieux voir la jeune femme sans pour autant chasser toutes les ombres, il alla refermer la porte. Le cliquetis de la serrure lui parut assourdissant. Kathryn se mit à déambuler dans la pièce, balayant du regard le lit, l'armoire, la table de chevet, sans oublier la table de toilette, le guéridon accueillant verres et carafes, et le fauteuil capitonné devant la cheminée.

Elle s'empara du livre posé sur la table de chevet et il pria pour qu'elle ne reconnaisse pas le ruban servant de marque-page. C'était celui qu'elle utilisait pour attacher sa tresse. Il l'avait gardé dans la poche de son gilet jusqu'à ce qu'il soit élimé à force d'être manipulé. Il en avait donc fait un signet.

— Cette chambre a une âme. Elle est moins impersonnelle que je ne m'y attendais pour une pièce destinée aux ébats.

Elle remit le livre à sa place et tourna les yeux vers lui.

— C'est ici que tu habites.

Il n'avait pas voulu l'emmener dans une pièce où d'autres s'étaient livrés à la luxure.

— Que fais-tu là ?

— Je te l'ai dit : je veux jouer aux cartes.

— Tu cherches à me punir pour avoir quitté le cottage sans te dire au revoir ?

— Si je voulais te punir, je ne serais pas aussi calme et raisonnable. Je ne crie pas, je ne t'assène pas de réflexions acerbes. Je suis plutôt agréable, non ? Tu n'as pas de table, ajouta-t-elle en jetant un regard circulaire. On peut s'asseoir sur le lit, je suppose.

Sans attendre son accord, elle grimpa sur le lit et s'assit, les jambes repliées sous ses jupes. Elle posa sur lui un regard provocant.

Il décida de se servir un verre. Il allait en avoir besoin.

— Un cognac ?

— Volontiers.

Il lui servit une petite dose de cognac et remplit son propre verre de whisky. Au moment de les poser sur la table de chevet, il remarqua les souliers de la jeune femme sur le tapis. Il n'osa penser au bonheur que ce serait de les voir chaque soir près de son lit.

Il se débarrassa de ses bottes, les jeta dans un coin. Il savait qu'il ne devait pas, mais le regard de Kathryn l'y invitait.

Il prit son verre et s'assit au pied du lit, le dos contre une colonne, en prenant soin d'éviter tout contact avec Kathryn.

— À quoi allons-nous jouer ? s'enquit-il. Au whist ?

— Ne sois pas ridicule ! Je pensais au poker.

— Tu as apporté des allumettes en guise de jetons ?

Elle afficha de nouveau ce sourire entendu, celui qu'elle ne lui avait offert qu'après être venue au club, qu'après qu'il l'eut exposée à un badinage prometteur d'autres plaisirs scandaleux.

Son corsage se tendit sur ses seins lorsqu'elle leva les bras pour ôter un peigne orné de perles de ses cheveux. Griffith lui en voulut d'être venue dans son club et se maudit de lui avoir permis d'entrer. À ses yeux, elle était plus dangereuse que les malfrats qui sévissaient dans les bas-fonds. Si ces derniers utilisaient un couteau pour lui ôter la vie, Kathryn, elle, avait à sa disposition des armes susceptibles de l'anéantir. Lorsqu'elle quitterait sa chambre, il respirerait peut-être encore, mais elle emporterait son cœur avec elle.

Elle posa le peigne entre eux.

— Voici ma mise. Si tu gagnes, je détacherai mes cheveux.

Il était prêt à tout pour cela.

— Et toi ? s'enquit-elle en arquant un sourcil.

— Je mise mon foulard, mais je le garde sur moi tant que tu ne l'auras pas gagné.

— Ce n'est pas juste.

— Ce sont les règles du jeu. On n'enlève rien qui n'a pas été gagné.

— J'ai apparemment mal compris les subtilités, admit-elle en battant les cartes. Puisque nous sommes entre nous, optons pour une version simplifiée. Je distribue, puis chacun élimine une carte avant de montrer son jeu. Le plus fort l'emporte.

Griffith acquiesça d'un hochement de la tête et but une gorgée de whisky tandis qu'elle distribuait les cartes avec habileté – son expérience au whist, sans doute. Au cottage, c'était lui qui distribuait et lui enseignait les ficelles. Enfin, elle prit son jeu. Lui aussi, mais d'une main car il n'avait nulle part où poser son verre.

— Tu commences, dit-elle.

Il se débarrassa de sa carte la plus faible et révéla sa main, qui n'avait rien d'extraordinaire. Néanmoins, son valet de cœur l'emporta sur son deux, son sept et son neuf. Le cœur battant, il attendit qu'elle détache ses cheveux.

Kathryn posa le peigne sur la table de chevet. Il n'y vit aucun inconvénient car il ne lui appartiendrait que le temps de cette partie stupide. Elle ôta une à une ses épingles qui rejoignirent le peigne. Tandis que ses boucles cuivrées cascadaient sur ses épaules, Griffith décida qu'il aimait beaucoup ce jeu finalement.

Si seulement il était libre d'enfouir les doigts dans sa crinière soyeuse... S'il n'avait pas le droit de la toucher, elle n'avait visiblement aucun scrupule à le tourmenter, à le torturer. Elle affichait un sourire triomphant, preuve qu'elle savait parfaitement ce qu'il endurait. Un coup d'œil au renflement dans son pantalon le lui confirmerait.

Décidément, sa chevelure était digne des joyaux de la Couronne, songea-t-il, émerveillé.

— Mes gants, dit-elle.

— Quoi, tes gants ?

Elle sourit comme si elle le trouvait amusant, alors qu'elle était ravie de son trouble, devinait-il.

— Je les mise.

Elle les perdit face au roi de Griffith.

La torture se poursuivit lorsqu'elle les fit rouler lentement de ses coudes à ses poignets, avant de tirer sur le bout des doigts.

— Je suppose que tes parents sont toujours à Paris et ignorent tout de ta présence ici.

— Ils sont rentrés voilà quelques jours, mais ils étaient couchés depuis longtemps quand j'ai quitté la maison.

— Avec ton fidèle cocher ?

— Il est loyal. Il ne dira rien. Personne ne m'a vue entrer. J'ai attendu le départ de tous tes employés. Et je sais que tu feras en sorte que ton personnel garde notre petit secret.

— Ils gardent tous les secrets. Ils sont payés pour cela et ils savent qu'ils en répondront devant moi en cas de manquement.

Le premier gant révéla une main lisse, dénuée des taches de rousseur de son adolescence. Il coula un bref regard à sa propre paume. Il y avait là des cicatrices, visibles et invisibles, qu'une vie entière ne suffirait pas à effacer. Pour la première fois depuis longtemps, il eut envie de les cacher. Il vida son verre et le posa au pied du lit.

Kathryn déposa le second gant à côté de l'autre, sur l'oreiller. Elle reporta son attention sur lui et but une gorgée de cognac. Il admira le mouvement délicat de son cou lorsqu'elle déglutit. Ce cou gracile qui avait failli être tranché au bord de la Tamise...

Après l'attaque, il aurait dû la raccompagner chez elle et non pas se rendre au cottage avec elle. Il n'aurait pas dû l'embrasser, contempler sa peau nacrée au clair de lune. Cette peau qui, même dissimulée sous ses vêtements, le tentait plus que jamais.

Il décela un soupçon d'hésitation dans ses prunelles, juste avant qu'elle avale une autre gorgée d'alcool, comme pour se donner du courage. Elle portait un collier de perles. Sans doute sa prochaine mise. À moins qu'elle ne parie ses bas. Pas sa robe, en tout cas, ni aucune pièce nécessitant son aide.

Elle s'humecta les lèvres, des lèvres qu'il brûlait d'embrasser – sans parler d'autres parties de son corps. Elle n'aurait jamais dû venir. Il ferait mieux de l'arracher à ce lit, de la jeter en travers de son épaule et de la ramener à sa voiture qui devait attendre aux écuries.

Au lieu de cela, il la contempla, fasciné, tandis qu'elle glissait deux doigts dans son décolleté.

— Je mise ceci, annonça-t-elle en sortant une chaîne et un médaillon... non, une montre de gousset qu'elle posa entre eux.

Griffith étudia le couvercle orné de feuilles de lierre gravées entourant deux initiales, un G et un S. Il avait la gorge nouée soudain, au point de ne pouvoir parler. Il leva les yeux sur elle. Elle le dévisageait, l'air un peu nerveuse, peut-être.

— Tu vas faire exprès de perdre la prochaine main.

Elle hocha imperceptiblement la tête et il comprit qu'elle avait fait exprès de perdre jusqu'à présent en éliminant sans doute chaque carte susceptible de la faire gagner. En examinant le paquet de cartes, il pourrait s'en assurer, mais à quoi bon ? Il savait ce qu'elle avait fait.

— Je ne garderai pas le peigne ou les gants. Et ceci…

— T'appartiendra.

— Pourquoi une ruse aussi élaborée ? Pourquoi ne pas me l'offrir tout simplement ?

— Parce qu'une lady n'a pas le droit d'offrir ce genre de cadeau à un homme – un objet personnel et coûteux – et qu'un gentleman ne peut l'accepter.

— Tu crois vraiment qu'un homme qui possède un tel établissement, où les gens sont encouragés à braver les interdits, ou même qu'un autre gentleman refuserait ton cadeau ?

— L'aurais-tu refusé ?

— Probablement, admit-il en riant.

— Un homme d'affaires se doit d'avoir une montre, tu ne crois pas ? J'ai remarqué que tu n'en avais pas.

Elle retourna la montre afin qu'il lise l'inscription qu'elle avait fait graver.

— *Aux rêves à réaliser,* lut-il.

— Tu m'as aidée à réaliser le mien en écrivant à Kingsland. Et tu as réalisé le tien.

Sauf que ce n'était pas le cas. En toute honnêteté, il y avait un rêve qui lui échapperait toujours. À raison.

Elle s'approcha de lui jusqu'à toucher sa cuisse de son genou et il ressentit ce simple contact dans tout son corps. Puis elle écarta sa veste, glissa la montre dans le gousset de son gilet et attacha la chaînette à une boutonnière. Il la contemplait, abasourdi, car elle semblait éprouver une joie sans limites à accomplir ce geste.

— Je ne peux l'accepter.

— Trop tard, elle t'appartient déjà, répondit-elle en lui tapotant le torse. Et elle ne s'abîmera pas comme mon ruban.

Ah. Elle avait reconnu son marque-page. Il ne put résister à l'envie de glisser les doigts dans sa chevelure si soyeuse.

— Tu n'aurais pas dû venir. Pas ici. Seule avec moi.

— Je ne le ferai plus. C'était juste ce soir, pour réaliser un dernier rêve. Pour te donner ce que tu m'as donné.

— Si c'est un rêve que tu veux, mon ange, ce sera un échange.

Il s'empara de cette bouche qui l'avait si souvent raillé ou provoqué, une bouche qui avait le don de le liquéfier de désir. Pour l'heure, Kathryn était libre, mais elle serait bientôt l'épouse d'un duc. Et il avait beau lui souhaiter un tel avenir, cela lui arrachait le cœur.

Il saisirait donc ce qu'elle lui offrait et ferait en sorte qu'elle n'ait pas de regrets. Un duc ne pouvait raisonnablement espérer qu'une femme de presque vingt-cinq ans soit encore innocente. Peut-être apprécierait-il qu'elle ait un peu d'expérience. Si le club prospérait, les femmes auraient peut-être moins peur du lit conjugal.

Le duc ne l'aimerait sans doute jamais, mais Griffith voulait qu'elle ait au moins passé une nuit avec un homme qui l'aimait. Ce qu'il ne pouvait lui avouer. Ni regrets, ni remords, ni regard en arrière.

Ils partageraient cette nuit, puis il aurait son club et elle son cottage... et des souvenirs communs.

Leurs doigts s'affairèrent sur les cordons, les agrafes, dans un bruissement de soie et de satin, jusqu'à ce qu'elle se retrouve nue devant lui.

— Ta beauté ne cesse de m'émerveiller, dit-il d'une voix rauque de désir. Je n'ai vu qu'une partie de ton corps au cottage, je veux te voir tout entière.

Il posa sa montre sur la table de chevet, ôta sa veste qu'il jeta à terre. Son gilet, sa chemise et son pantalon suivirent.

Kathryn effleura d'une main timide la cicatrice qui lui barrait le flanc.

— J'ai failli te perdre à cause de cela.

Il encadra son visage de ses mains.

— Pas de tristesse ce soir. Ni de mauvais souvenirs. Oublions le passé. Seul le présent a de l'importance.

— N'est-ce pas le principe de ce club ? Un lieu où s'évader quelques heures, être qui l'on est ou qui l'on veut être.

— Chacun trouve dans ce club ce qu'il y cherche. Et toi, est-ce pour t'évader que tu te rends dans ton cottage ?

— Parfois. J'y vais aussi pour me plonger dans mes souvenirs.

Elle se plaqua contre lui et enroula les bras autour de son cou.

— À l'avenir, chaque fois que j'irai là-bas, je penserai à toi.

Elle ne devrait pas être ici, pas faire ce qu'elle était en train de faire, mais la façon dont Griffith l'avait regardée, comme s'il n'avait jamais rien désiré à ce point, avait aboli tout ce qui n'était pas lui.

Il réclama sa bouche sans douceur, avec une fougue tempétueuse. Il se montra possessif, puissant, déterminé à parvenir à ses fins. Elle voulait plus que tout qu'il parvienne à ses fins.

Quitte à commettre une erreur. Mais comment quelque chose d'aussi exquis pouvait-il être mal ? Leurs corps semblaient faits l'un pour l'autre.

Elle plongea les doigts dans ses cheveux, se rappela comment le vent les avait ébouriffés sur la plage, dans le Kent. Comment y retourner désormais, sans penser à Griffith à chaque seconde ?

Mais elle suivait le conseil de lady Wilhelmina en faisant ce qui était d'ordinaire interdit à une lady. Les mains calleuses d'un homme qu'elle ne pouvait épouser couraient sur son corps, et elle avait l'impression que ses jambes allaient se dérober sous elle à tout moment.

Elle émit une plainte étouffée lorsqu'il la souleva dans ses bras et l'allongea sur le lit avant de l'y rejoindre.

— Je me suis imaginé tes cheveux déployés sur l'oreiller, dit-il en caressant ses boucles cuivrées. Voilà ce que j'avais envie de faire le soir où tu as défait ta tresse, ajouta-t-il avant de presser son visage contre sa chevelure pour en humer le parfum.

— J'ai toujours aimé tes yeux, avoua-t-elle. S'ils sont de la même couleur que ceux d'Althea, les tiens sont toujours pétillants, comme si tu avais des pensées inavouables.

Il déposa des baisers dans son cou.

— J'aime ton parfum. Il me donne envie de te manger. C'est sans doute à cela que je pense quand mes yeux pétillent. Je veux faire de toi mon festin.

— Je suis parfois un peu acide.

Il leva la tête et sourit.

— J'apprécie une certaine acidité.

Elle caressa tendrement sa joue, qu'un chaume de barbe rendait rugueuse.

— Je suis toute à toi, ce soir, murmura-t-elle.

Il émit un grognement avant de s'emparer de nouveau de ses lèvres avec ardeur. En sa présence, elle ne pensait qu'à l'embrasser, et quand il était loin, elle y pensait aussi. Aucun autre homme ne l'avait à ce point bouleversée.

Ils s'explorèrent mutuellement avec abandon, mains, bouche et langue. Les regrets viendraient plus tard.

Lorsque Griffith happa entre ses lèvres la pointe dressée d'un sein, elle ne put réprimer une plainte rauque. Elle frémit de la tête aux pieds tandis que la petite palpitation insistante au secret de son intimité devenait torturante.

— Tu es toute moite..., souffla Griffith après avoir glissé les doigts entre ses cuisses. Prête à m'accueillir.

Se hissant sur les avant-bras, il se positionna à l'orée de sa féminité, puis, lentement, avec précaution, il entra en elle. Les genoux repliés, elle se cambra spontanément à sa rencontre, lui arrachant un gémissement de bonheur.

Et tandis qu'il commençait un lent va-et-vient, elle sentit des sensations inouïes se déployer en elle. Elle gémit à son tour et il accéléra le rythme. La vague voluptueuse grossissait encore et encore, et ils la chevauchaient ensemble, accrochés l'un à l'autre, jusqu'à la déferlante qui les jeta sur le rivage, repus, épuisés, comblés.

Ce ne fut que lorsqu'elle revint sur terre qu'elle se rendit compte qu'il avait répandu sa semence sur son ventre. Il avait eu raison, bien sûr, pourtant, elle ne put s'empêcher d'éprouver de la tristesse à l'idée qu'elle ne porterait jamais l'enfant de Griffith.

Il l'embrassa sur les lèvres.

— Ne bouge pas, souffla-t-il. Je vais te nettoyer.

La grand-mère de Kathryn lui avait toujours conseillé de ne pas penser à ce qu'elle n'avait pas pour se concentrer sur ce qu'elle avait. Elle venait de vivre une expérience extraordinaire et devrait s'en contenter jusqu'à la fin de ses jours.

— Il doit aller voir mon père dans les jours qui viennent.

Elle était blottie contre Griffith, qui lui caressait l'épaule tandis qu'elle dessinait des cercles sur son torse. Elle n'avait pas précisé de qui elle parlait. C'était inutile, et de toute façon, elle refusait de prononcer le nom du duc dans cette chambre.

— Il aura pris son temps.

— Cela ne t'ennuie pas ?

— Pourquoi cela m'ennuierait-il ? C'est moi qui ai arrangé ce mariage.

— Pour gagner un pari.

Il garda le silence, ce qu'elle comprenait. Que dire ? Sa duplicité lui avait permis d'acquérir ce club. Si elle ne lui en voulait plus, elle déplorait qu'il ne lui ait pas déclaré qu'il n'avait pas agi par pur appât du gain. Qu'il avait envoyé cette lettre parce qu'il avait des sentiments pour elle et qu'il tenait à ce qu'elle obtienne son précieux cottage. Pourquoi, alors, était-elle si déçue ? Pourquoi en voulait-elle davantage ? Il ne lui avait jamais fait la moindre déclaration d'amour.

Si elle se trouvait dans son lit, ce soir, ce n'était pas parce qu'il avait des sentiments pour elle mais parce qu'elle en avait pour lui.

Combien de femmes avaient commis la même erreur ? Les Trewlove étaient sans doute des exemples vivants de cette situation renouvelée au moins six fois. Dieu merci, elle-même ne mettrait pas au monde un enfant non désiré. Enfin, il serait désiré par elle, mais pas par ses parents, qui la chasseraient sans doute. Cette expérience terrible lui serait épargnée parce que Griffith était avisé et avait pris ses précautions.

Elle aurait voulu qu'aucune autre femme n'entre dans cette pièce, ce qui ne risquait pas d'arriver. Griffith reprendrait le cours de sa vie et elle poursuivrait la sienne de son côté. Elle voulait qu'il soit heureux, qu'il rencontre quelqu'un.

— Tu pars du principe que je vais accepter.

Il se redressa sur le coude pour la dévisager.

— Bien sûr que tu vas accepter. C'est ta seule chance d'obtenir ce que tu veux depuis toujours.

Il lui caressa la joue.

— Je suis allé là-bas, Kathryn. Je comprends pourquoi tu aimes ce cottage. Il fait partie de toi, comme la mer, la plage, l'aube… Je te verrai à jamais dans ce cadre enchanteur.

Dans ses souvenirs.

Elle aussi, elle le verrait là-bas. Et ici, dans ce club, dans cette bâtisse abandonnée qu'il avait transformée en une entreprise susceptible de transformer des vies. Griffith avait été trahi par son père, par la bonne société, pourtant, il s'en était sorti. Il était plus fort que jamais. Un homme capable de réaliser ses rêves.

— Je ne reviendrai pas ici, murmura-t-elle. Jamais.

— Je comprends. Je vais te rayer de la liste des membres.

— Et si je lui disais non ?

— Tu n'en feras rien.

Il quitta le lit et attrapa son pantalon. Kathryn se redressa abruptement.

— Qu'est-ce que tu fais ?

Il lui jeta sa camisole et ses dessous.

— Habille-toi.

— Je ne comprends pas...

Il semblait furieux.

— Il est temps pour toi de partir. Je t'accompagne jusqu'à ta voiture.

— Pourquoi fais-tu cela ?

Il fit volte-face. Oui, il était bel et bien en colère.

— Pourquoi songerais-tu à lui dire non ? Après le mal que je me suis donné pour que votre couple se forme. Pourquoi ne pas profiter de l'occasion ?

— Comment cela, tes efforts ?

Elle se leva, les poings crispés de rage.

— Le mal que tu t'es donné ? répéta-t-elle en quittant le lit et en le fusillant du regard. Tu as parié qu'il m'épouserait, c'est cela ?

— Ne sois pas ridicule !

Face à son manque de conviction, elle redouta d'avoir vu juste.

— Dans ce cas, pourquoi tiens-tu tant à ce que je l'épouse ?

— C'est exactement pour cela que j'ai quitté le cottage sans te dire au revoir. Je savais que je céderais à la tentation de te faire mienne. Je savais aussi que tu confondrais passion et amour, et te mettrais en tête qu'il pouvait y avoir autre chose entre nous. Tu as une idée de ce que tu perdrais en m'épousant ? Outre ton héritage, bien sûr. Tu perdrais ta place au sein de la bonne société. Plus de dîners en ville, plus de bals, plus de visites.

— La famille d'Althea t'a reçu chez elle.

— Parce que nous sommes désormais de la même famille. Les personnes de ton entourage m'éviteront comme la peste. Je connais leurs secrets et ils le savent. Quant à ceux qui fréquentent le club, ils viennent en toute discrétion, car ils ne seraient pas fiers d'être vus ici. Ils savent que ce lieu incite à la luxure. Un homme tel que moi ne sera jamais le bienvenu dans leur salon. Et tu ne le seras pas davantage si tu es à mes côtés.

— Tu n'en sais rien.

— Cela ne fait pas le moindre doute, assura-t-il avant de secouer la tête. Mais tout cela est sans importance, Kathryn, car le mariage n'est pas pour moi. Il ne l'a jamais été. Tu voulais une nuit, c'est tout ce que je peux te donner. Tu t'es laissé prendre par l'atmosphère des lieux. Ce n'est que fantasme. Il est temps que tu retournes auprès de ton duc.

Elle se planta devant lui, tremblante de colère, superbe dans son indignation. Il décela quelques marques sur sa peau délicate, là où sa barbe naissante l'avait irritée. La passion était retombée pour faire place à la souffrance et à l'incrédulité dans son regard.

Ce spectacle lui brisait le cœur, mais il ne pouvait l'autoriser à renoncer à ses rêves pour lui. Elle ignorait ce que c'était d'être mis au ban de la société. Combien c'était douloureux. Ce serait pire encore pour elle, car ceux dont elle se sentait proche lui tourneraient le dos. Ce serait dévastateur, et elle finirait par lui en vouloir.

Or il refusait d'être responsable de sa chute. Il refusait de la voir humiliée.

— Je croyais que tu avais changé, dit-elle en se rhabillant avec des gestes saccadés. Mais au fond, tu restes un vaurien.

— Je le serai toujours et cela me convient.

Même si, en cet instant, c'était pour lui un déchirement.

Après qu'elle eut enfilé sa robe, il s'avança pour l'aider à l'agrafer. Elle l'arrêta d'un regard noir.

— Je n'ai pas besoin de ton aide, déclara-t-elle sèchement. Je ne veux plus rien de toi.

Tandis qu'elle se débattait avec sa robe, il s'habilla à la hâte et enfila ses bottes. Il ignorait par quel miracle, mais elle fut prête avant lui et se dirigea vers la porte. Il se hâta de la rattraper.

— Je n'ai pas besoin que tu m'escortes !

— Ta voiture est aux écuries ? La porte de service y mène directement.

Elle ne dit pas un mot avant qu'ils atteignent le rez-de-chaussée.

— Montre-moi.

Il lui fit longer un couloir et traverser la cuisine. Là, il déverrouilla la porte et l'ouvrit pour la laisser sortir. Cette fois, elle prit bien soin de ne pas le frôler en sortant.

Il eut l'impression de recevoir un direct à l'estomac, quand bien même c'était mérité.

Le dos droit, la tête haute, Kathryn s'éloigna d'un pas décidé. Le valet lui ouvrit la portière de la voiture et l'aida à y monter.

Elle disparut dans la pénombre sans un regard pour Griffith. Un instant plus tard, elle avait disparu.

Resté seul, il tomba à genoux et se prit la tête entre les mains, tout à sa douleur de l'avoir laissée partir. Une douleur qui risquait fort de le détruire.

20

Kathryn traversa la journée dans une espèce de brume, son corps comblé palpitant encore, l'esprit hanté par Griffith. Elle s'était sentie aimée, chérie, désirée, jusqu'à ce qu'il gâche tout.

Lorsque Althea était passée la voir pour prendre le thé, elle avait failli lui dire : « J'ai commis l'erreur de tomber follement amoureuse de ton frère. »

Et quand lady Wilhelmina lui avait proposé une promenade au parc, elle avait aussi été à deux doigts de déclarer : « Tu avais raison. Une femme devrait se laisser aller à faire ce qu'il lui plaît au moins une fois dans sa vie. » Elle avait cependant intérêt à choisir avec soin son partenaire.

En entrant dans la bibliothèque, elle avait surpris sa mère assise sur les genoux de son père. Ils s'embrassaient. Un livre gisait sur le sol au pied du fauteuil. Sa mère avait dû interrompre son mari en pleine lecture pour lui proposer une activité plus émoustillante. Le cœur serré, elle s'était éclipsée en se demandant si elle devrait renoncer à des moments d'affection spontanée en se mariant.

Verrait-elle le regard du duc s'assombrir de désir ? Tendrait-il la main pour l'attirer à lui ? Voudrait-il la dévorer de baisers ? Aurait-il la voix rauque lorsqu'il l'encouragerait à le caresser, lorsqu'il lui demanderait où elle voulait qu'il la touche ?

Quelques dames lui rendirent visite dans l'après-midi, mais elle les trouva importunes et écouta à peine leurs ragots. Elle n'avait qu'une envie, se recroqueviller dans son lit et penser à Griffith, se remémorer leur nuit ensemble, avant de pleurer sur ce qui n'aurait plus jamais lieu, n'aurait jamais dû avoir lieu.

Griffith ne faisait pas partie de son avenir. Un avenir prévu de longue date par une femme censée l'aimer, ne vouloir que son bonheur et la récompenser d'avoir fait ce qu'il fallait. Et si cette récompense ne valait pas le prix qu'elle lui coûtait ?

Il fallait qu'elle parte, qu'elle se rende dans le seul endroit où elle se sentait elle-même, où elle pourrait réfléchir sans être dérangée. Après avoir informé ses parents qu'elle allait passer quelques jours dans le Kent, elle ordonna à sa femme de chambre de préparer sa malle.

Elle venait d'enfiler sa tenue de voyage quand on frappa à sa porte. Sa mère entra en trombe dans sa chambre sans attendre sa réponse.

— Ma chérie, le duc a sollicité un entretien privé avec ton père ! Il est avec lui, dans la bibliothèque en ce moment même.

Sa mère lui pressa les mains.

— Tu seras fiancée avant la fin de la journée, j'en suis sûre. Vite, change-toi ! Tu dois te préparer à le recevoir.

Le duc l'avait prévenue qu'il parlerait à son père, mais elle ne s'attendait pas qu'il le fasse aussi vite.

— Peut-être discutent-ils de quelque investissement…

— Balivernes ! Il est question d'un mariage, je te dis. Tu seras duchesse. Ta grand-mère serait tellement fière.

— Vraiment ?

— Oui. Elle voulait que tu ne manques de rien. Or il n'y a pas un pair dans tout le royaume qui veillera mieux sur toi que le duc de Kingsland.

Kathryn s'assit devant sa coiffeuse. Sa mère avait raison, elle aurait une maison somptueuse, des toilettes élégantes à ne plus savoir qu'en faire, un personnel nombreux et dévoué. Mais Kingsland la laissait indifférente. Elle n'avait aucune envie de lui, de ses baisers. Son contact la laissait froide. Elle ne s'inquiétait jamais pour lui. Était-il juste qu'elle l'épouse ? Pour lui et pour elle-même ?

— Était-ce vraiment ce que ma grand-mère avait en tête en songeant à mon avenir ? Le duc est souvent absent.

— Il est très occupé. Il paraît qu'il a doublé ses revenus cette année… et elle n'est pas encore terminée.

— Il était déjà très riche.

— Il l'est encore plus. Qu'est-ce qui ne va pas ? C'est à croire que tu cherches des excuses pour le repousser.

— Je ne cherche aucune excuse mais, maintenant que le moment est venu, je m'inquiète de savoir si peu de choses à son sujet. J'ignore ses goûts en matière de lecture, par exemple. Je ne sais presque rien de ses affaires, à part quelques investissements évoqués ces derniers temps, ni ce qu'il fait de ses loisirs.

— Qu'est-ce que tu racontes ? Tu es sur le point d'obtenir le genre de mariage pour lequel tu œuvres depuis toujours.

— Est-ce vraiment ce pour quoi j'œuvre depuis toujours ?

— Ton comportement est étrange, ces derniers temps. Est-ce parce que ton père t'a autorisée à revoir Althea, maintenant qu'elle a épousé un homme respectable ? Te mettrait-elle des idées farfelues dans la tête ?

— Non.

Kathryn se leva et s'approcha de la fenêtre. La voiture du duc était garée dans l'allée, mais où était la mer ? Elle avait besoin de voir la mer. Mais si elle n'épousait pas le duc, elle ne verrait plus la mer. Si ! Il lui suffirait de se rendre à Brighton. Ce ne serait pas pareil, certes, car elle n'avait aucun souvenir de Griffith, là-bas. Et pourquoi voulait-elle des souvenirs de lui alors qu'il ne voulait pas d'elle ?

— Ma chérie, qu'est-ce qui ne va pas ?

Sa mère la rejoignit et posa la main sur son bras.

— Tu te comportes comme si Kingsland discutait de ton enterrement et non de ton mariage.

Kathryn fit face à sa mère.

— Maman, vous avez attendu trente ans pour connaître l'amour. Vous ne regrettez pas que ce ne soit pas arrivé plus tôt ?

Sa mère regarda à son tour par la fenêtre. Que voyait-elle ? Que cherchait-elle ?

— Certaines femmes passent leur vie sans amour, Kathryn. Mieux vaut le trouver tard que jamais.

— Vous ne répondez pas à ma question.

— Bien sûr que j'aurais aimé que cela arrive plus tôt !

Sa mère carra les épaules et leva le menton, affichant un port de comtesse.

— Au moins, durant mes années sans amour, je n'ai jamais eu faim ou froid. Je n'ai manqué de rien. L'amour est une chose merveilleuse mais il ne nourrit pas. Il faut garder les pieds sur terre. Quand ton père mourra, ton oncle puis son fils ne te donneront rien. Ils ne s'occuperont pas de toi. Tu n'auras ni influence, ni pouvoir, ni prestige. En revanche, si tu es duchesse, tu auras tout cela, surtout si tu es la duchesse de Kingsland. En refusant cette offre, tu décevras non seulement ta grand-mère, mais aussi ton père et moi. Et avec le temps, tu finiras par te décevoir toi-même. J'ai entendu dire qu'il avait reçu plus d'une centaine de lettres, et c'est toi qu'il a choisie, ma fille. Peut-être faut-il voir là un peu d'amour.

— C'est très possible, mère, en effet.

Mais pas comme elle le pensait.

— Il est temps d'enfiler une tenue un peu plus attrayante, déclara la comtesse. Sarah, la robe verte !

— Oui, milady, répondit la femme de chambre.

— Je ne pense pas que je doive me donner la peine de me changer.

— Bien sûr que si !

Sa mère prit son visage entre ses mains.

— Sa demande en mariage sera un souvenir précieux. Lui-même y songera souvent. Il faut que ta beauté soit éclatante.

Kathryn n'imaginait pas une seconde Kingsland s'attendrissant sur ce souvenir.

On frappa à la porte.

— Entrez ! lança la comtesse.

Une domestique apparut et esquissa une révérence.

— Le duc de Kingsland attend au salon pour s'entretenir avec lady Kathryn.

Sa mère poussa un soupir de soulagement.

— Dites au duc que nous descendons.

Kathryn troqua sa tenue de voyage pour sa robe verte, la plus belle. Elle avait l'impression d'être une actrice avant un spectacle, sa mère lui prodiguant des conseils sur son rôle.

— Remercie-le à profusion de t'avoir choisie. Dis-lui que c'est un honneur pour toi. Veille à ce que...

— Maman, je sais tout cela. Mon éducation m'a appris à faire face à ce genre de circonstances.

Dès qu'elle fut prête, sa mère l'étreignit.

— Je suis tellement contente pour toi ! Allons voir ce qu'il veut.

— Du silence.

— Pardon ?

— Voilà ce qu'il veut : du silence, répondit Kathryn en glissant son bras sous celui de sa mère. Mais, oui, allons voir ce qu'il a à dire.

Dans l'escalier, la comtesse lui décrivit sa future robe de mariée, toute de tulle, de satin et de dentelle, la longueur du voile et de la traîne. Tout cela lui parut pénible. Où étaient la joie et l'impatience de la fiancée ?

Dans le salon, le duc de Kingsland se tenait près de la cheminée, le bras appuyé au manteau, la tête légèrement penchée vers l'âtre. Il se retourna en les entendant entrer.

Cheveux bruns, traits volontaires, il était terriblement séduisant. Pourtant sa vue suscita chez Kathryn autant d'enthousiasme qu'une tasse de thé tiède. Pas un frisson de désir, rien. Elle n'eut aucune envie de courir vers lui et d'enfouir les doigts dans ses cheveux.

— Votre Grâce, dit sa mère en esquissant une révérence. Nous sommes ravies de vous voir.

— Lady Ridgeway, c'est toujours un plaisir.

— Je comprends que ce n'est pas à moi que vous rendez visite, mais à ma chère Kathryn. Je vous laisse donc.

En sortant, elle croisa le regard de sa fille, l'air de dire : « Prends garde à ce que tu fais. »

Restée seule avec Kingsland, Kathryn sourit.

— Votre Grâce, puis-je vous proposer une tasse de thé ?

— Non, merci. Asseyons-nous, voulez-vous ?

Elle s'approcha de lui.

— En fait, je préfère rester debout.

— À votre guise.

Il s'éclaircit la voix avant de reprendre :

— Je viens de parler à votre père. Vous vous doutez du sujet de notre conversation, j'en suis sûr.

— Je ne saurais l'affirmer avec certitude, puisque je n'ai pas participé à cette conversation.

C'était ce qu'elle aurait répondu à Griffith après une question aussi absurde. Il n'aurait pas apprécié son insolence, mais elle aurait au moins lu de l'admiration dans son regard. Celui du duc n'exprimait que de l'impatience.

— J'espère que vous ne serez pas une épouse contrariante.

— N'ayant jamais été une épouse, je ne saurais le dire.

— Est-ce la raison pour laquelle vous ne m'avez pas écrit de lettre de candidature ?

— Il y a beaucoup de raisons pour lesquelles je ne vous ai pas écrit.

— Je vois… Quoi qu'il en soit, j'ai parlé à votre père et nous sommes arrivés à un accord.

Il s'avança vers elle et inclina légèrement la tête.

— Il en ressort que… Lady Kathryn, voulez-vous m'épouser ?

Elle le dévisagea durant une minute entière. Il demeura impassible.

— Vous n'avez pas posé un genou en terre.

— Sans vouloir vous offenser, je ne m'agenouille devant personne.

Elle pensa à Griffith, qui s'était mis à genoux sans l'ombre d'une hésitation, au risque d'y laisser sa vie. Griffith qui était venu la réveiller d'un terrible cauchemar et lui avait offert un souvenir pour l'effacer. Et qui pourtant l'avait incitée à épouser le duc. Griffith Stanwick ne lui avait donné qu'une seule nuit. Et si elle en voulait davantage ?

— J'espère que vous ne serez pas un époux contrariant.

Il s'esclaffa. C'était la première fois qu'elle l'entendait rire. Ce rire était franc, mais il ne l'atteignit pas au plus profond de son âme et ne s'y installa pas. Dans une heure, elle ne s'en souviendrait plus, suspectait-elle.

— N'ayant jamais été un époux, je ne saurais le dire, railla-t-il. Enfin, ce n'est pas vrai.

— Vous avez déjà été marié ?

Il sourit et, cette fois, Kathryn eut l'impression qu'il appréciait son humour.

— Non, mais je sais que je serai sans doute un mari insupportable. J'ai des attentes et je n'aime pas qu'elles ne soient pas respectées. Vous en connaissez au moins une puisque vous avez chargé Griffith Stanwick d'enquêter sur ce que j'attendais d'une femme.

Elle leva les yeux au ciel.

— Ce jour-là, dans le parc, je me suis doutée que vous aviez deviné.

— Si cela peut vous rassurer, je suis encore plus exigeant envers moi-même que je ne le serai envers mon épouse. Je m'efforcerai d'être le meilleur époux possible. Je ne vous frapperai jamais, je ne vous blesserai pas délibérément, je ne serai pas infidèle. Vous n'aurez jamais l'occasion de douter de ma loyauté.

— La loyauté n'est pas l'amour.

— Non. L'amour n'est pas un sentiment dont je me sens capable. Peut-être me ferez-vous mentir.

— J'ai l'impression que vous n'aimez pas avoir tort.

— Vous voyez, vous me connaissez déjà, lady Kathryn.

— Malheureusement, j'ai le sentiment que nous nous connaissons à peine. En sera-t-il de même dans cinq ans ? Dans dix ans ? Et si je ne vous donne pas tort, si vous n'en venez jamais à m'aimer ?

— Vous aurez votre héritage. Votre père m'a exposé la situation en détail. Vous devriez être satisfaite.

— On pourrait le penser. C'était le cas de ma grand-mère, en tout cas. Mais je commence à me demander si elle me connaissait aussi bien qu'elle le croyait. Jusqu'ici, je ne me connaissais pas très bien moi-même, d'ailleurs, ajouta-t-elle avec un rire amer. J'avais douze ans quand ma grand-mère est morte. Je voulais la retrouver, être enveloppée de son amour. Le cottage ne me la rendra pas parce que son amour ne s'y trouve pas. Il est en moi, dans mon cœur, dans mes souvenirs.

— Je ne suis pas sûr de voir où vous voulez en venir.

— Je m'en doute.

Elle ne savait pas depuis quand, au juste, mais elle avait compris qu'en acceptant sa demande en mariage, elle renonçait à une vie entière de souvenirs pleins d'amour.

— Un jour, Votre Grâce, j'espère que vous trouverez une femme devant laquelle vous mettrez volontiers un genou en terre. Puisque je ne suis pas cette femme, je vais décliner votre proposition. Je ne peux vous épouser.

— Il y a un duc qui veut entrer.

Dans le salon de réception, Griffith regardait le peintre qu'il avait engagé esquisser le portrait d'une lady sur la carte qui attesterait de sa qualité de membre du club. L'artiste s'était mis à l'œuvre quelques jours après la suggestion de Kathryn. Il était rapide, efficace et redoutablement précis.

Kathryn avait eu une idée brillante, car les membres entraient plus rapidement. Il leur suffisait de montrer leur carte à Billy, qui ne se gênait pas pour refouler les intrus. Griffith reporta son attention sur le colosse.

— Je lui ai expliqué que le club était interdit aux ducs, mais ce prétentieux prétend qu'il a le droit d'entrer. Je l'aurais bien chassé à coups de poing, mais je préfère vérifier d'abord, au cas où il aurait vraiment le droit d'entrer.

Griffith ne connaissait qu'un duc prétentieux.

— Les ducs ne sont pas admis, en effet. Je vais me charger moi-même de ce monsieur.

Il ne fut guère surpris de découvrir que Kingsland n'avait pas patienté à l'extérieur. Non seulement il avait franchi le seuil, mais il s'était avancé suffisamment pour voir à quoi ressemblaient les lieux.

— Votre Grâce.

— J'ai entendu des rumeurs sur ce club. Il paraît qu'il n'est pas digne des fils aînés destinés à hériter d'un titre.

— Ce sont *eux* qui ne sont pas dignes de faire partie du club.

Kingsland lâcha un petit rire.

— Je reconnais bien là les paroles d'un cadet. Votre affaire semble florissante, mais vous gagneriez à ce qu'un personnage influent fasse l'éloge de cet endroit.

— De nombreuses personnes influentes en disent grand bien.

— Ah oui, les Trewlove, j'imagine ! L'attitude de Chadbourne a été ignoble. Tourner le dos à votre sœur comme il l'a fait. Cela dit, elle a bien surmonté cette épreuve.

— Mon frère et moi l'avons corrigé comme il le méritait. J'en ferai autant avec vous si vous rendez lady Kathryn malheureuse.

— Son bonheur n'est pas de mon ressort.

— Il le sera quand vous serez son mari.

— Je ne serai pas son mari.

Griffith sentit la colère monter en lui.

— Après tout ce temps, vous l'avez rejetée ?

— C'est elle qui m'a rejeté, mon vieux. Sans crier gare. Apparemment, elle a mal pris le fait que je n'aie pas posé un genou en terre pour la demander en mariage. Incroyable, non ? J'aurais sans doute dû prévoir ce refus. J'ai fait un pari dangereux en choisissant une femme qui ne m'avait pas envoyé de lettre.

Griffith se figea.

— Comment cela, elle ne vous a pas envoyé de lettre ?

— Vous m'avez toujours donné l'impression d'être un homme intelligent, Stanwick. Auriez-vous des difficultés à comprendre mes paroles ?

Griffith mourait d'envie d'écraser son poing sur ce nez aristocratique.

— Soit vous étiez trop idiot pour reconnaître son nom, pour comprendre que la lettre venait d'elle, soit la lettre vous a échappé. Je l'ai vue travailler à sa rédaction.

— Elle a peut-être rédigé une lettre sans me l'envoyer. Après notre rencontre au parc, j'ai surveillé mon courrier. J'ai lu toutes les lettres avec soin, en guettant la sienne car j'étais curieux de voir ce qu'elle avait à dire.

— Vous ne l'avez pas rencontrée au parc, mais lors d'un bal, deux ans plus tôt. Vous avez même dansé avec elle, nom de Dieu !

— Vraiment ? Tiens donc… Cela dit, j'ai bien reçu *votre* lettre, Stanwick. J'ai cru qu'elle vous avait chargé de m'écrire, que c'était une stratégie de sa part. Et puis, en dansant avec elle, je me suis rendu compte qu'elle n'était pas au courant, ce que j'ai trouvé encore plus étrange. Pourquoi m'avez-vous écrit ?

Griffith avait envie de l'envoyer au diable, il confessa :

— Parce que j'avais parié que vous la choisiriez. Je m'efforçais d'influencer votre décision.

Il avait fait cela pour elle, pour qu'elle ait son cottage, mais il se garda de le révéler à ce maudit duc.

— C'est une raison comme une autre, je suppose, admit Kingsland avant de balayer les lieux du regard. Je vous souhaite bonne chance dans votre entreprise. Je regrette de ne pas avoir eu cette idée qui promet d'être très lucrative.

Sur ces mots, le duc tourna les talons.

— Pourquoi avez-vous mis autant de temps à la demander en mariage ? lança Griffith. Je veux la vérité, cette fois.

Le duc le regarda par-dessus son épaule.

— Une lubie stupide de ma part. J'attendais qu'elle me regarde avec autant de désir que lorsqu'elle vous a regardé ce jour-là à Hyde Park.

21

Avec son assurance habituelle, le duc de Kingsland entra dans son club de prédilection et se dirigea droit vers la bibliothèque où l'attendaient les autres. Il n'avait pas l'habitude de perdre et il ne supportait pas la défaite. Une stratégie implacable était son mot d'ordre et celui de ses anciens camarades de l'université d'Oxford – les Chessmen, les joueurs d'échecs, de redoutables tacticiens quel que soit le jeu. Ils étaient à la fois respectés et redoutés pour leur goût de la victoire, quitte à violer les règles pour sortir vainqueurs d'une situation.

Kingsland repéra aisément le trio installé dans un coin, à l'abri des oreilles indiscrètes. Un verre de whisky l'attendait sur une table, près d'un siège vide.

Il s'installa sans cérémonie et leva son verre :

— Par ici la monnaie, messieurs !

— Bon sang, elle a refusé ta demande en mariage ! souffla celui que l'on surnommait le Fou.

Le duc but quelques gorgées et afficha un sourire sans joie.

— Effectivement. Elle a préféré le pion au roi.

— Comment savais-tu qu'elle ferait cela ? s'enquit la Tour. C'est la première fois que tu paries contre toi-même, pourtant tu n'as pas hésité une seconde.

— Ma méthode est simple : j'observe. Lors de notre rencontre au parc, l'attirance physique entre eux était palpable. Ils n'en avaient pas encore conscience, voilà tout.

— Ce refus va te ridiculiser. Tu as perdu beaucoup de temps avec elle.

— Avais-je le choix ? Ce traître de Wolfford a tout compliqué en obligeant le jeune lord à disparaître de la circulation pendant un bout de temps. Dès que j'ai eu vent de son retour, j'ai su qu'il ne faudrait guère de temps pour que la situation évolue entre eux.

— Et s'il n'était pas réapparu ?

— Épouser lady Kathryn n'aurait pas été une épreuve car je la trouve remarquablement intéressante.

Pas silencieuse pour deux sous, mais captivante.

— Reste à savoir si le pion choisira lady Kathryn pour en faire sa reine, dit le Fou d'un air pensif.

— Je suis prêt à parier mille livres qu'ils seront mariés d'ici le mois d'août, déclara le Roi en s'efforçant de ne pas donner l'impression qu'il comptait déjà ses gains.

— Voilà qui est très précis, ce qui m'incite à penser que je serais un imbécile de ne pas parier à mon tour.

— Tu le serais, en effet. Je vais peut-être noter cela dans le registre des paris.

Le Cavalier le dévisagea.

— Pour un homme qui va passer pour un perdant aux yeux de toute la bonne société, tu ne sembles pas vraiment contrarié.

— Je n'ai pas perdu. Je vais recevoir mille livres de chacun d'entre vous, messieurs. En outre, je n'ai jamais vraiment pensé qu'elle accepterait de m'épouser. Et quand bien même elle aurait accepté, elle aurait trouvé la passion ailleurs.

Il l'aurait supporté car ses propres passions étaient ailleurs. Il ne cherchait pas l'amour. Le pouvoir, l'influence et la richesse, en revanche, c'était une autre histoire.

— Un de nos contacts m'a informé que Marcus Stanwick cherche à laver l'honneur de sa famille et à redorer son blason, annonça le Cavalier.

— Je parie deux mille livres qu'il réussira, lança Kingsland, le Roi.

— Aucun d'entre nous ne te suivra sur ce pari.

— Je n'aimerais pas être à sa place. La tâche est ardue.

Il était néanmoins persuadé que l'ex-futur duc serait à la hauteur de la situation.

— Tu as toujours besoin d'une épouse, rappela le Fou bien inutilement, comme si Kingsland risquait de l'oublier.

— Comme nous tous.

— Tu comptes chercher la tienne en utilisant la même méthode ?

— Pourquoi pas ? Cela m'évite pas mal d'efforts.

Sauf que la prochaine fois, il choisirait une reine qui ne risquait pas de passer son temps à se languir d'un autre homme.

22

Vêtue de sa seule chemise et de ses dessous, Kathryn était assise sur une couverture déployée sur le sable et contemplait les vagues qui déferlaient sur la plage. Elle aimait leur mouvement régulier et inlassable. Elle avait enlevé sa robe pour se baigner. Sous la caresse du soleil matinal, elle était presque sèche.

Lorsqu'elle quitterait le cottage, le lendemain de son anniversaire, il appartiendrait à son cousin et elle aurait perdu tout espoir d'en devenir la propriétaire. Sous le soleil, les taches de rousseur allaient réapparaître, mais elle s'en moquait, car chaque tache marquerait une parcelle de peau que Griffith avait embrassée. Et elle tenait à ces souvenirs de lui.

Ses parents lui en avaient voulu d'avoir décliné la demande du duc de Kingsland. Elle n'aurait pas été heureuse avec lui, pas plus qu'il ne l'aurait été avec elle. Son attitude n'avait certes pas été plaisante, mais elle espérait sincèrement qu'il existait quelque part une femme capable de le mettre à genoux. Elle serait heureuse pour lui s'il la trouvait.

Après le départ du duc, et après avoir affronté la déception de ses parents, elle avait fait charger sa malle dans la voiture et avait rejoint le cottage. Elle avait renvoyé la voiture à Londres car elle n'avait pas l'intention de rentrer avant d'avoir atteint l'âge canonique de vingt-cinq ans. Elle était là depuis quinze jours, savourant le calme, la tranquillité des lieux, en gravant le souvenir dans sa mémoire pour plus tard, lorsqu'elle serait vieille.

Elle avait tenu à être seule, sans distraction, pour ne penser qu'à emmagasiner les sensations. Elle n'avait même pas pris la peine d'engager Mme McHenry. Chaque jour, elle se rendait au village à pied pour acheter de quoi se préparer des repas simples – fruits, fromage, pain, beurre et vin. Elle se couchait quand le sommeil venait et se réveillait quand elle était assez reposée. Elle passait son temps à lire, à broder, à se promener. Et à danser sur le sable.

Elle était heureuse. Raisonnablement. Pour que son bonheur soit complet, il ne lui manquait que Griffith. Mais comment le faire revenir ? Il avait clairement exprimé sa position. Il ne se considérait pas comme digne d'elle. Tant qu'il y avait encore une possibilité d'entrer en possession du cottage, même si un mariage précipité avec un inconnu était la seule solution pour l'obtenir, Griffith aurait toujours l'impression qu'il l'en avait privée.

En revanche, après son anniversaire, elle n'aurait plus le moindre espoir. Comment, dans ce cas, pourrait-il se sentir responsable de la perte du cottage ? Elle s'inscrirait au club et le tourmenterait par sa présence. Elle arborerait des tenues provocantes et flirterait sans vergogne. Elle lui adresserait des regards torrides et des sourires chargés de sous-entendus. S'il le fallait, elle était prête à passer le reste de ses jours à tenter de le séduire.

Sans le spectre du cottage, elle était libre de toute contrainte. Et elle aimait assez l'idée de ne plus avoir à se soucier de trouver un mari. Désormais, le mariage serait un choix. Libre à elle d'épouser le fils du forgeron, elle n'avait plus rien à perdre.

Sans le vouloir, sa grand-mère avait déposé un fardeau sur ses épaules et elle était heureuse de s'en débarrasser. Le cottage n'était pas sa vie, ne l'avait jamais été, et elle venait juste d'en prendre conscience.

Son père avait beau être fâché, elle était certaine qu'il finirait par lui accorder une rente afin qu'elle puisse vivre confortablement après que son frère aurait hérité de la majeure partie du patrimoine familial. Dans le cas contraire…

Ma foi, si Griffith avait été capable de travailler sur les quais, elle devrait pouvoir trouver un emploi et travailler pour gagner sa vie.

Du coin de l'œil, elle perçut un mouvement. Elle s'embrasa et un flot de désir courut dans ses veines. Grand, mince, tout en muscles, Griffith venait dans sa direction. Il était pieds nus, le pantalon roulé sur les mollets. Il avait aussi retroussé les manches de sa chemise. Où étaient passés son gilet, son foulard et sa veste ? Peu importait, au fond. Ici, ces accessoires étaient superflus.

Malgré la simplicité de sa tenue, et même si la Couronne l'avait privé de son statut, il avait la prestance d'un lord. Il était si beau qu'elle en eut le souffle coupé.

Lorsqu'il l'eut rejointe, il s'assit en face d'elle sur la couverture, les jambes tendues devant lui. Leurs cuisses se touchaient et, malgré la présence du tissu, le contact fut si intime qu'elle eut l'impression qu'ils étaient nus.

— L'an dernier, tu n'as pas envoyé de lettre au duc de Kingsland, tu n'as pas posé ta candidature, en quelque sorte.

Ce n'était pas ce à quoi elle s'attendait. Elle avait prévu des excuses, peut-être. Un tendre aveu, du genre : « Je ne peux vivre sans toi. »

— Bonjour à toi également. Quelle surprise ! Comment as-tu su où me trouver ?

— Je suis allé chez toi et j'ai parlé à tes parents. Au terme d'une longue discussion, ils ont accepté, à contrecœur, de me dire où tu étais.

Il se tut et la dévisagea pendant quelques secondes.

— Pourquoi ? ajouta-t-il.

Il semblait déterminé à obtenir des réponses à ses interrogations, même s'il ne les avait pas formulées directement. Il voulait comprendre. Désemparée, Kathryn secoua la tête. Comment lui expliquer ? Elle chercha les mots justes.

— Parce que je suis incapable d'être silencieuse. Parce que je n'imaginais pas qu'un homme qui souhaite une femme silencieuse serait heureux avec quelqu'un qui aime danser sur la plage. Et je ne me contente pas de danser sur la plage, Griffith. Je danse quand je me lève le matin, et parfois tard le soir. Je danse dans des pièces vides. Mais, surtout, parce que, comme je l'ai dit, je suis incapable de garder le silence. Je veux un mari à qui je peux parler, je veux lui confier mes tourments, je veux entendre les siens. Je veux pouvoir exprimer mes opinions sur tous les sujets, prodiguer des conseils, même s'ils ne sont pas toujours avisés. Je veux être écoutée et respectée.

— Pourtant, quand le duc a annoncé son choix, lors du bal, tu ne l'as pas empêché de te courtiser.

Elle haussa les épaules.

— Tu t'étais donné tant de mal, le moins que je puisse faire était d'accorder à Kingsland la possibilité de m'impressionner.

De plus, Griffith avait disparu et elle visait l'héritage de sa grand-mère. Du moins un an plus tôt, quand le cottage dominait ses pensées. Cette maison avait influencé sa vie bien trop longtemps. À présent, elle convoitait tout autre chose et il fallait que Griffith le comprenne.

— Il a fini par me demander en mariage et j'ai refusé.

— Je sais. Le duc est passé me voir.

Voilà qui était surprenant. C'était sans doute à cette occasion que Griffith avait appris qu'elle n'avait pas envoyé de lettre à Kingsland.

— Tu vas perdre le cottage si tu n'épouses pas un homme titré rapidement.

— Je ne prendrai même pas la peine d'en chercher un. J'ai décidé que je ne voulais pas épouser ce genre d'homme. C'est la raison de ma présence ici. Je veux réunir des souvenirs de ce cottage tant que je le peux.

— Et ensuite ?

— Tu as dit que me quitter n'a jamais été facile. Quand est-ce devenu difficile ?

Griffith tourna les yeux vers la crique. Elle aimait cet endroit protégé parce qu'elle s'y sentait à l'abri des regards. Ici, elle pouvait danser et faire ce que bon lui semblait sans se soucier des convenances.

— Le soir où je t'ai embrassée dans le jardin de Kingsland, répondit enfin Griffith en la regardant. Et bien avant cela, sans doute.

Elle eut l'impression d'avoir soulevé le couvercle d'une malle au trésor. La quitter n'avait pas été facile. Rien ne l'était s'agissant d'elle. Et s'agissant de lui non plus, mais elle ne l'avait réalisé que récemment.

— Depuis combien de temps m'aimes-tu ?

Il ferma les yeux et laissa échapper un soupir. Enfin, il rouvrit les yeux et plongea son regard dans le sien.

— Depuis toujours.

Les yeux de Kathryn s'embuèrent de larmes et son cœur se mit à battre de façon erratique.

— Pourquoi ne me l'as-tu jamais dit ?

— Parce que je ne suis qu'un fils cadet. Bien avant que je connaisse les conditions du testament de ta grand-mère, je t'ai entendue confier à Althea que tu n'épouserais qu'un homme titré. Or je n'étais pas destiné à avoir un titre. Et à présent...

Il regarda au loin.

— Seigneur, si tu savais ce que j'ai fait, souffla-t-il. Tu n'ignores pas que j'ai du sang sur les mains.

Si la vérité sur son terrible passé ne choquait plus Kathryn, lui-même semblait avoir encore du mal à l'assumer.

— Tu n'as fait que prendre la défense d'autrui, lui rappela-t-elle. Que ce soit quand tu travaillais sur les quais pour nourrir Althea ou quand tu affrontais les pires malfrats pour protéger Marcus... ou pour *me* protéger. Kingsland n'a même pas daigné mettre un genou en terre pour demander ma main. Toi, tu n'as pas hésité, alors que tu n'étais même pas certain que je comprendrais ton message et que tu risquais ta vie. Tu t'es sacrifié pour tes proches sans rien demander en retour.

— Je ne mérite rien en retour. Je ne veux rien. Je n'agis pas par intérêt personnel.

Elle avait fini par comprendre que même la lettre qu'il avait envoyée au duc n'avait pas pour motivation ce maudit pari. Il cherchait simplement à l'aider à obtenir ce qu'elle voulait. S'il avait changé au cours des mois écoulés, elle aussi, ainsi que ses aspirations, ses priorités.

Elle prit sa joue en coupe.

— Je t'aime, Griffith Stanwick. Si j'ai rejeté le duc, c'est parce que je préfère une vie entière avec toi à un cottage au bord de la mer.

Avec un grondement presque douloureux, il posa sa main sur la sienne, tourna la tête et déposa un baiser au creux de sa paume.

— Kathryn, tu mérites tellement mieux qu'un homme ayant mon passé.

— Tu te trompes et je veux passer le reste de mes jours à te le prouver, à te montrer que tu n'es pas un lot de consolation, un deuxième choix, un héritier de rechange. Rien de ce que tu as pu faire ne te rend indigne de qui que ce soit. Pour moi, tu seras toujours le meilleur, mon premier amour, mon unique amour. Et je te promets de ne pas être silencieuse, et de ne pas te demander de l'être. Me feras-tu l'honneur d'être mon époux ?

Il avait beau être assis, il avait l'impression qu'elle l'avait mis à genoux. Étrangement, il trouvait approprié que cette femme qui croyait à l'égalité des sexes soit celle qui formule la demande en mariage.

Il se rapprocha d'elle et prit son beau visage entre ses mains calleuses qui ne lui faisaient plus honte. Dans le regard de Kathryn, les horreurs du passé n'avaient plus d'importance, et c'était tout ce qui comptait.

— Tu te rends bien compte de ce à quoi tu vas renoncer ?

— Je me rends surtout compte que je vais gagner ce dont j'ai toujours rêvé.

Il appuya le front contre le sien.

— Kathryn, tu me rends humble. C'est pour moi que ce sera un honneur, mon ange. Oui, je veux être ton mari et t'aimer chaque minute de ma vie. Je t'aime de toute mon âme.

Il s'empara de ses lèvres comme il en brûlait d'envie, comme si elle n'appartenait qu'à lui. Kathryn serait l'air qu'il respirerait, elle serait sa vie.

Elle n'avait pas écrit au duc, n'avait jamais voulu de lui. En s'efforçant d'influer sur son avenir, Griffith ne lui avait pas rendu service. Il consacrerait le reste de sa vie à se racheter. Elle serait sa partenaire dans tous les domaines, son amie, son soutien, celle vers qui il se tournerait pour prendre une décision, celle à qui il demanderait l'avis en priorité. Cette femme avait repoussé un duc au profit d'un fils cadet, elle avait préféré un vaurien à un gentleman.

Et elle était sur le point de découvrir à quel point il était un vaurien.

Sans lâcher sa bouche, il l'allongea doucement sur la couverture et se coucha contre elle. Cette fois, tout sentiment de culpabilité l'avait déserté. Il ne risquait plus de la déshonorer. Elle l'avait choisi.

Elle entreprit de déboutonner sa chemise et, dans la foulée, s'attaqua aux boutons de son pantalon.

S'arrachant à ses lèvres, il dénoua les rubans de sa camisole. Avec un rire insouciant, elle s'écarta pour ôter le peu de vêtements qu'elle portait et les jeta sans se soucier du vent qui les emportait.

Griffith se débarrassa de sa chemise et de son pantalon.

Entre rires et sourires, ils s'unirent enfin. Jamais ils n'avaient connu une telle joie, une telle liberté.

Elle avait la peau nacrée au soleil. Il s'imaginait déjà les taches de rousseur qui commençaient à se former.

— J'ai souvent rêvé de t'admirer sous le soleil au zénith...

— Il le sera à midi.

— Je ne pourrai pas attendre aussi longtemps.

Il décrivit des cercles du bout de la langue autour de la pointe de son sein. Elle gémit et se mit à trembler.

— J'en suis venue à aimer ta façon de me tourmenter, avoua-t-elle.

— Tu n'es pas en reste quand il s'agit de me tourmenter, moi.

Sans hésiter, elle le fit basculer sur le dos et entreprit de le lui prouver, alternant coups de langue et mordillements.

Finalement, il prit son visage entre ses mains.

— Je ne veux pas d'une épouse silencieuse, Kathryn. Je veux t'entendre crier mon nom.

— Seulement si tu cries le mien.

Elle avait peine à croire à ce qu'elle était en train de faire, en plein air, sur la plage. Les pêcheurs ne venaient jamais dans cette crique. Personne ne s'y aventurait, mais il y avait un risque qu'on les surprenne...

Elle n'en avait que faire, cependant. À califourchon sur lui, elle se pencha sur son sexe fièrement dressé et se mit à le lécher. Griffith lâcha un juron, se cambra vers elle et enfonça les doigts dans sa chevelure flamboyante.

— Tu aimes ? s'enquit-elle d'un air innocent.

Puis, sans le quitter des yeux, elle déposa un baiser sur l'extrémité engorgée de sa virilité avant de lécher la goutte qui perlait.

Lorsqu'elle le prit dans sa bouche, il se mit à trembler, le souffle rauque.

— Bon sang, Kathryn, je vais jouir et je veux être en toi...

— Ne te retire pas, cette fois.

— Promis, dit-il en l'empoignant aux hanches. Plus jamais.

La soulevant légèrement, il la fit coulisser sur son sexe, l'emplissant toute. Concentrée sur les sensations que cette position faisait naître en elle, elle se mit à onduler en rythme. Lentement d'abord, puis de plus en plus vite.

Lorsque l'extase la balaya, elle cria son nom. Leurs voix se mêlèrent au fracas des vagues sur les rochers. Repue, pantelante, elle se laissa aller sur lui. Il l'enveloppa de ses bras et la serra contre lui.

Durant de longues minutes, elle se contenta de savourer sa chaleur.

— Quand nous marierons-nous ? souffla-t-elle.

— Dès que possible.

— Et si nous nous mariions dans l'église du village ?

— Où tu voudras.

C'était le début du mois juillet, il restait à Kathryn quelques semaines pour se créer des souvenirs avec Griffith.

— Après, même si tu dois aller à Londres chaque jour pour t'occuper de ton club, ce n'est pas si loin. Je pourrais peut-être rester ici jusqu'à mi-août et tu me rejoindrais dans la journée.

— Tu peux rester ici autant que tu voudras et venir me voir quand cela te chantera.

L'idiot. Apparemment, il n'avait pas recouvré ses esprits après leurs ébats torrides.

— Le cottage appartiendra à mon cousin le lendemain de mon anniversaire, lui rappela-t-elle.

— En fait, il te l'offre pour tes vingt-cinq ans.

Kathryn se redressa abruptement.

— Je te demande pardon ?

Il afficha un sourire si triomphant et plein d'amour qu'elle en fut submergée d'émotion.

— Il a décidé qu'il n'avait pas besoin de ce cottage, il préfère qu'il reste en ta possession.

— Pourquoi ferait-il une chose pareille ?

— Parce qu'il a des secrets à protéger.

Elle porta la main à sa bouche. Ne sachant trop si elle devait être horrifiée ou enchantée.

— Tu l'as menacé de révéler ses secrets ?

— Cela m'a pris presque une semaine pour découvrir ses secrets, puis il a fallu négocier. Sinon, je serais venu te retrouver plus tôt.

— Espèce de vaurien ! Si mon cousin n'était pas aussi odieux, j'aurais presque de la peine pour lui.

Elle éclata de rire.

— Il méritait sûrement une visite de courtoisie. Mais pourquoi ne m'en as-tu pas parlé avant ?

— Parce que je ne voulais pas que tu te sentes redevable… avant que je te demande en mariage.

— Tu en avais l'intention ?

— Oui. Mais je préfère la façon dont les choses se sont déroulées.

Elle aussi. Il n'empêche qu'elle était heureuse de savoir qu'il comptait lui demander sa main.

— Tu as dû te donner beaucoup de mal pour obtenir le cottage.

— Et comment. Cette fois, cependant, je ne te demanderai rien en échange parce que tu m'as déjà donné la seule chose qui compte à mes yeux : toi.

Entourés d'amis proches et de leurs familles, ils se marièrent à l'église du village par une matinée ensoleillée. S'ils avaient convolé à Westminster Abbey, une foule de curieux aurait été présente, or Kathryn n'avait aucune envie de se donner en spectacle devant tous ces gens qui avaient tourné le dos à Griffith.

Ses parents ne comprenaient certes pas qu'elle ait renoncé à un duc pour ce vaurien de Stanwick, pourtant ils avaient donné leur bénédiction à leur union, et c'est au bras de son père qu'elle avait rejoint l'autel. Althea et son mari étaient de la fête, en revanche, Marcus brillait par son absence. Griffith, elle le savait, s'inquiétait pour son frère, dont il n'avait aucune nouvelle depuis leur mésaventure au bord de la Tamise.

Après la cérémonie, les invités se rendirent sur la plage pour un pique-nique préparé par Mme McHenry. Des mets simples arrosés de champagne.

Les rires fusaient dans un brouhaha de conversations. Quelques villageois jouèrent du violon pour que Griffith valse avec son épouse.

— Tu es heureuse ? lui demanda-t-il.

— Très. La journée est idéale. Tout est absolument parfait.

— Attends un peu que les invités soient partis… Je compte bien te montrer ce qu'est la perfection.

Elle se rapprocha de lui, ses seins lui effleurant le torse.

— Qu'as-tu en tête ?

— Je vais te faire l'amour jusqu'au petit matin.

Il se figea soudain et fronça les sourcils.

— Qui est-ce ?

Une femme vêtue d'une robe bleu foncé très convenable descendait le sentier.

— Aucune idée. Je ne crois pas qu'elle habite au village. Nous devrions peut-être lui signaler qu'il s'agit d'une fête privée.

Les jeunes mariés se dirigèrent vers la dame qui semblait à peine plus âgée que Kathryn.

— Bonjour, madame. Pouvons-nous vous aider ?

L'inconnue riva les yeux sur les pieds nus de la mariée.

— Madame Griffith Stanwick ?

— Qu'est-ce qui m'a trahie ? demanda Kathryn avec un sourire.

— La robe en soie blanche ornée de dentelle et le voile, répondit l'inconnue avec un tel sérieux qu'elle renonça à lui expliquer que c'était une question purement rhétorique.

Avant que Kathryn puisse ajouter un mot, la jeune femme reprit :

— Je suis Mlle Pettypeace, la secrétaire du duc de Kingsland. Il m'a chargée de vous donner ceci le jour de votre mariage, ajouta-t-elle en tendant une enveloppe. Cela semblait très important, c'est pourquoi j'ai décidé de vous la remettre en main propre.

— De quoi s'agit-il ? s'enquit la jeune mariée en s'emparant de l'enveloppe.

— De quelque chose qu'il tenait à vous donner.

Mlle Pettypeace prenait décidément tout au pied de la lettre.

— J'espère que le duc va bien.

— Pourquoi n'irait-il pas bien ?

Apparemment, il n'avait pas le cœur brisé par leur rupture, ce qui la rassura.

— Bonne journée, madame Stanwick.

Sur ce, la secrétaire tourna les talons.

— Mademoiselle Pettypeace ?

La jeune femme se retourna.

— Aimeriez-vous prendre un rafraîchissement avant de partir ?

— Merci, mais je n'ai pas de temps à consacrer à ces frivolités. Je dois regagner Londres pour régler quelques questions d'importance pour le duc.

— Bonne route, dans ce cas.

Après un dernier signe de tête, la secrétaire du duc s'éloigna.

— Elle doit être très efficace, commenta Kathryn.

— Tu comptes ouvrir cette lettre ?

— Plus tard, répondit-elle en glissant l'enveloppe dans une des poches de Griffith. Pour l'heure, j'ai une valse à terminer.

Ils enchaînèrent les danses. Le champagne coulait à flots, et les invités s'amusaient et partageaient le bonheur du jeune couple.

Lorsque le soleil commença à descendre à l'horizon, les invités prirent congé. Tandis que Griffith raccompagnait Althea et son mari à leur voiture, Kathryn se rendit au bord de la falaise pour lire la lettre de Kingsland.

Chère madame Stanwick,

J'ai longuement réfléchi avant de vous envoyer la lettre jointe, puis je me suis dit qu'elle vous revenait de droit.

Je vous souhaite d'être heureuse, mais c'est inutile car vous l'êtes déjà.

Bien à vous,

Kingsland

Elle ne fut guère surprise par ce message succinct et direct, à l'image de ce qu'aurait été sa vie avec lui, sans doute. Ou peut-être avait-il deviné que rien de ce qu'il pourrait dire ne rivaliserait avec la seconde lettre que renfermait l'enveloppe.

Votre Grâce,

Vous avez invité les demoiselles à vous écrire afin d'expliquer en quoi elles méritaient de devenir votre duchesse.

Je crois pouvoir affirmer que vous ne voulez pas d'une femme qui pense que c'est un honneur d'attirer votre attention, mais plutôt d'une femme qui vous fera comprendre que c'est un honneur pour vous d'avoir retenu son attention.

Dans ce dessein, je vous recommande de sélectionner lady Kathryn Lambert, fille unique du comte de Ridgeway. Malheureusement, cette jeune femme a une fâcheuse tendance à ne pas reconnaître ses qualités qui la rendent si attrayante aux yeux d'un homme. Je pense même que vous risquez de vous endormir avant d'avoir terminé le premier paragraphe de sa lettre. J'ai donc décidé de plaider sa cause afin que vous fassiez d'elle la prochaine duchesse de Kingsland.

Lors de notre rencontre dans les allées de Hyde Park, vous avez sans aucun doute remarqué son esprit, son sens de la repartie et son intelligence. Elle apprécie le débat et, quoique vous recherchiez une épouse taciturne, vous auriez tort de ne pas solliciter son opinion, que ce soit sur les questions domestiques, financières ou relatives à vos nombreux domaines et investissements. Elle a les idées très claires, un discours concis et elle vous offrira un point de vue nouveau. Par ailleurs, je ne l'ai jamais trouvée capricieuse ou superficielle et agaçante.

Sa simple présence donne à un homme l'envie de découvrir ses pensées les plus intimes, ses désirs secrets, ses caresses. Tel un bon vin, elle est audacieuse, enivrante, elle ne déçoit jamais. Elle possède de multiples facettes. Une vie entière ne suffirait pas à la découvrir en totalité. C'est une femme complexe, digne du cœur de tout homme. Je ne doute pas un instant qu'avec le temps, vous lui confierez volontiers le vôtre.

Il serait insensé de la laisser filer, Kingsland. Croyez-moi sur parole : il n'y a pas une femme en ce royaume qui ferait une meilleure duchesse.

Avec mes salutations distinguées,

Lord Griffith Stanwick

Kathryn serra la lettre sur son cœur en prenant soin de ne pas la froisser car elle comptait la conserver tel un trésor. Kingsland avait raison : ce document lui revenait de droit, de même que l'homme qui l'avait rédigée.

— Que raconte Kingsland ?

Son mari la rejoignit et l'enlaça pour l'attirer à lui.

— Il m'a donné ta lettre.

— Ah, ces balivernes ! soupira-t-il.

Elle sourit et enroula un bras autour de son cou.

— Il y a un an, j'aurais peut-être cru que c'était un tissu de mensonges. À présent, je connais la vérité. Il n'y a pas un homme en ce royaume qui ferait un meilleur mari que le mien.

Il s'empara de ses lèvres pour l'embrasser avec passion.

Et tandis que le soleil se couchait, il la souleva dans ses bras et se dirigea vers le cottage où il leur restait à créer d'autres souvenirs et à réaliser d'autres rêves.

Épilogue

Windswept Cottage, quelques années plus tard

Debout au sommet de la falaise, sous le soleil de cette fin de matinée, Griffith regardait sa femme et leurs trois petites filles s'ébattre dans l'eau. Du haut de ses huit ans, l'aînée se baignait en sous-vêtements, mais personne ne fréquentait la plage à part eux.

Sa femme poussa un cri et regagna le bord en courant, sous les rires des fillettes qui lui emboîtèrent le pas. Sur le sable, elles levèrent les bras et se hissèrent sur la pointe des pieds pour danser, ondulant telles des hautes herbes dans le vent, juste avant l'orage. Sauf qu'il n'y avait pas un nuage à l'horizon. La brume matinale s'était levée, annonçant une belle journée. Elles tournoyèrent sur le sable, un rituel qui les faisait rire de bonheur.

Jamais Griffith n'avait connu une telle sérénité. Ses petits anges étaient en parfaite santé, ce dont il était heureux. Il serait prêt à tout pour elles. Il avait placé pour chacune d'elles une somme qu'elles toucheraient pour leurs vingt-cinq ans. Elles seraient alors indépendantes et ne se marieraient que si elles le souhaitaient. Et surtout, elles ne devraient remplir aucune condition pour obtenir ce qui leur revenait.

Malgré ses bonnes intentions, la grand-mère de Kathryn avait bien failli la condamner à une existence sans amour. Non, pas sans amour, car Griffith l'aurait aimée, à défaut de lui donner son nom.

Kathryn regarda dans sa direction et lui fit signe.

— Viens nous rejoindre !

C'était bien ce qu'il comptait faire, mais il avait pris le temps de les contempler, de savourer ce bonheur auquel il ne pensait pas avoir droit.

Il emprunta le chemin familier jusqu'à la plage. Ses filles se précipitèrent vers lui et le prirent par la main sans se soucier de ses cicatrices. Elles avaient le sourire de Kathryn et ses yeux, sans oublier ses cheveux. Il n'aurait pu rêver mieux.

— Papa, porte-nous dans l'eau ! implora l'aînée. Là où c'est profond.

Il avait coutume de s'immerger jusqu'à la taille en les tenant dans ses bras pour qu'elles puissent s'amuser en toute sécurité.

— S'il te plaît ! renchérit la cadette.

— Oh oui ! fit la benjamine.

— D'accord, mais je dois d'abord dire deux mots à votre mère.

— Tu vas encore l'embrasser, rétorqua l'aînée, qui n'hésitait pas à donner son opinion.

— Aussi, oui.

— Allez finir votre château de sable pendant que j'accueille votre père, intervint Kathryn.

— Tu vas l'embrasser, toi aussi ! lança l'aînée en gloussant, vite imitée par ses sœurs.

Elles filèrent sans demander leur reste.

Kathryn se lova dans les bras de Griffith et l'embrassa comme s'ils n'avaient pas fait l'amour seulement quelques heures plus tôt. Non pas que cela l'ennuyât. Il ne se lasserait jamais de l'embrasser. Elle s'écarta enfin.

— Que disait la lettre ? s'enquit-elle.

Ce matin, il avait reçu une lettre d'Althea qu'il avait voulu lire avant de rejoindre Kathryn et les enfants.

— Elle nous invite à passer deux semaines avec eux et sa belle-famille en Écosse.

— Les filles seront ravies. Elles s'amusent tellement avec leurs cousins.

Il l'embrassa dans le cou.

— Et toi ? s'enquit-il. Cela te ferait plaisir ?

— *Tu* me fais plaisir.

— Ah oui ?

— Mmmm. Tu es content ?

Elle croisa son regard d'un bleu qui rappelait celui de la mer.

— Comment ne pas l'être ? Pour un héritier de rechange, je crois avoir plutôt bien réussi.

Son club prospérait magnifiquement et il récoltait les fruits de ses investissements avisés.

— J'ai une femme qu'un duc a convoitée autrefois.

— Pourquoi préférerais-je un duc à un vaurien ? s'esclaffa-t-elle. Surtout quand ce vaurien m'apporte tout ce que je désire. J'aime ce cottage, mais je t'aime plus encore.

— Tu es tout pour moi, Kathryn. Toi et nos filles.

Il l'embrassa de nouveau, sachant qu'il avait encore un long chemin à parcourir pour être digne d'elle.

Tandis que la brise marine les enveloppait, que les mouettes criaient et que les vagues se fracassaient sur les rochers, il la souleva dans ses bras et la fit tournoyer. Son rire fut le plus doux des sons.

Quand il aurait porté chacune de ses filles dans l'eau, ils regagneraient le cottage où il montrerait à sa femme combien il tenait à elle.

Note de l'auteure

Durant la première moitié du XIXe siècle, des clubs mixtes existaient dans les quartiers les moins huppés de Londres, où hommes et femmes sans attaches pouvaient se rencontrer, s'isoler et passer la soirée ensemble en toute intimité. Ils finirent par disparaître après avoir perdu peu à peu leur aspect libertin pour devenir des établissements plus sages où l'on venait se distraire et écouter de la musique.

Griffith n'aurait sans doute pas pu fréquenter un tel club dans sa jeunesse, mais la liberté qu'offre la fiction est une chose merveilleuse. Du reste, l'un des rares clubs mixtes aurait pu servir de modèle à son propre club.

AVENTURES & PASSIONS

1er février

Bethany Bennett

Les indésirables de Mayfair – Un moment d'égarement

Inédit

Emma Hardwick mène une vie paisible à la campagne avec son fils Alton qu'elle adore. Séduite puis abandonnée par lord Roxbury lors de sa première saison, le seul plaisir qu'elle s'autorise désormais est la tenue de son journal intime, où elle consigne ses rêves et ses désirs, comme le souvenir brûlant d'une nuit d'amour avec un homme au torse tatoué. Alors qu'elle se rend à Londres, elle croise son amant d'un soir qui se présente à elle : « Capitaine Malachi Harlow, duc de Trenton, pour la servir. » Troublés par cet heureux hasard, ils décident de se revoir une fois encore, sans imaginer que le destin vient de les précipiter dans l'inconnu…

✦

Laura Lee Guhrke

Abandonnées au pied de l'autel – Le mariage de la saison

Le mariage de lady Beatrix et de William Mallory devait être le clou de la saison. Or, quinze jours avant la date prévue, la cérémonie a été annulée. Que s'est-il passé ? Le jeune homme voulait vivre des aventures archéologiques, Beatrix refusait de le suivre en Égypte. Et chacun a brisé le rêve de l'autre. Six ans plus tard, devenu duc de Sunderland, William rentre en Angleterre… où Beatrix est sur le point de se marier. Meurtrie, la jeune femme s'est promis de tirer un trait sur le passé, mais Will se rend compte que leur passion brûle toujours. Est-il trop tard ? Peut-être pas…

Minerva Spencer

Whitechapel — Un étrange destin

Inédit

Marianne Simpson est orpheline. À vingt-quatre ans elle vit avec les membres du cirque de son oncle Barnabas et monte sur le ring pour gagner sa vie. Ses combats attirent les foules, et on y croise parfois le respectable duc de Staunton qui vient admirer la force et le courage de la jeune femme. Un jour, ce dernier lui apprend que son mari, le baron Strickland, n'est pas mort. D'ailleurs, il doit le retrouver en France pour une étrange affaire. Le baron exige aussi la présence de Marianne, munie d'une lettre et d'un certain médaillon. Perplexe, la jeune femme accepte d'aider lord Staunton, convaincue que son mari détient la clé du mystère de sa naissance.

✦

Mimi Matthews

Les belles de Londres — La belle de Belgravia Square

Inédit

Julia Wychwood est une riche héritière qui déteste les soirées mondaines et leurs conventions. Cavalière émérite, elle aime aussi se réfugier dans les livres pour fuir ses parents bien trop envahissants. À plusieurs reprises, elle croise le capitaine Jasper Blunt, qui a la réputation d'être un homme cruel, et ne comprend pas très bien pourquoi il recherche sa compagnie. D'ailleurs, lorsqu'il se présente chez les parents de Julia pour leur demander la permission de la courtiser, il essuie un refus catégorique : une Wychwood ne fréquentera pas un coureur de dots qui cache ses bâtards dans un château en ruine ! Mais le capitaine Blunt n'est pas homme à s'avouer vaincu.

Virginia Henley
L'enjeu de la passion

Voler Belzebuth, son étalon noir, est le défi le plus stupide que l'on puisse lancer à Heath Kennedy. Ce diable d'Écossais irait jusqu'au bout du monde pour récupérer sa fière monture ! Ce ne sera pas nécessaire, car il lui suffit de traverser la frontière anglaise pour tomber sur son voleur : Christopher Dacre. Monté sur Belzebuth, il s'adonne à la chasse au faucon en galante compagnie. Pour Heath, faire prisonnier cette crapule est un jeu d'enfant ; il demandera à lord Dacre une forte rançon pour revoir son fils ! Mais que faire de la jeune femme, Cornelia Carleton ? Depuis qu'il a croisé son regard, Heath n'a qu'une idée en tête : conquérir le cœur de cette beauté à la chevelure de nuit…

Regency

1er février

Suzanne Enoch

Au bord de la crise de nerfs

Inédit

Emmeline Hervey a hérité du duc de Welshire la maison où elle est née, Winnover Hall, dans le Gloucestershire. Mariée depuis huit ans à William Pershing, ils filent le parfait amour. Seule ombre au tableau, Emmeline ne peut avoir d'enfant. Lorsque, pour ses soixante-dix ans, le duc exige que le couple et leur descendance assistent à une grande fête, c'est la panique ! Pourquoi ne pas faire appel aux charmants enfants de l'orphelinat le plus proche ? Débarquent deux galopins : George, huit ans, et Rose, cinq ans. Si les apparences sont sauves, c'est en fait une véritable tempête qui vient de s'abattre sur Winnover Hall…

✦

Evie Dunmore

Les rebelles d'Oxford – Le portrait d'un Écossais

Inédit

Hattie Greenfield est une artiste peintre incomprise dans sa famille de banquiers richissimes. Comme toute l'aristocratie, elle est fascinée et effrayée par Lucian Blackstone, un riche Écossais d'origine modeste et grand collectionneur d'art. Pour servir ses ambitions politiques et approcher les cercles influents de Grande-Bretagne, Lucian a besoin d'une épouse issue de la haute société. Séduit par cette jeune femme intelligente et sensible, il l'invite dans une galerie d'art et lui donne un ardent baiser en public. Le scandale éclate ! Hattie qui rêvait d'un mariage d'amour se retrouve devant l'autel au bras d'un Écossais rustre et ambitieux… mais diablement séduisant.

13671

Composition
FACOMPO

Achevé d'imprimer en Italie
par GRAFICA VENETA
le 4 décembre 2022

Dépôt légal : janvier 2023
EAN 9782290379059
OTP L21EPSN002496-545215

ÉDITIONS J'AI LU
82, rue Saint-Lazare, 75009 Paris

Diffusion France et étranger : Flammarion